목련
•
45×40

연꽃

•

45×51

억새
•
45×48

흰동백
•
44.5×45.5

꽃,
그 은밀한
세계

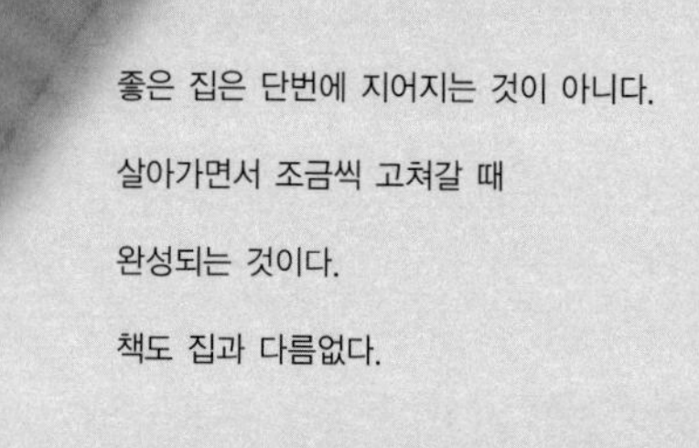

좋은 집은 단번에 지어지는 것이 아니다.

살아가면서 조금씩 고쳐갈 때

완성되는 것이다.

책도 집과 다름없다.

꽃, 그 은밀한 세계

손광성

이지출판

머리말

꽃에 대한 관심이 높아진 것은 1990년대 이후다. 야생화에 대한 관심은 거의 폭발적이라 해도 지나치지 않을 정도였다. 자연스럽게 그에 관한 책이 많이 출판되었다. 하지만 대부분 생태조사와 사진 제공 수준에 머문 감이 없지 않았다.

인류가 수렵 생활에서 농경 생활로 접어든 지 5천여 년, 그동안 우리 삶과 밀착되어 온 꽃에 대한 정보는 헤아릴 수 없을 정도로 방대하다. 하지만 그런 정보들이 고대 문헌 여기저기에 흩어져 있어 수집하고 정리하기가 쉽지 않다. 설혹 수집 정리한다 하더라도 인문학적 배경 지식 없이는 그 상징적 또는 주술적 의미를 해석하기 어렵다. 지금까지 꽃에 대한 인문학적 저술이 적었던 이유가 여기에 있다고 하겠다.

좀 더 구체적으로 들어가 보자. 꽃의 역사, 꽃의 상징성과 인류의 가치관, 그리고 꽃과 민속 및 주술과의 관계, 나아가서 꽃 이름의 어원적 연구와 문학작품을 통해 나타난 선인들의 꽃에 대한 정서, 이런 것들에 대한 연구가 매우 소극적이었다는 이야기다.

* 인류가 꽃에 관심을 갖게 된 것은 언제부터인가?
* 원시 암벽화에는 동물 그림만 등장하고 왜 꽃그림은 등장하지 않는가?
* 꽃에 대한 인류의 관심은 경제성, 상징성, 심미성 중 어느 것에서부터 시작되었는가?
* 우리 선인들은 그중 어느 것에 더 큰 가치를 두었는가?
* 배꽃, 사과꽃, 호박꽃과 같이 모든 꽃 이름 앞에는 왜 열매 이름이 반드시 먼저 나오는가?
* 벚꽃은 우리나라가 자생지인데 조선조 말기까지 벚꽃을 노래한 글은 왜 한 편도 없는가?
* 무궁화는 언제부터 우리의 나라꽃이 되어 왔는가?
* 우리나라에서 최초로 출판된 꽃에 대한 연구서는?
* 일제에 대한 민족적 저항운동에서 무궁화는 어떤 역할을 했는가?

이와 같은 역사적 의문에 대한 해답을 내놓은 저서는 어디에도 없다. 뿐만 아니라 민속적 또는 주술적 측면에서 제기되는 다음과 같은 의문에 대해서도 마찬가지다.

* 여섯 가지 과일 중 왜 복숭아만 제사상에 오르지 못하는가?
* 복숭아나무를 뜰에 심지 않는 까닭은?
* 친구 어머니를 자당慈堂이라고도 하지만 훤당萱堂이라고도 부르는 까닭은?
* 임신한 여인이 원추리꽃을 꽂고 다니면 아들을 낳는다고 기록되어 있는데, 그 이유는?
* 양귀비 꽃씨는 팔월 대보름 때 부부가 옷을 벗고 함께 뿌려야 다음 해 곱게 핀다고 기록되어 있는데, 그 이유는?
* 고려 왕실은 왜 한양에 오얏나무를 심어 놓고 해마다 관리를 보내어 베어 버리게 했을까?
* 맨드라미와 수탉을 그린 그림을 받았다면 그것은 무엇을 뜻하는 것일까?

* 임금 옥좌 뒤에 둘러친 병풍에는 하고많은 나무 중에 왜 적송이 등장하는가?
* 미망인의 뜰에 나팔꽃을 심지 않는 까닭은?

이러한 의문도 해답을 기다려 왔다.

그리고 꽃의 어원이나 종교와의 관계, 꽃에 대한 잘못된 지식, 나라꽃에 대한 시비가 왜 끊이지 않고 일어났는가에 대한 명쾌한 해명도 없다.

* 원추리는 어떤 말이 변해서 된 것인가?
* 배롱나무의 어원은 무엇인가?
* 조선 왕실의 문장화는 이화梨花인가, 이화李花인가?
* 오얏꽃이란 말은 왜 사어死語가 되었으며, 지금은 어떤 말로 대체되었는가?
* 선덕여왕이 모란에는 향기가 없다고 했는데, 정말 그러한가?
* 무궁화의 자생지는 어디이며 그 어원은 무엇인가?

* 무궁화에 대한 시비가 왜 지속적으로 제기되었는가?
* 국화는 왜 동쪽 울타리 밑에 심어야 하는가?
* 대竹는 풀인가, 나무인가?
* 푸른 장미가 탄생한 것은 언제인가?
* 미국은 나라꽃이 왜 없는가?
* 불교를 상징하는 꽃은 연꽃이고 기독교를 상징하는 꽃이 백합이라면, 이슬람교를 상징하는 꽃은?
* 북한은 목란을 국화로 정했다고 하는데, 어떤 꽃인가?
* 문인화에서 매화와 난초와 대나무를 제일 잘 그린 화가는 누구인가?

이와 같은 의문에 대한 해답은 물론, 꽃에 대한 물활론적物活論的 연구 성과에 대한 정보를 제공한 저술도 흔치 않다.

* '도토리나무가 푸른 들을 바라본다' 는 뜻은 무엇인가?
* '비탈에 선 소나무에 솔방울이 많다' 는 속담은 무엇을

의미하며, 왜 그런 말이 나왔는가?

* 당근은 토끼가 다가가면 왜 벌벌 떠는가?

* 꽃은 자기 주인을 기억하는가?

이뿐만이 아니다. 꽃에 대한 우리의 무지도 문제다. 시詩 내용은 억새인데 제목은 갈대라고 해놓고 태연한 시인이 있는가 하면, 남의 나라 왕실 문장화에 대해서는 해박하면서 정작 자기 나라 왕실 문장화가 무엇인지 모르는 저명한 문필가도 있다.

이 책은 이런 의문에 대하여 명쾌하게 대답할 것이다. 뿐만 아니라 꽃말, 꽃에 얽힌 전설, 꽃을 소재로 한 문학작품도 함께 소개할 것이다.

그러나 이런 정보를 딱딱한 용어로 나열할 생각은 없다. 수필 형식을 빌려 독자에게 정서적으로 다가가려고 한다. 따분한 자료의 나열은 피할 것이며, 꽃이 핀 아침 들길을 산책하듯, 따뜻한 차 한 잔을 앞에 놓고 다정한 친구와 정담을 나누듯, 나직한 목소리로 조곤조곤 이야기를 풀어나갈 생각이다.

이 책은 1996년 《나의 꽃 문화산책》을유문화사으로 처음 출간되기까지 7년이란 시간이 걸렸다. 문헌 연구와 현장 답사 그리고 직접 재배 경험이 필요했기 때문이다. 다시 7년 동안 수정하고 보완하여 《나도 꽃처럼 태어나고 싶다》는 첫 개정판을 펴냈다.

그 후 또다시 17년이라는 세월이 흐르는 동안 국제 화훼 분야에서 많은 변화들이 있었다. 예를 들면 육종학자들의 노력에 의해 지금까지 이 세상에 없던 푸른 국화와 푸른 장미가 탄생하게 되었다. 이 같은 새로운 정보와 새로운 글을 추가하여 두 번째 개정판 《꽃, 그 은밀한 세계》를 출간하게 되었다.

좋은 집은 단번에 지어지는 것이 아니다. 살아가면서 조금씩 고쳐갈 때 완성되는 것이라고 한다. 책도 집과 다름없다는 것이 필자의 생각이다.

이 책이 나오기까지 고마운 분들이 많다. 책을 내준 서용순 대표와 편집하느라 애쓴 박성현 실장에게 고마운 마음을 전한다. 그리고 이 책을 쓰기 위해 참고했던 국내외 많은 선배 연구가들에게 감사한다. 그분들의 연구가 아니었으면 이 책의 내용이 많이 부실했을 것이다.

끝으로 이 책이 꽃을 사랑하는 일반 독자들은 물론 화훼 연구가들과 전문 원예가들 그리고 문필가들에게 조금이나마 도움이 되었으면 하는 것이 필자의 바람이다.

2019년 4월

손 광 성

차례

春 봄

夏

여름

秋
가을

冬
겨울

봄

얼어야 피는 꽃
매화

꽃과 종교의 관계도 매우 밀접하다. 불교 하면 연꽃이 떠오르고, 백합 하면 기독교가 연상된다.

그럼 유교의 꽃은 무엇일까?

예부터 유교의 실천적 지성인 선비들은 난과 매화를 사랑했다. 문인화의 대표 소재인 '매란국죽'을 사군자라 하였으니 유교를 상징하는 꽃 가운데 하나가 매화라 하겠다.

그러다 보니 오랜 세월을 두고 매화만큼 사랑받아 온 꽃도 달리 더 없을 듯싶다. 시인치고 매화를 읊지 않은 이 없고, 화가치고 매화 그림 몇 점 남기지 않은 이 드물다.

사랑을 받으면 부르는 이름 또한 그만큼 많아지

는 것일까. 매화는 달리 부르는 이름이 많다. 청우淸友니 청객淸客이니 하기도 하고, 일지춘一枝春 또는 은일사隱逸士라고도 한다. 모두 맑고 깨끗한 품성을 기려 이르는 말이다. 게다가 엄동설한에도 훼절함이 없이 고아하고 청정해서 소나무, 대나무와 함께 세한삼우歲寒三友에 들기도 한다.

진나라 때다. 한때 문학이 성하자 매화가 늘 만개했다고 한다. 그러다 문학이 쇠하자 매화도 따라서 피기를 멈추었다고 한다. 그 후부터 문학을 사랑하는 꽃나무라 하여 호문목好文木이라 부르기도 한다.

꽃과 시, 시인과 꽃나무 그리고 그들의 교감.

빙자옥질氷姿玉質이여, 눈 속에 네로구나.

차고 맑은 자태를 이렇게 노래한 이는 조선 후기의 가객 안민영安玟英이다.

"암향부동월황혼暗香浮動月黃昏"은 임포林逋의 시다. 그는 서호西湖에 숨어서 매화를 아내로, 학을 아들로 삼고 조용히 살다간 송나라 시인이다. 매화의 요정이 그에게 저 아름다운 시심을 불어넣어 준 것일까. 매화에 한해서 이백李白에게도 이만한 것이 드물다.

몇 해 전이다. 도산서원에 갔더니 뜰 안에 매화나무가 가득했다. 매화가 한창일 무렵이 되면 퇴계는 도자기로 된 둥근 의자를 내다 놓고 그 밑에다 숯불을 피우게 했다. 의자가 따뜻해지면 그 위에 앉아 추위도 잊은 채 매화를 완상했다고 한다. 그 의자에도 매화 무늬가 투각透刻으로 새겨져 있었다.

섣달 초여드레, 한서암寒栖庵에서 운명하던 날 아침, 그가 마지막으로 남긴 말은 매화분에 물을 주라는 한마디였다고 한다. 그는 그날 저녁 늦게 눈을 감았다. 벽에 꼿꼿이 기댄 채. 그의 나이 칠십. 한 송이 매화처럼 조용히 피었다 진 것이다.

퇴계와 비슷한 시기에 어몽룡魚夢龍이란 화가가 있었다. 그의 〈월매도〉는 기이하면서도 고아한 품격으로 유명하다. 비백飛白으로 처리한 늙은 등걸과 줄기는 힘이 넘치고, 하늘을 향해 곧게 뻗은 어린 가지는 매화의 정절을 드러내고도 남음이 있다.

문기文氣는 어떨지 모르지만 장승업張承業의 〈매화도〉에도 볼만한 것이 많다. 그 가운데 열두 폭 '홍백매 병풍'은 보는 이의 넋을 빼앗을 만하다. 활달한 필력, 분방한 묵법 그리고 그 대담한 구도, 그 장쾌한 기상에 절로 무릎을 꿇게 되는 것이다.

요새도 매화를 치는 사람은 많다. 하지만 거두어들일 만한 것은 그리 많지 않다. 도배지로 쓰인다 해도 별로 아까울 것이 없는 그림들이 인사동 골목에 지천으로 쌓여 있다. 기천 원에라도 팔리기를 기다리는 것이다. 매화가 무엇인지 한 번도 보지 못한 사람들, 봐도 그 운치를 모르는 사람들이 손끝으로만 매화를 '그리기' 때문이다.

어느 꽃도 그렇지만 매화에도 가짓수가 많다.

홍매, 백매, 강매, 납매, 녹엽매, 중엽매 그리고 원앙매 같은 것들이 그것이다. 그 가운데 강매는 들에 씨가 떨어져 절로 나온 것으로 야매野梅라고도 하며, 동지 전에 핀다 하여 조매早梅라고도 이른다. 또 녹엽매가 있는데, 이를 녹악매綠萼梅 혹은 청악매라고도 한다. 다른 매화와는 달리 꽃받침이 녹색이다. 눈과 잘 어울려서 더한층 맑고 청아해서 좋다.

꽃 모양에는 홑꽃과 겹꽃이 있고, 색깔에는 흰색과 분홍과 빨강이 있다. 그중에 겹꽃보다는 홑꽃을 더 치고, 홍매보다는 백매를 한층 더 윗길로 친다.

하지만 성에가 하얗게 낀 유리를 통해 바라보는 홍매도 여간 아름답지 않다. 우리 집 홍매는 동양화 물감 중에서 연지색과 같은데 그 미묘한 색감이 늘 나를 감동시키곤 한다. 정숙하면서도 속으로 염염히 타오르는 정열과 절제를 함께 지닌 그런 여인이라고나 할까.

여기 매화에 얽힌 슬픈 전설이 하나 있다.

옛날 한 도공이 있었다. 그런데 혼례를 사흘 앞둔 어느 날, 그의 약혼녀가 그만 죽고 만 것이다. 도공은 도무지 살고 싶은 마음이 아니었다.

매일 그녀의 무덤을 찾아가곤 한다. 그러던 어느 날 무덤가에서 매화 한 그루를 발견하게 된다. 도공은 그 매화를 마당에 옮겨 심는다. 그리고 늘 그녀를 대하듯 사랑한다. 하지만 도공도 시름시름 앓다가 결국 죽고 만다.

마을 사람들이 가보았더니, 죽은 도공 옆에 전에 보지 못하던 예쁜 도자기가 하나 놓여 있었다. 뚜껑을 열어 보았더니 조그만 새 한 마리가 날아 나왔다. 새는 뜰에 핀 매화나무 가지 위에 가서 앉더니 슬프게 울더라는 것이다. 이것이 바로 휘파람새다.

이제 윤회설을 믿는 사람은 드물다. 하지만 사랑하는 사람이 죽어서 꽃이 된다면, 나는 죽어서 새가 되어도 좋으리라.

요새는 난을 가꾸는 사람이 많다. 그러나 매화를 가꾸는 사람은 드물다. 가꾸기가 어렵기 때문일까, 꽃이 지는 것이 슬프기 때문일까? 아파트 생활이 그걸 막는 때문이리라.

다른 나무와 달리 매화는 여름에 가지치기를 한다. 그래야 꽃봉오리가 실하게 맺힐 뿐만 아니라 등걸과 줄기가 드러나게 되어 답답하지 않고 성근 맛이 나서 격이 높게 되기 때문이다.

꽃도 촘촘히 붙은 것보다는 드문드문 맺힌 것이 운치를 더해 준다. 선미禪味의 세계라고나 할까?

여름에는 햇빛이 잘 드는 노지露地가 좋고 겨울에는 오히려 서늘한 곳이 좋다. 매화는 얼어야 비로소 피는 꽃이다. 사람도 시련과 역경을 이겨 낸 뒤에라야 인품의 향기가 더한층 높은, 그런 이치라고나 할까.

박팽년朴彭年의 시에 이런 것이 있다.

> 대竹는 서리 내린 뒤의 고요함을 사랑하고
> 매화는 섣달의 그윽한 향기를 읊조리네

매화는 눈과 달빛으로 핀다는 말도 있다. 봄이 와서 매화가 피는 것이 아니라 매화가 피어서 봄인 것이다.

수십 년 전이다. 한국은행에서 남대문 쪽으로 조금만 더 가면 큰 꽃집이 있었는데, 매년 이월 초순쯤 되면 고매古梅 한 분이 늘 창가에 놓여 있곤 했다. 거친 등걸에는 이끼가 파랬고, 성근 가지 끝에는 금세라도 날아갈 듯이 아슴하게 몇 송이 청악매가 피어 있었다.

성에가 하얗게 낀 유리 한 장을 사이에 두고 그 청초한 자태와 마주하는 기쁨에 나는 발이 시린 줄을 몰랐다. 어느 해는 매화를 빨리 보고 싶은 마음에 봄이 더디 오는 것 같았고, 바빠서 그냥 지나쳐 버린 해는 봄마저 놓쳐 버린 기분이었다.

서울에서 매화를 보려면 창덕궁으로 가면 된다. 내의원 건물 동쪽 대문 옆에 400년이 넘은 홍매 한 그루가 봄이면 만개한다. 나무는 그리 크지 않지만 하루의 수고에 대한 보답은 되리라 생각한다.

좀 더 오래된 것을 보고 싶은 사람은 경남 산청군 단성면에 있는 단속사지斷俗寺址에 가보라고 권하고 싶다. 우리나라에서 가장 오래된 고매가 거기에 있다. 나무 나이 600여 년, 아래쪽 둘레가 2미터 정도. 봄이면 병풍을 편 듯 하얀 매화가 꿈꾸듯 피어 있다. 이 매화는 고려 말 종2품 벼슬인 정당문학政堂文學을 지낸 강회백姜淮伯이 심었는데, 그의 벼슬 이름을 따서 정당매政堂梅라 하였다고 한다.

하지만 지금 살아 있는 나무가 600년 되었다는 것이 아니다. 원래 심었던 것은 죽고 그 뿌리에서 나온 회초리가 자란 것이다. 실망하지 않길 바란다.

2011년 3월, 나는 제주도 서귀포시 남원읍 위미리에 400평이 채 못 되는 귤밭을 샀다. 거기에 지어진 감귤 창고를 작업실로 리모델링했다.

오십여 그루 되던 귤나무를 열세 그루만 남기고 모두 뽑아 버리고 정원수를 심고 연못을 파고 동산을 만들었다. 그리고 백매 한 그루와 홍매 세 그루도 심었다. 8년이 지난 지금 이월이면 피는 매화를 잘 볼 수 있는 곳에 한 평짜리 다실茶室 한 채를 지을까 한다. 다실 이름은 '매화와 더불어'란 뜻으로 '여매실輿梅室'이라 하기로 했다.

내 노년은 퇴계처럼 매화에 한참 넋을 빼앗겨도 좋으리라.

제비꽃과 나폴레옹

냇물 곁 언덕 위에 제비꽃 하나
물새 보고 방긋 웃는 제비꽃 하나
고운 얼굴 물속에 비추어 보며
한들한들 춤을 추는 제비꽃 하나.

철없던 시절 들판을 헤매며 무심코 흥얼거리던 동요다.

그때는 햇빛이 어찌 그리 밝던지, 보잘것없는 제비꽃 한 송이가 또 어찌 그리도 곱던지. 비밀이라도 간직한 듯한 그 신비스러운 보랏빛 때문이었을까? 아니면 다소곳이 고개 숙인 그 모습이 안쓰러워서였을까?

무너진 토담 밑에도, 개울가 언덕 위에도 언제나 봄보다 먼저 피던 조용한 꽃. 줄 사람도 없는데 나는 한 줌씩 뜯어

들고 이 골목 저 골목을 헤매기 일쑤였다. 집에 돌아올 때쯤이면 꽃은 이미 가련하게 시들어 버렸고, 나는 주인을 찾지 못한 꽃다발을 냇물 위에 던져 버리곤 했다. 흐르는 물결을 따라 남실대며 아득히 멀어져 가던 꽃다발들. 어쩌면 나의 유년도 그때 그 꽃다발들과 함께 그렇게 흘러가고 말았는지도 모른다.

내 어린 날의 꿈처럼 작고 안쓰러운 꽃. 하지만 이 꽃에게는 의외로 이름이 많다. 오랜 옛날부터 우리와 함께 살아온 꽃이어서 그렇고, 제주도에서 두만강에 이르기까지 어느 곳이고 자라지 않는 데가 없기 때문에 또 그렇다. 이 꽃은 제비꽃이란 이름 외에도 씨름꽃, 장수꽃, 오랑캐꽃, 병아리꽃, 앉은뱅이꽃으로 불리기도 한다.

제비꽃이라 하는 것은 제비가 올 때쯤 해서 피기 때문에 생긴 이름이고, 오랑캐꽃이라 한 것은 이 꽃이 필 때쯤 해서 식량이 떨어진 북쪽 오랑캐가 쳐들어온다고 해서 생긴 이름이다. 하지만 추위를 타지 않고 메마른 땅에서도 잘 자라는 그 강인성 때문에 붙은 이름이라 해도 무방하리라.

우리의 어린 시절에는 특별히 장난감이랄 것이 없었다. 그래서 방안에서 놀 때는 아버지가 베는 목침이며 어머니가 쓰는 실패 같은 것이 장난감이었다. 밖이라고 해서 별다른 장난감이 있는 것도 아니었다. 기껏해야 풀이나 나뭇잎이 아니면 길가에 굴러다니는 돌멩이나 깨진 사금파리가 고작이었다. 그런 우리에게 제비꽃도 때로는 좋은 장난감이었다. 갈고리처럼 굽은 모가지를 마주 걸고는 양쪽에서 당긴다. 좀 애처로운 일이긴 했지만, 그래서 먼저 목이 끊어지는 쪽이 지는 것이다. 씨름꽃이란 이름은 그래서 생긴 것이다.

옛날 종달새 한 마리가 있었다. 고생 끝에 보리밭 한가운데 둥지 하나를 틀었다. 그러고는 신이 나서 하늘로 날아올랐다. 그러면서 자랑자랑 노래했다.

"이것 봐라, 이것 봐라, 이것 봐라."

그때 옆에 있던 제비꽃은 종달새의 아득한 비상이 그렇게 멋지고 시원스러울 수가 없었다. 그래서 아낌없는 성원과 박수를 보냈다.

"잘 한다, 잘 한다, 잘 한다."

그 바람에 종달새는 더 높이 날아올랐고, 그것을 쳐다보던 제비꽃은 자꾸만 뒷걸음질을 칠 수밖에 없었다. 그런데 뒷걸음질치던 제비꽃이 그만 돌에 걸려 뒤로 자빠지고 만다. 제비꽃은 허리를 다쳤고 결국 앉은뱅이 신세가 되고 말았다. 제비꽃이 키가 작은 것은 그 때문이라고 한다.

이 꽃은 이름만큼이나 종류도 많다. 세계적으로는 500여 종이나 되고, 우리나라에 있는 것만도 60여 종이나 된다. 색깔도 다양해서 보라색, 흰색, 노란색, 연보라색이 있다. 자주와 노랑과 흰색이 섞인 삼색 제비꽃도 있는데 이것을 팬지Pansy라고 한다. 이른 봄 도로변 녹지에 많이 심는 원예종이 바로 이것이다. 그러나 다 야생 제비꽃에서 나온 것이다.

제비꽃은 용도도 다양하다. 물감의 원료로 쓰이기도 하고, 식용으로 과자나 샐러드에 넣어 먹기도 한다. 특히 향기가 그윽해서 많은 사람들에게 사랑을 받는다. 향수의 원료로 쓰이는 것은 물론이다.

> 나는 일찍 피는 제비꽃을 꾸짖는다.
> 예쁜 도둑이여, 네가 풍기는 그윽한 향기는
> 내 님의 숨결에서가 아니라면
> 대체 어디서 훔쳐 왔다는 말인가?

셰익스피어의 소네트다. 임의 숨결 같은 향기와 신비스러운 색깔 때문이었을까? 중세 유럽에서는 한때 이 꽃이 대단한 붐을 일으킨 적이 있다. 가톨릭 교회에서는 제비꽃으로 목걸이를 만들어 성모 마리아의 제단을 장식하고, 사제들은 장례식 때 보라색 제의祭衣를 입었으며, 미망인들은 자수정

패물을 찼는데, 그때 풍습이 지금도 그대로 계승되고 있다. 모두 이 제비꽃에서 나온 발상이라 할 수 있다. 그렇게 된 까닭은 예수가 매달렸던 십자가의 그림자가 이 꽃 위에 드리워졌기 때문이라고 한다.

이 사랑스러운 꽃에도 슬픈 전설이 얽혀 있다.

옛날 이아라는 아름다운 소녀가 있었다. 이아는 양치기 소년 아티스를 사랑했다. 그러나 미의 여신 비너스가 아티스를 귀엽게 여기고 있었으므로 다른 여자가 그 소년을 사랑하는 것을 좋아하지 않았다. 그래서 비너스는 이들 사이를 갈라놓기 위하여 자기 아들 큐피드를 시켜 두 대의 화살을 각각에게 쏘게 하였다.

이아에게는 영원히 사랑이 불붙는 황금 화살을, 아티스에게는 사랑을 잊게 하는 납 화살을 쏘게 한 것이다. 이아는 사랑의 화살을 맞자 아티스가 못 견디게 보고 싶어서 목장으로 달려간다. 그러나 납 화살을 맞은 아티스는 쳐다보지도 않고 목장 안으로 묵묵히 사라진다.

목장 밖에서 애를 태우던 이아는 결국 지쳐서 죽고 만다. 이것을 본 비너스가 안됐다고 생각하였던지 이아를 작고 가련한 꽃으로 만들어 주었다. 그 꽃이 바로 제비꽃이라고 한다. 그래서 오늘날도 이 꽃은 마치 사랑을 잃은 듯한 애절한 모습으로 핀다는 것이다. 꽃말이 '순진무구한 사랑'인 것도 그런 연유에서 나온 것이라 하겠다.

이 가련한 꽃은 미망인들이나 기독교 교회에 의해서만 사랑을 받은 것이 아니었다. 사춘기 소녀들은 물론이고 보나파르트 나폴레옹과 같은 일세의 영웅도 지극히 사랑하였다. 그가 얼마나 이 꽃을 사랑했는지는 젊은 시절 사람들이 그를 '제비꽃 소대장'이라 불렀다는 사실만으로도 충분히 짐작할 수 있는 일이다. 그런데 나폴레옹이 사랑한 것은 노랑제비꽃이었다.

모스크바에서의 패배가 그에게 얼마나 치명적이었던가 하는 것은 역사를 통해 이미 잘 알려진 사실이다. 결국 그 때문에 1814년 3월 대불 동맹군에게 파리는 함락되고, 그의 생애에 있어 치욕적인 엘바 섬에서의 유폐 생활이 시작된다. 하지만 그 암담한 시기에도 제비꽃에 대한 그의 사랑은 변함이 없었다. 귀양길에 오르면서 그는 추종자들에게 이렇게 외쳤다.

"제비꽃이 필 때 다시 오리라."

그 후 그를 다시 옹립하려는 계획이 지지자들에 의해 은밀히 진행되었다. 그때 동지들이 암호로 이 제비꽃을 이용했는데, 그를 가리킬 때는 늘 '제비꽃 당수'라는 암호로 불렀다고 한다.

1815년 2월 26일, 그는 엘바 섬을 탈출하였다. 첫째 이유는 루이 18세가 조약상의 세비를 지급하지 않았고, 둘째는 오스트리아 황제가 자신의 아들 나폴레옹 2세를 보내 주지 않았으며, 셋째는 그의 아내가 정적과 간통하였고, 넷째는 영국이 그를 두려워한 나머지 무인도로 쫓아 버릴 음모를 꾸미고 있었기 때문이다. 그는 3월 20일, 국민의 환호 속에 약속대로 파리에 입성한다. 막 제비꽃이 필 무렵이었다.

영웅의 재기는 정말 극적으로 실현되는 것 같았다. 그러나 그해 유월 워털루 전투에서의 패배, 이어서 칠월 파리 함락은 그 모든 기대와 꿈을 한꺼번에 앗아가 버리고 말았다. 그를 기다리는 것은 설욕도 영광도 아닌 다만 남대서양의 절해고도 세인트 헬레나뿐이었다. 그는 영욕의 일생을 그곳에서 마치고 만다. 1821년 5월 5일, 폭풍이 몰아치던 날이었다.

그의 가슴속 제비꽃은 결국 활짝 피어 보지 못한 채 절해 고도에서 시대의 폭풍 앞에 그렇게 꺾이고 만 것이다.

부르봉 왕조가 다시 섰다. 그러자 제비꽃은 반역의 상징이 되고 만다. 하지만 얼마 후 세상은 바뀌어서 나폴레옹의 조카 나폴레옹 3세가 황제가 되면서 제비꽃은 다시 인기를 회복한다. 그러나 그것도 잠시뿐이었다. 1870년 프러시아와의 전쟁에서 패배한 그는 영국으로 망명했다가 3년 뒤 그곳에서 죽는다. 장례식 때 그의 유언대로 관은 온통 보라색 제비꽃으로 장식되었다고 한다.

꽃도 인간의 역사와 영욕의 부침을 함께한다. 오늘날 프랑스 국화는 붓꽃이다. 붓꽃은 부르봉 왕가의 문장화였다. 만일 보나파르트가의 시대가 좀 더 오래 지속되었더라면 프랑스 국화는 붓꽃이 아닌 제비꽃이 되었을 것이 틀림없다. 지금 제비꽃은 그리스의 나라꽃이다.

1950년 12월 23일 흥남철수 때 고향을 떠나온 지 60년하고도 8년이란 세월이 지나고 있다. 두서너 달이면 다시 돌아가리라던 것이 그리 되고 말았다. 다음 제비꽃이 필 때쯤에는 나도 제비꽃을 따라 내 고향으로 돌아갈 수 있었으면 한다. 아직도 내 어린 날이 멈춰 있을 둑길과 제비꽃이 피어 있을 들판을 한 번만이라도 거닐어 보고 싶다.

조선 왕실과 오얏꽃

"오얏나무 아래에서는 갓끈을 바로 하지 않으며 외밭에서는 신들메를 고치지 않는다."

우리나라 사람치고 이 속담을 모르는 사람은 거의 없다. 그러나 정작 오얏이 무엇인지 아는 사람은 그리 많지 않다. 오얏 리자를 쓰는 이씨李氏 중에도 오얏이 무엇인지 모르는 사람이 열에 일곱은 된다. 그렇다고 이씨가 박씨가 되는 것은 아니지만 좀 그렇다는 이야기다.

그런데 자두가 무엇이냐고 물으면 모르는 사람이 없다. 자두는 중국 이름 자도紫桃에서 변한 말이고, 오얏은 우리 고유어인데도 말이다. 조선 중종 때 나온 《훈몽자회》에도 자도가 아니라 '외엿'으로 나온다. 지금은 속담에나 남아 있을 뿐이다. 그나마 다행이지 싶다. 아주 사어死語가 되어 버린 것은 아니니 말이다.

하지만 지금도 제 것 귀한 줄 모르고 남의 것 흉내내기를 좋아하는 사람들이 적지 않아 걱정이다. 내가 싫어하는 사람이 있다. 다른 사람 앞에서 자기 아내를 두고 와이프라고 하는 사람이다. 아내라는 좋은 우리말을 두고 왜 그렇게 해야 하는지 이해가 되지 않는다. 아내를 아내라고 하는 것이 그렇게 쑥스러운 일일까?

열매만이 아니라 꽃도 마찬가지다. 한시漢詩야 어쩔 수 없다지만 시조며 판소리 사설에서조차 고유어 오얏꽃이 아니라 한자어 이화李花라는 말을 더 많이 쓰고 있다. 더 많은 정도가 아니라 내가 조사한 바로는 고시조 1,000여 수 가운데 오얏꽃으로 표현한 것은 단 한 수도 없었다. 이화라고 하면 배꽃인 이화梨花와 혼동되는데도 굳이 그리한 까닭을 알 수가 없다.

실제로 이런 오해가 낳은 웃지 못할 일이 있다. 일본에 대한 연구서로 세계적으로 호평을 받아 3개 국어로 번역되었다는 이어령의 1995년도판 《축소 지향의 일본인》 100쪽에 보면 이런 말이 나온다.

"한국에서는 왕가에서도 문장紋章이란 것을 쓰지 않았다. 이조 왕가의 문장이 '배꽃'으로 되어 있으나, 그것은 구한말

舊韓末, 아마 일본의 영향일 것이다 때의 것이었다."

그러나 조선 왕실의 문장화는 '배꽃'이 아니라 '오얏꽃'이다. 이화李花를 이화梨花로 잘못 알고 있는 데서 온 결과다. 일본 왕실 문장뿐만 아니라 그들 각 가문의 문장에 이르기까지 소상히 알고 있고 또 그것을 통해서 일본인의 민족성까지 날카롭게 파헤친 저자가 정작 자기 나라 왕실 문장화를 틀리고 있으니 행여 일본 사람들이 그 사실을 알까 두렵다. 게다가 저자 자신이 이씨이니 아이러니가 아닐 수 없다. 그런데 2017년 개정판에서도 이 오류는 고쳐지지 않은 상태다.

오얏나무는 중국이 원산지다. 그러나 일찍부터 우리나라 전역에서 재배해 왔다. 오얏꽃은 살구나 복사꽃과 마찬가지로 사월에서 오월 사이에 핀다. 꽃잎은 다섯 장이고 빛은 흰색이지만 새로 나오기 시작한 잎과 함께 피기 때문에 그 빛이 번져서 멀리서 보면 아스라한 연두색으로 보인다.

그래서 연분홍빛이 도는 살구꽃과는 달리 얼음처럼 차고 시리다. 꽃이 지는 것을 보고 있노라면 어지럽게 날리는 봄의 서설瑞雪로 착각할 정도다. 이런 시가 있다.

가지에 붙었을 젠 눈인 줄만 여겼더니
맑은 향기 그윽하여 꽃인 줄 알겠네.

열매는 칠월에 익는데 어떤 것은 달걀만 한 것도 있다. 맛은 신맛이 많아서 일본 사람들은 신 복숭아라는 뜻으로 스모모すもも라고 부른다. 오얏은 과일로서만이 아니라 한약재로도 쓰인다. 씨는 진통, 해소, 통변, 피로에 두루 좋다고 한다. 이런 이야기가 있다.

옛날 노자老子의 어머니가 그를 배고 81일 동안이나 오얏나무 아래에 있다가 아이를 낳았는데, 그 때문에 노자는 성을 '이李' 씨로 했다는 것이다. 아직 성이란 것이 확실하게 정착되기 전의 일이라 그럴 수도 있겠다 싶다. 어떤 특수한 인연으로 해서 태어난 곳의 지명이나 사물의 이름을 따 성을 삼은 예는 동양과 서양이 다르지 않다. 지금도 그런 방법으로 흔히들 짓는다.

내가 왕십리에 살 때인데 이웃에 '지붕예'라는 할머니가 계셨다. 하도 이상해서 여쭈었더니, 을축년 장마 때 지붕에서 태어났다고 해서 그렇게 지은 것이라고 했다. 흥남철수 때였다. 내가 탄 배는 단양호라는 상륙용 배였는데 3,000여 명이나 되는 피난민을 싣고 거제도로 가는 길이었다. 중간쯤 왔을 때 한 여인이 아들을 낳았다. 선원들이 돈과 음식을 거두어 산모에게 주었다. 그리고 그 아이 이름을 무슨 '단양丹陽'인가로 짓기로 했던 기억이 난다. 이런 아이는 그 배나 비행기를 평생 무료로 탈 수 있다고 하니, 아무리 각박한 세상이라지만 이런 재미있는 일도 더러 있구나 하는 위안을 갖게 된다.

오얏나무에 얽힌 또 하나의 이야기가 있다. 신라 말 도선道詵의 비결서에 이런 구절이 나온다.

"왕씨를 계승할 자는 이씨이고, 그는 한양에 도읍한다繼王者李, 而都於漢陽."

이에 고려 조정에서는 이씨가 득세하지 못하게 하기 위해 한양을 남경南京이라 하여 왕도와 같은 대우를 하는 동시에, 거기에 오얏나무를 많이 심어 놓고 해마다 관리로 하여금 오얏나무를 잘라내게 하였다.

이런 행위는 일종의 모방 주술 또는 동종同種 주술이라 한다. 다시 말하자면 비슷한 것은 비슷한 것끼리 통한다는 원리에 근거한 주술이다. 장희빈이 인현왕후를 그린 화상에다 화살을 쏘면서 왕후가 죽기를 빌었던 것과 같은 이치다. 오얏나무는 곧 오얏 리자 이씨들의 화상이나 다름없는 것이니, 오얏나무를 자르는 행위는 곧 이씨 세력을 사전에 자르는 것과 같은 효과를 가져온다고 믿은 데서 나온 방비책이었던 것이다. 이런 것을 풍수에서는 염승厭勝이라고 하는데, 아주 힘을 못 쓰게 눌러 버린다는 뜻이다.

지금 서울 종로구 효제동의 옛 이름이 예리동刈李洞이었다.

이 예刈 자는 '벨 예'로, 예리동이란 결국 '오얏나무를 베는 마을'이란 뜻이 된다. 고려 때부터 여기에 오얏나무를 심어 놓고 베어 내려온 데서 유래한 이름이다.

고려가 그렇게 미리 손을 써 놓았으나 결국 올 것은 오고 말았다. 고려 말에는 '목자득국木子得國', 즉 이李씨가 나라를 얻는다는 참요讖謠까지 떠돌더니 드디어 이성계가 역성혁명을 일으켜 나라를 차지하고 말았다. 도선의 예언이 적중한 것이다. '목자木子'란 이李 자를 목木과 자子의 두 글자로 나눈 것이다. 이렇게 하나의 글자를 분리해서 일부러 뜻을 모호하게 함으로써 신비성을 더하여 마치 신의 신탁으로 여기도록 하는 것인데, 이를 파자破字라고 한다. 점괘나 예언 또는 참요 같은 것에 자주 쓰이던 수법이다.

더 재미있는 일은 이것을 모방한 사건이 그 후에 일어났다는 사실이다. 조선 선조 때다. 정여립鄭汝立이란 사람이 참요의 신기한 효능을 믿어 일부러 노래를 지어 세상에 유포시켰는데, 그 노래는 이러하다.

목자망木子亡
전읍흥奠邑興

그는 이것을 옥으로 된 판에 새겨서 지리산 바위굴 속에 숨겨두었다가 승려 의연義衍을 시켜서 우연히 발견한 것처럼 세상에 퍼뜨려 자기가 장차 왕이 된다고 소문을 내게 한 것이다. 이 글을 풀이하면 '이씨는 망하고 정씨가 흥한다'는 내용이다. 전읍奠邑이란 정鄭의 파자이니, '전읍흥'이란 곧 정씨가 흥한다는 뜻이 된다. 그러나 그 사실이 탄로 나서 그의 계략은 실패로 돌아가고, 결국 멸문지화를 당하고 말았다.

이와 비슷한 사건은 그 후에도 계속된다. 말하자면 《정감록鄭鑑錄》에 나오는 '정도령'이라는 한국적 메시아의 출현설이다. 정도령이 나타나 가난과 귀천이 없는 세상을 만들 것이란 기대와 희망은 민중들에게 강한 호소력을 가지게 되었다. 그러나 오리라던 메시아는 끝내 오지 않고, 바다 건너 왜적이 쳐들어와서 결국 나라와 백성이 모두 그들 손에 떨어지고 말았다. 가난 위에 이제 나라 잃은 설움까지 겹치고 만 것이다. 온갖 영욕의 조선 왕조 오백 년은 결국 그렇게 막을 내렸던 것이다.

1953년 서울 환도 직후였다. 나는 친구와 함께 창경궁에 놀러간 적이 있었다. 그런데 식물원 온실 용마루에 벚꽃 문양이 나란히 장식되어 있는 것이 아닌가? 어린 마음에도 화가 났다. 해방된 지 얼마인데 아직 일제의 잔재가 저렇게 버젓

이 남아 있을 수 있느냐는 것이었다. 그래서 우리는 온실 관리인인 듯한 사람에게 항의조로 말했다. 그랬더니 그 사람이 웃으면서 하는 말이, 그것은 벚꽃이 아니라 오얏꽃이라는 것이었다. 그리고 덧붙이기를, 오얏꽃은 조선 왕실의 문장이기 때문에 거기에 장식되어 있다고 했다.

우리는 아니라고 우겼다. 왜냐하면 전에 본 벚꽃 문양과 다른 점을 찾을 수 없었기 때문이다. 그러자 그의 설명인즉 벚꽃 화판花瓣의 끝은 하트형으로 날카롭게 패어 들어가는데, 오얏꽃의 그것은 그대로 동그랗게 돌아간 것이 다르다고 했다. 그제야 우리는 고개를 주억거리며 물러섰다.

오얏꽃 문장

사쿠라 문장

이 글을 쓰면서 지난가을에 다시 가보았더니 온실 용마루의 그 오얏꽃은 65년 전이나 다름없이 그대로여서 여간 반갑지 않았다. 그러나 그때 함께 항의하던 내 친구는 이미 이 세상을 떠난 지 오래이니 그 반가움도 잠시뿐, 인생의 덧없음만 가득 안고 돌아올 수밖에 없었다.

오얏꽃이 언제 왕실 문장이 되었는지에 대한 정확한 기록은 없다. 아마 고종 때이거나 아니면 그 이후로 보는 것이 타당하리라 생각된다. 우리 식으로 말한다면 왕실 문장이란 것이 일찍이 있었던 적이 없기 때문이다. 일본은 메이지 천황 때 국화菊花를 황실 문장으로 삼았다. 우리 황실 문장은 그러니까 그 이후로 보는 것이 합당할 것이다. 지금도 창덕궁에 가면 인정전 용마루와 인정문에 각각 다섯 개와 세 개의 청동으로 만든 오얏꽃 문장이 장식되어 있는 것을 볼 수 있다.

언젠가 〈조선일보〉에 '고종의 후손들 왕실 복원을 꿈꾼다'라는 기사가 실린 적이 있다. 의친왕의 열째 아들 이석과 몇몇 학자가 주축이 된 모양이었다. 이들의 주장은 "대한제국은 국민을 버린 일이 없고 국민은 대한제국을 저버린 일이 없으니, 일제가 끊어 놓은 원형을 바로잡는 일은 입헌군주제의 확립"이라는 것이었다.

그런 주장이 옳은지 어떤지는 따지고 싶은 마음이 아니다. 다만 한 가지 묻고 싶은 것은 백성들이 나라 찾기에 목숨을 걸고 싸울 때 고귀하신 황손께서는 어디서 무엇을 하고 계셨느냐는 것이다.

오얏꽃이 한때 '이왕가'의 문장이었던 것은 사실이다. 그러나 지금은 아니다. 이왕가라는 말부터가 일본 냄새가 난다. 오얏꽃은 조선 왕조가 성립하기 전부터 이 땅에 뿌리를 내리고 이 나라 사람들과 함께 고락을 같이해 온 희고 순결하고 그리고 아름다운 우리 모두의 꽃일 뿐이다.

희망의 꽃
개나리

외국 사람들이 한국에 와서 받는 강한 인상이 두 가지 있다고 한다. 하나는 가을하늘이고, 다른 하나는 봄 개나리꽃이란다. 지난봄에 한국을 다녀간 어느 일본 작가도 같은 말을 했다. 한국 하면 노란 개나리가 떠오른다는 것이다. 김포공항에서 시내로 들어오는 길은 물론 공원이고 산자락이고 온통 개나리꽃이니 그럴 법도 한 일이다.

시골 사람들이 하는 말이 있다. 산에서 제일 먼저 피는 것은 생강나무꽃이고, 들에서 제일 먼저 피는 꽃은 유채꽃이며, 울안에서 제일 먼저 피는 꽃은 개나리라고. 그런데 이 꽃의 공통점은 모두 노란색이라는 사실이다. 이 밖에도 봄에 일찍 피는 꽃은 대개 노란색이다. 생강나무꽃이 그렇고 양지

꽃이 그러하며 복수초 또한 그렇다. 노란 꽃은 추위에 강하다. 추위뿐만이 아니라 어떤 악조건에서도 잘 살아가는 강인함을 지닌 억척스러운 꽃으로 알려져 있다.

노란색은 눈에 잘 띄는 색이기 때문에 서양 중세기에는 창녀들에게, 제2차 세계대전 때는 유대인들에게 노란 표지를 달게 하였다. 도로 중앙선도 노란색이다. 그러나 유럽인들의 민속에서 보면 노랑은 악마나 악정이나 악당이나 악조건에서도 살아나는 부활과 끈기의 상징이 되기도 한다. 그래서 봄에 노란 나비를 보는 사람에게는 행운이 오고, 환자에게 노란 꽃을 선물하면 빨리 쾌유된다고 믿는다.

미국인들에게도 노란색은 애정과 희망의 상징으로 통한다.

1979년의 일이다. 테헤란 주재 미국 대사관이 이란군에 의해 강점되었을 때다. 52명의 인질 가운데 자기 남편이 끼어 있다는 사실을 알게 된 랜슨 여사는 그날로 노란 리본을 만들어 집 앞 떡갈나무에 매달았다. 1970년대 초 히트곡이었던 '떡갈나무에 노란 리본을 매세요'에서 영감을 얻은 것으로, 남편의 무사 귀환에 대한 기원을 나타낸 것이었다. 그 리본이 영험이 있었는지는 모르지만 3개월 만에 남편이 풀려났다. 감격적인 재회의 기쁨 속에서 그들은 떡갈나무에 매달았던 리본을 함께 풀었다고 한다.

이후부터 인질 사건이 터질 때마다 노란 리본이 인질 석방 시위대의 맨 앞을 장식하게 되었다. 걸프전 때도 마찬가지였다. 장병들의 무사 귀환을 비는 노란 리본이 미국 전역을 수놓았다는 신문 기사를 읽었다.

그런데 슬프게도 2014년 4월 16일 300여 명의 단원고 학생들을 태운 세월호가 진도 앞바다에서 침몰했다. 돌아오지 못하는 어린 학생들을 기다리며 유족과 국민들은 가슴에 노란 리본을 달았다. 그러나 어린 학생들은 돌아오지 않았다. 그 결과는 대통령 탄핵이라는 초유의 결과를 불러오고 말았다.

과거 우리나라에서 리본을 억세게 달던 시절이 있었다. 6·25를 전후한 시대는 그야말로 '리본 패용 시대'라고 해도 지나친 말이 아닐 정도였다. 길이 10센티미터, 폭 3센티미터 크기였는데, 불조심 강조 주간에는 빨간 리본을, 산림 녹화 강조 주간에는 초록색 리본을 달았다. 그 밖에도 불우이웃 돕기 주간이니 독서 주간이니 해서 그때마다 색색의 리본을 달게 했다.

요새는 리본 대신 '머리띠 시대'라고나 할까? 1980년대 대학생들과 파업 때 노조원들의 머리에는 영락없이 붉은 띠가 매어져 있었다. 붉은색은 피, 투쟁, 혁명을 상징하는 색이다. 그러나 21세기는 화해와 협력의 시대다. 이제 이 붉은 띠도 달라져야 될 것 같다. 빨강에서 노랑으로 말이다. 노랑은 희망, 끈기, 애정의 색이기 때문이다.

노란 꽃의 대표라고 할 수 있는 개나리는 우리나라가 원산지다. 그래서 학명도 Forsythia koreana로 되어 있다. 우리나라 이름이 들어가는 몇 안 되는 학명의 하나다.

개나리 종류는 많지 않다. 세계적으로 여덟 가지 정도다. 개나리는 중국과 일본에도 있지만 한국의 개나리처럼 그렇게 선명하지 않다. 1960년대까지는 충청남도와 함경북도를 제외하고 전국에 자생하는 것으로 보고되어 있다. 지금 함경북도는 알 수 없지만 충청남도에도 개나리가 많이 심어져 있다.

1950년대 무궁화가 나라꽃으로 마땅치 않으니 다른 꽃으로 바꿔야 한다는 여론이 일어났을 때, 주요한朱耀翰 같은 분은 개나리를 국화로 해야 한다고 말한 적이 있다. 전국에 걸쳐 있는 꽃이면서 가장 친숙한 꽃이라는 것이 그 이유였다.

개나리는 귀족적인 품위를 갖춘 꽃은 아니다. 깊은 향기가 있는 것도 아니며, 형태가 우아하다거나 고상한 것도 아니다. 소박한 시골 처녀 같은 꽃이다. 노랑저고리를 입은 '이쁜이'라는 이름이 어울릴 듯한 꽃.

해서 이 꽃을 꽂을 때는 고급 화병이 어울리지 않는다. 그렇다고 요새 나오는 유리병 같은 것에도 맞지 않는다. 개나리가 잘 어울리는 화병은 검정 토기 아니면 번쩍거리지 않는 오지 항아리 정도가 좋다. 물론 굽이 높은 신라 토기나 가야 토기면 더할 나위가 없지만.

이른 봄 어두운 거실 한쪽에 아무렇게나 꽂혀 있는 한 항아리의 개나리는 방 전체를 환하게 물들일 뿐만 아니라 적어도 한 달은 봄을 앞당길 수 있다. 다음은 우리 민요다.

약달래 반달래
이 가지 저 가지
노가지 향나무
진달래 왜철쭉
맨드라미 봉선화
누르퉁 호박꽃
모가지 잘룩 도라지꽃
맵시 있다 애기씨꽃
부얼부얼 함박꽃과
절개 있다 연꽃이야
이 꽃 저 꽃 다 버리고
개나리 네로구나.

소외당한 개나리와 소외당한 서민들의 동병상련의 심정에서 나온 민요라고나 할까. 그런데 개나리에게는 좀 불명예스러운 일이 될지 모르지만, 일제 강점기 때 이런 이야기가 있었다.

어느 날 종로 YMCA에서 월남月南 이상재 선생이 어떤 애국집회에서 사회를 보려고 연단 위에 올라갔다. 그런데 장내를 둘러보니 청중 속에 일본 형사들이 여기저기 앉아 있는 것이었다. 괘씸하게 생각한 선생은 먼산을 바라보는 체하면서 말했다.

"어허, 개나리가 만발했군!"

그러자 장내에서 폭소가 터져 나왔다. 그 당시 은어로 일본 형사를 '개'라 하였고, 순경을 '나리'라고 불렀기 때문이다.

우리나라에서 자생하는 개나리 종류는 네 가지다. 중국 사람들은 나무에 꽃이 피어 있는 모양이 새의 꼬리와 같다고 연교連翹라 부른다. 영어 이름은 골든 벨Golden bell이다. 꽃이 조롱조롱 달린 모양이 작은 황금 종 같기 때문이다.

기상청 통계에 의하면, 1957년부터 1987년까지 30년간 서울에서 개나리 개화일은 3월 17일에서 4월 18일 사이로 되어 있다. 평균 개화일은 4월 2일이라고 한다. 그러나 2000년대는 지구 온난화로 개화 시기도 그보다 훨씬 앞당겨졌다.

그러나 때로는 제철이 아닌데 피는 꽃도 있다. 이런 꽃을 광화狂花, 즉 미친 꽃이라고 한다. 꽃이 제철이 아닌 때 피면 세상이 어지러워진다는 속설이 있다. 1979년에는 일월에 매화가 피더니 그해 10월 26일 박정희 대통령이 저격당했다는 것과 같은 이야기다.

개나리는 서울시 시화市花다. 원래 춘천시 시화였는데 서울시가 나중에 이를 시화로 정해 춘천 시민들을 뿔나게 했다는 이야기를 들은 적이 있다. 아무리 서울특별시라고 이래도 되는 것이냐는 볼멘소리였다.

조선 말기 이준 열사가 순국한 헤이그 시의 문장은 황새인데, 서양에서 황새는 잉태의 상징이다. 헤이그 시는 이 황새를 문장으로 정한 다음 인구가 급격히 증가하였다고 한다. 서울시가 개나리를 시화로 정했으니, 이제 시민들은 희망찬 앞날만 있을 일이다. 개나리 꽃말이 '희망'이기에 하는 말이다.

목련을 사랑하기엔 나이 서른도 오히려 앳되다

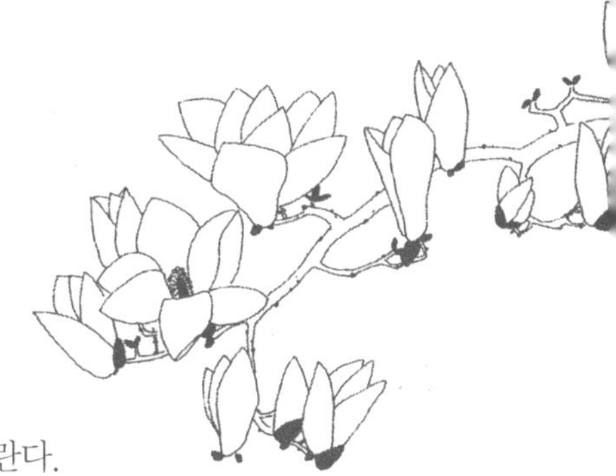

철학개론일랑 말자.
면사포를 벗어 버린 목련이란다.
지나간 남풍이 서러워
익잖은 추억같이 피었어라.
베아트리체보다 곱던 날의 을남이는
흰 블라우스만 입으면 목련이었어라.

조병화趙炳華의 〈목련화〉 일부다. 흰 블라우스만 입어도 목련 같을 수 있는 여인이라면 '을남'이라는 사내아이 이름과는 달리 그녀는 분명 청순하고 우아한 여인임에 틀림없으리라. 그리고 어디서든 첫눈에 환히 들어올 만큼 수려하고 그래서 언제나 우뚝할 것임에 틀림없으리라.

복숭아꽃 살구꽃 같은 봄꽃들은 예쁘고 화사하지만 목련꽃만큼 크고 뚜렷하지 못하기 때문이다. 군계일학이라고나 할까? 계절의 신비요 신의 거룩한 표정이라고나 할까? 봄볕 아래 유백색으로 빛나는 목련을 쳐다보고 있노라면 그 고매한 기품 앞에 가벼운 일상들은 조그만 티끌처럼 초라해진다.

그러나 이것은 보는 사람의 마음이 평온한 경우이고, 그렇지 않은 사람의 눈에는 전혀 다른 모습으로 보이는 것이 또한 목련이다. 물론 흰 목련일 경우이지만, 나뭇가지 끝에서 터지는 한 송이 한 송이가 모두 곡성哭聲이라고 노래한 시인도 있다. 또 어떤 시인은 "내가 어려서 홀로 된 누님" 같다고도 했다. 학같이 고아한 봉오리, 눈같이 맑고 깨끗한 자태가 가을꽃 같은 느낌을 주기 때문이리라.

이동주李東柱 시인은 "목련을 사랑하기에는 나이 서른도 오히려 앳되다" 하였다. 목련은 모든 고초를 딛고 이제 조용히 자신 속에 침잠해 있는 여인 같기도 하고, 또 어떻게 보면 불심에서 피어난 보살 같은 느낌을 주기 때문이 아닌가 한다. 꽃 생김새가 연꽃을 닮은 때문이기도 하겠지만, 전국의 사찰에 많이 심겨져 있는 것도 어쩌면 이 꽃이 주는 이런 느낌에서 연유한 것은 아닌가 하고 생각한다.

목련에는 우선 두 가지가 있다. 백목련과 자목련. 중국에서는 백목련을 옥란玉蘭 또는 옥수玉樹라고 한다. 꽃이 옥처럼 희다고 해서 붙인 이름이다. 자목련은 목란木蘭이라고 한다. 때에 따라서는 두 가지를 다 목련 또는 목란이라고도 한다. 그렇게 부르는 것은 향기가 난초의 그것과 같다고 해서 붙은 이름이다. 또 꽃잎 하나하나가 다 향기롭다고 해서 향린香鱗이라고도 한다.

그러나 목련의 향기가 난향蘭香처럼 맑고 은은한 것은 아니다. 오히려 사람을 사로잡을 정도로 매혹적이며 코가 매울 정도로 강하다. 이런 향기는 꽃에서만 나는 것이 아니라 나무 자체에서도 난다. 나무 껍질에서 향수의 원료를 뽑는 것도 이 때문이다. 향기가 너무 진해서 북미 인디언들은 한 송이 목련을 방에 두고 자면 향기에 취해서 죽어 나온다 하여 목련 나무 아래서는 낮잠 자는 것을 금기로 여긴다.

목련의 향기는 진할 뿐만 아니라 멀리까지 풍기는 것으로도 유명하다. 중국 심양강에는 목란섬이 있는데 칠십 리 밖에서까지 향을 맡을 수 있다고 한다. 잉그럼이라는 영국 식물학자는 목련 향기가 1.2킬로미터까지 미친다는 실험 결과를 밝히기도 했다.

향기가 짙기로는 제주 한라산 산록에서 자생하는 목련도 마찬가지다. 이 자생종을 개목련 또는 한자명으로 신이辛夷라고도 하는데, '매울 신'자를 쓴 것은 향기가 맵게 느낄 정도로 강하기 때문이다. 피는 시기도 같고 잎보다 꽃이 먼저 피는 것도 같으며 꽃색도 같은 흰색이지만, 개목련은 꽃잎 밑 부분에 연한 붉은색이 나는 것이 다른 점이다.

백목련을 영춘화迎春花라고도 하는데, 봄맞이꽃이라는 뜻이다. 또 백설이 분분하는 이른봄에 핀다고 해서 시인들은 이 꽃을 두고 근설영춘近雪迎春이라 부르기도 한다. 거기에 반해서 자목련은 좀 늦게 피기 때문에 망춘화亡春花라고 부른다.

또 꽃봉오리가 붓끝과 같다고 해서 목필木筆이라 하며, 꽃봉오리의 부리가 항상 북쪽을 향하고 있어 북향화北向花라는 별명이 있기도 하다. 목련이 활짝 피기 전에 잘 관찰해 보면 모든 꽃봉오리의 끝이 북쪽을 향하고 있다는 사실에 놀랄 것이다. 이런 특이한 형태 때문에 다음과 같은 전설이 생긴 것 같다.

옛날 옛적 하늘 나라에 예쁜 공주가 살고 있었다. 어찌나 예쁘던지 하늘을 나는 새들도 날갯짓을 멈추고, 지나가던 구름들도 넋을 놓고 바라볼 정도였다. 그러니 하늘 나라의 귀공자들이 가만히 둘 리가 없었다. 기회가 있을 때마다 환심을 사려고 갖은 방법을 다 써보았지만 야속하게도 공주는 한번 거들떠보는 일이 없었다.

오직 북쪽 바다를 지키는 바다의 신의 사나이다운 모습에 반해서 밤이나 낮이나 북쪽 바다 끝만 바라보고 있을 뿐이었다. 하늘 나라 임금님이 아무리 말려도 공주의 마음은 이미 기울어진 뒤라 어떻게 해 볼 도리가 없었다.

혼자 애를 태우던 공주는 어느 날 몰래 궁궐을 빠져나와 온갖 신고 끝에 드디어 북쪽 바다에 이르게 되었다. 그러나 슬프게도 그는 아내가 있는 몸이었다. 실망한 나머지 공주는 그만 바다에 몸을 던져 버렸다. 뒤늦게 이 사실을 알게 된 북쪽 바다의 신은 공주의 죽음을 슬퍼하며 시신을 수습해 양지바른 곳에 묻어 주었다. 그리고 무슨 뜻에서인지 자기 아내에게도 잠자는 약을 먹여 그 옆에 나란히 잠들게 하고는 평생 홀로 살았다.

이 사실을 알게 된 하늘 나라 임금님은 가엾이 여긴 나머지 공주는 백목련으로, 바다의 신의 아내는 자목련으로 다시 태어나게 했다. 그러나 다하지 못한 미련 때문에 두 목련꽃 봉오리는 항상 멀리 바다의 신이 살고 있는 북쪽을 향하고 있다는 것이다.

목련화의 하나인 산목련을 천녀화天女花라고 하는 것은 이런 전설 때문인지 모른다. 산목련은 개목련과 다른 것으로 오월에서부터 유월 사이에 핀다. 지역에 따라서는 이 꽃을 함박

함박꽃

꽃이라고도 부른다. 《동국여지승람》에, 개성 천마산 대흥동에 여름이면 짙은 녹음 속에 목련화가 무성하게 피어 맑은 향기가 코를 찌른다고 했는데, 여기서 말하는 목련은 그러니까 함박꽃을 두고 하는 말임에 틀림없다. 왜냐하면 여름에 피기 때문이다. 산목련, 즉 함박꽃은 나뭇잎이 나온 다음에 하얗게 핀다. 모양은 비슷하나 크기는 목련보다 작은 편이다.

그런데 1991년 7월 1일자 〈조선일보〉에 보면 김일성에 의해 '목란꽃'이 북한의 국화로 제정되었다는 기사가 실렸다. 김일성은 이 꽃을 "아름답고 향기로우며 생명력이 강하기 때문에 꽃 중의 왕"이라 하고, 또 그윽한 향기 때문에 '나무에 피는 난'이라고 불렀다고 한다.

1992년판 《조선말 대사전》은 목련과 목란을 따로 설명해 놓았다. "둘 다 목란과에 속하지만 목란은 잎이 무성하고 산기슭과 골짜기의 습한 곳에 주로 자생한다"고 풀이되어 있다. 또 1995년 9월 5일자 〈조선일보〉에 실린 사진을 보면 꽃 모양에서부터 색깔과 나뭇잎 모양에 이르기까지 모두 함박꽃과 흡사하다. 그러니까 '목란화'란 산목련, 다시 말해서 함박꽃을 두고 하는 말임에 틀림없다.

문일평文一平의 《화하만필花下漫筆》에 보면, 우리나라에서 목련으로 유명한 곳은 전남 순천의 송광사라고 알려져 있다. 그리고 1930년대 서울에서도 산정山亭이나 별장 같은 곳에 간혹 심는다고 했다. 오늘날처럼 그렇게 많이 심지는 못했던 모양이다. 우선 겨울을 나기가 쉽지 않았을 것이다. 1960년대까지만 해도 서울은 감나무도 월동하기 어려울 정도로 추웠기 때문이다. 그러나 지금은 단독주택에 백목련 한 그루 없는 집이 없다. 경제적으로 윤택해진 덕도 있지만 지구 온난화 현상에다 대기오염으로 서울에 열섬 현상이 생겼기 때문이다.

지금은 겨울에 싸주지 않아도 월동이 잘 된다. 목련을 어렵지 않게 가꿀 수 있게 된 것은 좋은 일이지만, 대기오염이 심해지는 것을 생각하면 마냥 좋아할 일만도 아닌 것 같다.

저 무덤 무슨 설움 그리 많아
할미꽃이 저리 많이 피었나

할미꽃은 첫인상이 좀 그렇다. 수상쩍다는 말이다. 따뜻한 봄볕인데도 털모자를 쓴 것처럼 보이는 것이 그렇고, 모든 봄꽃들이 태양을 향해 가슴을 열고 있을 때도 홀로 고개를 숙인 채 묵묵히 서 있는 모습이 또한 그렇다. 건드리기만 해도 눈물이 주르르 흐를 것만 같다. 게다가 색깔은 회색이고 허리는 잔뜩 굽었다. 무덤 가 잔디밭에서 잘 자라는 속성 때문에 더 그런 느낌이 드는 것인지도 모른다.

그러나 이런 겉모습과는 달리 속은 아주 빨갛다. 빨갛다 못해 검붉은색이다. 흑장미 같다고나 할까. 게다가 뭉쳐 있는 샛노란 꽃밥들의 견고함은 빈틈이 없어 보인다. 어려서 처음 할미꽃 속을 들여다봤을 때 받은 충격은 지금도 잊혀지지 않는다. 나는 그 조그만 털모자 속에 그렇게 뜨겁게 불타는 얼굴이 숨겨져 있으리라고는 상상도 못했다. 무슨 비밀을 훔쳐본 기분이었다. 이 세상에서 한스러움과 정열을 한데 섞어놓은 표정이 있다면 할미꽃의 표정이 바로 그런 것이 아닐까. 이은상李殷相의 시조도 할미꽃의 이런 미묘한 모습을 그린 것이라 하겠다.

> 겉보고 늙었다 마오, 마음속 붉은 것을
> 해마다 봄바람에 타는 안을 끄지 못해
> 수심에 숙이신 고개 어느 분이 알리오.

다음은 할미꽃에 얽힌 전설이다.

먼 옛날 어떤 마을에 할머니가 살고 있었다. 할머니에게는 부모를 잃은 두 손녀딸이 있었다. 언니는 얼굴이 예뻤지만 마음씨가 나빴고, 동생은 얼굴이 미웠지만 마음씨가 고왔다. 예쁜 큰손녀는 자라서 이웃 부잣집에 시집을 가고 그렇지 못한 손녀는 세 고개 너머 가난한 산지기에게 시집갔다.

가난해도 작은손녀는 할머니를 모시고 싶었다. 그런데 언니가 못하게 했다. 남의 이목이 두려웠기 때문이다. 할머니는 이럴 수도 저럴 수도 없었다. 큰손녀가 잘하리라고 생각한 것은 아니지만 그렇다고 가난한 손녀에게 짐이 되고 싶지도 않았다.

처음 얼마 동안은 그럭저럭 지냈다. 그러나 갈수록 큰손녀는 할머니를 소홀히 대했다. 나중에는 양식이 떨어져 찾아가면 짜증을 낼 정도였다. 그때마다 작은손녀 생각이 났다.

할머니는 드디어 길을 떠났다. 두 고개를 넘을 때만 해도 견딜 만했다. 그러나 마지막 고갯마루에 올라섰을 때는 한 발짝도 더 내디딜 수가 없었다. 며칠씩이나 굶었기 때문이다. 할머니는 커다란 바위 아래 앉아서 고개 밑으로 보이는 작은손녀의 집을 내려다보다가 잠이 들고 말았다. 마지막 햇빛이 할머니의 야윈 몸 위에 따뜻하게 비치고 있었다.

얼마 후였다. 나무를 지고 오던 손녀사위가 자고 있는 할머니를 발견하고 깨웠으나 할머니는 이미 이 세상 사람이 아니었다. 손녀사위는 할머니를 양지바른 곳에 정성껏 묻어 드렸다. 그리고 집에 가서 아내에게 그 사실을 말했다.

이튿날 아침 작은손녀가 그곳에 가보니 꽃 한 송이가 무덤 앞에 피어 있었다. 마치 허기져서 등이 굽은 할머니처럼. 착한 손녀는 할머니가 환생한 것이라고 생각했다. 그때부터 이 꽃을 '할미꽃'이라 부르게 되었다고 한다.

무덤 가에 피어 있는 할미꽃을 보고 있으면 정말 어떤 한스러움에서 피어난 꽃이라는 생각을 하게 된다. 남도 아리랑에 다음과 같은 구절이 있다. 한국인들이 할미꽃을 어떤 심정으로 받아들이고 있는가를 잘 보여 주는 예라고 하겠다.

> 저 무덤 무슨 설움 그리 많아
> 할미꽃이 저리 많이 피었나.

그런데 재미있는 것은 꽃 전설의 9할이 젊고 예쁜 여인이 억울하게 죽어서 다시 태어난 것으로 되어 있는데, 다만 이 할미꽃은 예외라는 사실이다. 예쁜 여인의 죽은 영혼으로 보기에는 꽃이 주는 이미지가 어울리지 않기 때문이었던 것일까?

이 꽃은 원래 꽃잎이 없다. 꽃잎 같은 것은 실은 꽃받침이다. 이 꽃받침이 떨어지면 꽃대에는 씨가 앉아 공처럼 둥굴게 뭉쳐지면서 길고 흰 씨가 바람에 나부끼는데, 이것이 마치 백발을 흩날리는 노인과 같이 보인다고 해서 중국에서는 백두옹白頭翁이라고 부른다.

설총薛聰도 〈화왕계花王戒〉에서 할미꽃을 삼베옷 입고 흰 머리칼을 날리며 화왕 앞에서 웅변으로 왕을 간하는 곧은 선비로 의인화시키고 있다. 여색을 좋아하는 신문왕을 간하기 위해서 설총이 지었다는 〈화왕계〉는 다음과 같다.

옛날 화왕이 처음 이 나라에 왔을 때 그것을 향기로운 동산에 심고 푸른 장막으로 보호하였더니 봄철이 되어 곱게 피어나 온갖 꽃들 중에서 훨씬 뛰어났다. 이때 가까운 데서부터 먼 데 이르기까지 곱고 아름다운 꽃의 정령들이 다투어 달려와서 왕을 배알했다.

그런데 갑자기 한 아름다운 여자가 붉은 얼굴, 옥 같은 이에 고운 옷을 말쑥하게 차려입고 간들간들 걸어와서 공손하게 말하기를, "나는 눈같이 흰 모래벌판에 자리잡고 거울같이 맑은 바다를 마주 보며 봄비에 목욕하여 때를 씻고 맑은 바람을 쐬면서 노니는데 이름은 장미라고 하옵니다. 대왕의 어지신 덕망을 듣고 이 향기로운 휘장 속에서 대왕의 잠자리를 모시려 하오니 대왕께선 저의 뜻을 받아 주시겠습니까?" 하였다.

그때 또 어떤 남자가 베옷에 가죽띠를 둘렀으며 성성한 백발에 지팡이를 짚고 비틀거리는 걸음으로 굽실굽실 걸어와서 말하기를, "저는 서울 문밖 한길 가에서 아래로는 아득히 펼쳐진 들판의 경치를 내려다보고 위로는 높이 솟은 산세에 의거하여 살고 있는데, 이름은 백두옹이라고 합니다. 제 생각으로는 좌우의 공궤供饋가 아무리 풍족하여 기름진 음식으로 배를 불리고 차와 술로 심신을 맑게 하며, 장롱과 상자에 의복을 쌓아 두었더라도, 좋은 약으로 원기를 돋우며 독한 약으로 병독을 없애야 하는 것입니다. 그러므로 옛 글에 실과 삼으로 만든 좋은 옷감이 있더라도 솔새나 기름사초 같은 천한 물건을 버리지 않아야만 모든 사람들이 아쉬운 것이 없다 하였으니, 대왕께서도 혹시 이런 생각을 두시는지요?"라고 물었다.

누가 옆에서 말하기를, "두 명이 이렇게 왔는데 누구를 두고 누구를 보낼 것입니까?" 하니 화왕이 말하기를, "영감의 말도 일리가 있다. 그러나 어여쁜 여자는 얻기가 어려운 것이니 이 일을 어찌 해야 할까?" 하였다.

그때 영감이 다가가서 말하기를, "나는 대왕이 총명하여 의리를 알리라 생각하였기에 예까지 왔던 것인데, 지금 와서 보니 틀렸습니다. 대체 임금이 된 사람치고 간사한 자를 가까이하지 않으며 정직한 자를 멀리하지 않는 이가 드물기 때문에 맹자는 불우한 신세로 일생을 마쳤으며, 풍당은 머리가 희도록 시시한 낭중郎中 벼슬에 그쳤습니다. 예부터 이러하였거니 낸들 어찌하겠습니까?" 하니 화왕이 "내가 잘못했노라, 내가 잘못했노라" 하였다.

설총이 이 이야기를 마치자 신문왕은 서글픈 내색을 지으며, "그대가 비유한 말은 진실로 의미심장하다. 이 말을 기록

하여 임금된 자의 경계를 삼겠다" 하고 드디어 설총을 발탁하여 높은 벼슬을 주었다고 한다.

꽃을 통하여 사회를 풍자한 전통은 그 후에도 계속된다. 조선 선조 때 임제林悌의 〈화사花史〉라는 한문소설 같은 것이 그것이다.

이 꽃은 아시아 원산으로 이탈리아에서는 사탑이 있는 피사에만 피는데, 전설에 의하면 십자군에 참가했던 피사의 사교司教 움베르토가 예수 그리스도가 못박힌 현장의 흙을 옮겨다 놓은 땅에서 피기 시작했다는 것이다. 또 할미꽃 물로 부활절 달걀을 염색하기도 하는데, 그 때문에 이 꽃은 부활절 꽃으로 불린다고 한다.

이 꽃은 생김새가 좀 으스스한 것처럼 꽃과 뿌리에 독이 있다. 그래서 소나 염소 같은 가축들도 피할 뿐만 아니라 어렸을 때 어른들이 이 꽃을 꺾거나 만지는 것도 금했던 기억이 난다. 뿌리를 짓찧은 즙은 재래식 화장실에 생기는 벌레를 없애는 살충제로 쓰일 정도다. 그러나 독도 잘 쓰면 약이 된다. 뿌리는 한방에서 설사를 멈추게 하는 지사제로 쓰이고, 이질을 고치는 데도 요긴한 약재가 된다.

독성이 강할 뿐만 아니라 뿌리가 곧고 깊게 뻗는 것이 이 꽃의 특징이기도 하다. 때문에 옮겨 심으면 대개 실패하고 만다. 요새 우리 야생화를 사랑하는 붐이 일고 있다. 수입 화훼에 식상했기 때문이다. 하지만 야생화를 사랑한다는 이유로 마구 파다가 심는 것은 바람직한 일이 아니다.

우리는 1970년대 제주도와 홍도의 풍란이 이런 잘못된 사랑의 이름으로 마구 캐가는 바람에 거의 멸종 위기에까지 이르렀던 것을 잘 기억하고 있다. 벌써 금강초롱이니 금낭화니 하는 꽃들은 멸종될 위기라는 소리가 높다. 셰익스피어의 비극 〈오셀로〉에서 오셀로는 아내 데스데모나를 죽이면서 "사랑하기 때문"이라고 말한다. 그러나 그것은 남의 손에 넘어갈 것을 두려워한 질투심 때문이지 참사랑이라 할 수는 없는 것이다.

야생화가 아름다운 것은 그것이 자연상태 그대로일 때다. 설혹 잘 살린다고 해도 화분이나 좁은 마당에 심은 할미꽃은 이미 할미꽃이 아니다. 거기에는 생기가 없고 신선한 야취野趣가 없다. 그것은 새장에 갇힌 새에 지나지 않는다. 할미꽃이 자랄 자리는 할미꽃이 선택하도록 내버려두어야 한다. 그것이 우리 야생화에 대한 참사랑이라고 생각한다.

구름처럼 피었다 눈처럼 지는 벚꽃

식물도 감각이 있다고 한다. 풀잎이나 나뭇잎의 감지 능력은 사람 혀보다 세 배나 더 민감하다. 그뿐만 아니라 기억력도 가지고 있으며, 경우에 따라서는 주인과 교감도 할 수 있다는 연구 보고가 있다. 그러나 식물에게 어떤 편견이나 애국심 같은 것이 있다는 말은 아직 들어보지 못했다.

그런데 실제는 그렇지 않았던 때가 있었다. 마치 어떤 꽃이 어느 나라의 이익을 대변하거나, 아니면 민족적 편견이라도 가지고 있는 것처럼 취급받아야 했던 '불행한 과거'가 있었다. 다름 아닌 무궁화와 벚꽃이 그런 꽃들이다. 이해를 달리하는 두 나라를 대표하는 꽃이라는 이유만으로 두 꽃은 영욕의 역사를 서로 바꿔 가면서 겪어야 했던 것이다.

벚꽃이 사랑을 받던 시기는 무궁화의 시련기였고, 무궁화가 사랑을 받던 시기는 벚꽃의 시련기였다는 이야기다. 꽃에게 무슨 잘못이 있었던 것은 아니다. 무궁화가 벚꽃을 비웃은 일이 없고, 벚꽃이 무궁화를 흉본 일도 없었다. 다만 남의 나라를 통째로 삼키려던 몇 안 되는 일본 위정자들 때문이었다.

식민지 시대 그들이 제일 먼저 하고 싶었던 것은 우리 민족혼의 말살이었다. 그러나 처음부터 노골적으로 그렇게 나올 수는 없었다. 일단 방향만 정해지면 방법은 부드러운 것부터 시작하는 것이 상책이다. 마찰을 최소화하면서도 의도한 바는 알게 모르게 침투되게 마련이니까.

우선 그들은 우리로 하여금 일본적 정서와 문화에 서서히 물들도록 하는 일부터 착수해 나갔다. 한글 말살이다 창씨 개명이다 하는 것은 나중 일이었다. 말하자면 한국식 경관을 일본식으로 바꾸어 놓는 것은 별로 힘들이지 않고도 되는 일이었다. 그런 의도에서 시작한 것이 벚나무 심기였다고 볼 수 있다. 그렇지 않았다면 그들이 벚나무 심기에 그렇게 열을 올렸을 리가 없었을 것이다. 그들의 신사神社는 물론 관청, 병영, 학교, 공원, 심지어 우리 고궁까지 모두 벚나무밭으로 만들어 버렸다.

어디 그뿐인가. 교복 단추에서 일상 용품의 문양에 이르기까지, 그리고 노랫말이며 동화의 삽화까지도 온통 벚꽃 천지였다. 그때는 이 세상에 벚꽃만 있는 것 같았다. 자고 나면 눈에 띄는 것은 벚꽃뿐이었다.

꽃놀이만 해도 그렇다. 전 같으면 봄꽃놀이라고 하면 진달래가 한창일 때 가까운 교외에 나가서 찹쌀가루 반죽에 진달래를 넣고 화전을 부쳐 먹으며 봄 경치를 완상하는 것이었다. 하지만 일제 강점기 때는 봄꽃놀이 하면 으레 벚꽃놀이를 의미했을 정도였다. 창경원 벚꽃놀이, 진해 벚꽃놀이 같은 것이 그 대표적인 예다. 해서 1939년에 나온 《화하만필》에서 문일평은 다음과 같이 당시 정황을 넌지시 개탄했다.

"과거 조선의 봄빛을 독차지한 꽃은 도화, 이화, 행화였지만 근일에 와서는 도화와 행화 대신에 벚꽃이 봄의 총애를 가장 많이 받고 있구나."

이 책이 나오고 여섯 해를 넘기기 전에 세상은 뒤바뀌고 말았다. 해방이 된 것이다. 그렇게 찬란하던 벚꽃은 그 꽃이 지는 것과도 같이 일시에 도처에서 수난을 당하게 된다. 일본에 대한 적개심이 '벚꽃 배척 운동'으로 나타난 것이다. 신사가 먼저 헐리고 다음에 벚나무가 잘려 나갔다. 어떤 지방에서는 그 잘라 낸 자리에 무궁화를 심기도 했다. 설혹 수난을 면했다 해도 돌보는 이 없는 나무들은 고사하거나 병충해로 죽어 갈 수밖에 없었다. 열이면 다섯은 그런 신세가 되었던 것으로 기억된다.

우리가 심은 무궁화를 뽑아 버리고 그것을 심은 사람들을 잡아간 것에 대한 보복이었던 것은 물론이다. 꽃의 역사로 볼 때 이 두 꽃 말고 어떤 꽃이 그런 수난의 역사를 살았던가 하고 생각할 때가 있다. 비슷한 경우로 제비꽃과 붓꽃의 관계라고나 할까? 프랑스에서는 부르봉 왕조 때가 붓꽃의 시대였다면 나폴레옹 시대는 제비꽃의 시대였다. 그러다 부르봉 왕조가 다시 들어서면서 제비꽃은 반역의 꽃으로 취급되었으니까.

아무튼 벚꽃에 대한 반감은 상대적으로 무궁화에 대한 사랑으로 날로 확산되어 갔다. 곳곳에서 무궁화 심기 운동이 일어난 것이다. 내가 무궁화를 처음 본 것도 그 무렵이다. 어린 안목으로 잘 알 수는 없지만 우리 국화를 되찾았다는 어른들의 표정이 무척 소중하다는 것으로 인식되었던 것 같다.

일본인에 대한 적대감은 '사쿠라'라는 어휘만으로 신경질적인 반응을 나타낼 정도였다. 사쿠라는 꽃이라는 의미를 떠나 '적의 첩자' 또는 '배신자', '훼방꾼'이라는 부정적 의미를 내포하는 말이 되어 버렸던 것이다. 예를 들어 "그놈은 사쿠라야!" 하는 말은 지금도 '그놈은 가짜'라거나 '이적 행위를 하는 자'라는 뜻으로 쓰이고 있다. 이처럼 벚꽃에 대한 배척 운동은 민족의 공감대를 이루며 전국적으로 확산되었다.

이런 과정이 일시적인 현상은 아니었다. 1980년대 초엽 문화재관리국에서는 서울에 있는 다섯 개 고궁에 대한 복원 공사를 하면서 일제가 훼손해 놓은 원형을 복원한다는 차원에서 일본인들이 고쳐 놓은 '창경원'이란 이름을 본래 이름인 '창경궁'으로 바로잡았고, 창경궁 안에 일본인들이 세운 장서각도 철거했음은 물론, 궁정에 심었던 벚나무도 모두 파내 버렸다. 그와 때를 같이해 서울의 봄놀이에서 빼놓을 수 없었던 '창경원 벚꽃놀이'란 말도 우리 머리에서 사라지고 말았다. 지금 그 자리에는 소나무와 오얏나무가 심어져 있다. 꽃도 시대를 탄다는 사실을 실감나게 하는 사건이다.

그렇다고 이 꽃나무가 일본이 원산지인 것도 아니다. 야생 벚나무는 한국은 물론 중국의 히말라야에까지 분포되어 있는 수종樹種이다. 제주 한라산 남쪽 중턱 600미터 지점에 일본 벚나무보다 훨씬 오래된 250년생 왕벚나무가 자라고 있다는 사실이 알려졌다. 1923년 일본 학자 이시도야 츠토무石戸谷勉에 의해서였다. 그 후 우리나라 학자들에 의해 재확인된 바가 있다.

제주도만이 아니라 서울 우이동도 벚나무가 많기로 유명했다. 벚나무는 활을 만드는 데 꼭 필요한 목재인데, 지금으로부터 300여 년 전 효종이 병자호란 때 받은 국치를 설욕하고자 북벌정책을 세우면서 궁재弓材로 쓸 목적으로 심은 것이라고 한다.

지리산 화엄사 지장암 뒤편 언덕에는 천연기념물 제38호인 수령 300년이 넘는 올벚나무가 살아 있다. 이 벚나무는 피안앵彼岸櫻이라고도 하는데, 조선 인조 때 고승 벽암 선사碧巖禪師가 불교의 사홍서원四弘誓願을 표시하기 위해 심은 것이라고 해서 사홍목四弘木이라고도 부른다. 원래 두 그루였는데 103년 전 절집을 수리하면서 한 그루를 잘라 재목으로 쓰고 한 그루가 남은 것이다. 그나마 해방되던 해인 1945년 8월 이상하게도 거센 바람이 불더니 나무의 3분의 2가 밑동에서부터 쪼개져 나갔다. 이 나무도 우이동의 벚나무와 같은 목적으로 심었다는 이야기가 전해지고 있다. 필자가 1995년에 조사한 바로는 나무 밑동 둘레가 390센티미터, 가슴둘레가 260센티미터였다.

그런데도 벚꽃이 일본을 연상시키는 꽃이 된 데는 그만한 이유가 있다. 첫째는 일본에 벚꽃 종류가 많기 때문이고, 둘째는 일본 사람들이 그들의 성정에 맞는 까닭에 다른 나라 사람들보다 더 많이 좋아하다 보니 저절로 그 나라를 대표하는 꽃이 되어 버린 것이다.

거기에 비해 일찍부터 벚나무가 자생하고 있었는데도 우리나라 사람들은 벚꽃을 별로 높이 평가하지 않았다. 그것은 일본 고전 문학작품에는 벚꽃이 자주 등장하지만 우리 고전에는 벚꽃이 거의 등장하지 않는다는 사실이 이를 증명해 주고 있다. 왜냐하면 우리 선인들이 꽃을 평가하는 기준이 일본 사람들과 달랐기 때문이다.

우리 옛 선비들은 복숭아꽃과 살구꽃도 한낱 소인배로 멸시했다. 왜냐하면 그런 꽃들은 추위를 견디고 피어나는 매화나 국화처럼 지사나 충신을 표상하지 않았기 때문이다. 그런데도 복사꽃이나 살구꽃이 시와 산문에 자주 등장할 수 있었던 것은 좋은 열매를 생산하므로 주위에 많이 심었기 때문이다. 하지만 벚꽃은 지사나 충신을 상징하는 덕목을 지닌 것도 아니고, 그렇다고 좋은 열매를 생산하는 것도 아니어서 예찬의 대상이 될 수 없었던 것이라 생각된다.

다시 말해서 연꽃이 아름다운 것은 꽃의 아름다움 때문이기도 하지만, 진흙에서 나왔으나 더럽혀지지 않아 마치 군자와 같은 성격을 지니고 있다는 의미와 같은 것이다. 여기서 연꽃의 아름다움은 인간의 도덕적 풍모의 아름다움과 상응하여 빛을 발함으로써 연꽃의 아름다움이 지닌 함축된 의미를 더욱 풍부하게 하기 때문이라는 이야기가 되겠다.

물론 벚나무 열매인 버찌가 영 쓸모가 없는 것은 아니다. 그것은 향기도 강하고 색깔도 곱고 먹을 수도 있다. 버찌를 소주에 넣고 몇 주 지나면 빛깔이 아주 고운 버찌주가 된다. 버찌를 체에 걸러서 꿀과 녹말을 섞은 다음 뭉근한 불에 조려서 굳힌 것을 버찌편이라 하여 옛날부터 먹어 왔다. 하지만 복숭아나 살구에 비할 것이 못 된다. 따라서 실용성이나 윤리성이 없는 아름다움만으로는 예찬의 대상이 될 수 없었던 것이다.

벚꽃이 제일 먼저 나오는 일본 문헌은 《고사기古事記》인데, 《일본서기》에도 다음과 같은 이야기가 나온다.

그러니까 5세기 초엽, 리추履中 천황이 뱃놀이를 하고 있었다. 그때 신하가 바치는 술잔에 공교롭게도 벚꽃잎이 하나 떨어졌다. 그 순간적인 정경을 몹시 아름답게 여긴 천황은 그 후 궁궐 이름을 사쿠라노미야櫻宮라고 했다.

중세인 가마쿠라鎌倉와 무로마치室町 시대는 사무라이의 전성기였는데, 이때는 이른바 "꽃은 벚꽃, 사람은 사무라이"라는 말이 유행할 정도였다. '벚꽃과 사무라이'의 관계는 그 후에도 계속된다.

벚꽃은 한꺼번에 피었다가 한꺼번에 떨어진다. 이것이 이 꽃의 특징이다. 이런 현상은 보는 사람의 입장에 따라 좋게 보일 수도 있고 나쁘게 보일 수도 있다. 이런 현상을 부박한 소인배라는 부정적 입장에서 본 것이 우리 조상들이라면, 그와는 달리 오히려 일치된 단결력과 희생 정신의 표상으로 파악한 것은 일본 사람들의 안목이요 가치관이다. 맺고 끊음이 분명한 일본인 특유의 성정에 어쩌면 이만큼 잘 맞아떨어지는 꽃도 달리 없었을 듯싶다.

이어령은 이렇게 말했다.

"사람들은 보통 꽃이 피는 것을 좋아하지만 그들은 오히려 지는 것을 더 사랑한다. 한순간의 아름다움이기 때문에 절실한 마음으로 바라볼 수 있는 것이다. 만약 지지 않는 꽃이라면 그 아름다움에 대한 밀도도 긴장도 희석되고 말 것이다. 왜냐하면 그런 아름다움에는 슬픔이 깃들어 있지 않기 때문이다."

제2차 세계대전 때 꽃다운 나이에 적의 전함에 비행기를 몰고 가서 산화한 가미카제 특공대 정신도 이 벚꽃의 정신이라고 하겠다. 그들은 봄날 흩날리는 벚꽃을 상상하면서 기꺼이 죽어 갔는지도 모른다.

벚꽃놀이가 유행한 것은 오래전 일이다. 제일 유명한 것으로는 도요토미 히데요시豊臣秀吉가 베푼 벚꽃놀이였다. 그는 교토에 있는 제호사醍醐寺의 마장에서부터 산자락까지 700미터 사이에 전국에서 선발해 온 벚꽃 명목名木 600그루를 심어 놓고 조선으로 출정하여 남편이 없는 부인들을 위로할 목적으로 호화판 벚꽃놀이를 벌였다. 그런데 그는 그 연회를 마친 지 석 달 만에 병사하고 만다. 죄 없는 사람들을 죽이고, 평화로운 이웃 나라를 짓밟고, 그리고 전공戰功을 셈한다는 명목으로 사람들의 코와 귀를 잘라 소금에 절여서 바치게 하고도 아파할 줄 모르고 여인들과 꽃놀이나 즐기고 있던 그에게 하늘이 무심했다면 도리어 이상한 일이었을 것이다.

일제 강점기 때 미국에서 독립운동을 하던 이승만 박사는 벚꽃의 원산지가 일본이라는 주장에 대해 당시 미국 의회에 진정을 해서 그 원산지가 한국임을 밝혔다. 그 결과 일본 벚꽃도 아니고 한국 벚꽃도 아닌 '동양 벚꽃'이라고 부르게 되었다는 일화가 전한다. 그러나 영어 이름은 일본 벚꽃Japanese Cherry으로 되어 있다. 우리나라 이름인 벚꽃의 '벚'은 '버찌'를 의미한다. '벗꽃'이라 표기하면 안 되는 것은 그 때문이다.

벚꽃은 사월 초부터 시작해서 잎보다 꽃이 먼저 핀다. 서울 경기 지방에 피는 시기는 사월 중순이고, 강원도 산간 지대는 오월 중순에야 핀다. 작은 꽃들이 대개 그렇듯 벚꽃도 한 송이씩 봐서는 맛이 나지 않는다. 한 그루의 나무를 따로 떼어놓고 본다고 해도 별로 신통한 것이 못 된다. 수십 또는 수천 그루가 한데 어우러져 동시에 피어 있을 때 비로소 제 맛과 멋을 발휘하게 된다. 그래서 가까운 곳에서가 아니라 먼 곳에서 바라볼 때 가장 아름답고, 무성한 꽃나무 아래를 연인과 함께 거닐면서 가끔 쳐다볼 때 아름다운 것이다.

봄날 정오의 현기증처럼 피는 벚꽃, 그리고 아쉬움만 남기고 가버리는 벚꽃, 구름같이 피었다가 눈처럼 지는 벚꽃, 해서 벚꽃은 피어 있을 때보다 질 때가 더 아름답다 한다.

다음은 영국의 고전학자 하우스먼A. E. Housman의 시다.

나무 가운데
가장 사랑스러운 벚나무
가지마다 가득히 피어난 꽃들
부활절을 맞아 흰옷을 차려입고서
수풀 속 승마길 옆에 늘어서 있네
화알짝 피어난 꽃을 보려면
쉰 번의 봄으로도 부족하리니
수풀 우거진 곳으로 나는 가야지
눈처럼 피어 있는 벚꽃을 보러.

이제 벚꽃 배척 운동 같은 것은 사라진 지 오래다. 반대로 오히려 벚꽃 장려 운동이라도 벌이고 있는 것은 아닌가 의아해질 때가 있다. 매년 사월이면 펼쳐지는 진해항의 벚꽃 축제가 옛날부터 유명한 것은 그렇다 치고, 1970년대에는 전주에서 군산 사이 100리나 되는 국도변에 벚나무를 심기 시작하더니, 경주 보문단지까지 새로운 벚꽃 명소로 등장했다. 그뿐인가 1990년대 들어오면서 곳곳에 세워진 아파트 단지며 여의도 윤중로에는 온통 벚나무 천지가 되어 버렸다. 게다가 철도청은 벚꽃 구경을 가는 사람들을 위해 특별 열차까지 배정할 정도다.

그런데 이상하게도 이런 현상을 볼 때마다 어딘가 바람 구멍 같은 것이 난 것처럼 마음 한편이 시리니 어쩐 일인지 모르겠다. 나도 어쩔 수 없는 국수주의자인가, 아니면 식민지 시대를 살면서 입은 상처가 아직 덜 아물었기 때문일까? 사이가 좋지 않은 이웃집 외동딸을 사랑할 수밖에 없는 사내처럼 벚꽃을 쳐다보는 내 마음이 조금은 어정쩡한 것은 틀림없는 사실이다.

복사꽃 피는 마을

높은 절개를 귀하게 여겼기 때문일까? 옛 선비들에게 복사꽃은 별로 사랑을 받지 못했던 것 같다. 어떤 이는 소인배니 요부니 하기도 하고, 또 어떤 이는 요사스러운 친구라고 하기도 했다. 심하면 "천한 계집 지분 단장을 했지만 목덜미 솜털은 감출 수 없구나" 하고 비꼬기도 했다.

송순宋純 같은 이는 "도리桃李야, 꽃인 양 마라" 하고 아예 꽃의 족보에서 파낼 기세였다. 좀 심하지 않았나 싶다. 강희안姜希顔은 꽃을 아홉 등급으로 나누면서 복사꽃을 다섯 번째에 넣었다. 그나마 대접받은 것이라 하겠다.

꽃이 푸대접을 받은 것도 그렇거니와 열매마저 푸대접을 받은 것은 어찌된 영문일까? 밤, 대추, 감, 사과 그리고 배와 복숭아 이렇게 육과六果 중에서 제사상에 오르지 못하는 것은 복숭아 하나뿐이다. 그 생김새 때문일까?

그러나 서민들은 복사꽃을 사랑했다. 매화니 난초니 하는 것은 남도 지방에서만 볼 수 있기 때문이기도 하지만, 그들에게는 멋이며 운치보다 화려한 꽃이 더 좋게 보였던 것인지도 모른다. 그래서 복숭아나무와 살구나무는 우리의 고향을 구성하는 데 빠질 수 없는 소재가 되었다.

쇠잔등같이 둥그스름한 초가집, 비스듬히 돌아간 돌담, 그리고 그 너머로 활짝 피어 있는 한두 그루 복숭아나무의 화사한 자태. 고향을 떠날 수밖에 없었던 사람들에게 이런 정경은 언제나 잊히지 않는 장면으로 떠오르게 마련이다.

어느 여행가가 우리나라 사람들이 많이 산다는 중앙아시아 타슈켄트에 갔는데, 그곳이 한인들이 사는 마을임을 한눈에 알아볼 수 있겠더란다. 동구 밖이나 집 주위에 복숭아나무며 살구나무를 심어 놓은 것이 마치 한국의 어느 마을을 그대로 옮겨다 놓은 것 같더라는 것이다.

이역만리 유랑의 삶이기에 고향이 간절했을 것이고, 그때마다 눈에 삼삼하게 떠오르는 것은 동구 밖에 핀 환한 복숭아꽃이었을 것이고, 그 복숭아나무를 심음으로 해서 고향을 옮겨 올 수 있다고 생각했을 것이다.

어떤 사람이 말하기를 우리는 세 가지 애국가를 가지고 있다고 한다. 첫 번째는 의식 때 부르는 공식 '애국가'이고, 두 번째는 '아리랑' 그리고 세 번째는 '고향의 봄'이라는 것이다. 복사꽃은 이 제3의 애국가에도 나온다. 이처럼 복사꽃은 가장 한국적인 꽃이다.

그리고 또한 가장 한국적인 여인을 상기시키는 꽃이기도 하다. 같은 여인의 얼굴을 보고도 각 나라마다 표현하는 말이 다르다. 서양 사람들은 '장밋빛 고운 뺨'이라 노래하고, 일본 사람들은 '사쿠라빛 고운 얼굴'이라고 읊는데, 우리나라 시인들은 '복사꽃 고운 뺨'이라고 노래한다. 사쿠라빛 얼굴은 너무 창백하고, 장밋빛 얼굴은 너무 강렬하다. 다소곳하면서도 육감적인 얼굴은 복사꽃 얼굴이다. 홍조를 띤 수줍은 얼굴을 반만 내밀고 웃는 여인의 모습을 상상해 보라. 우리는 거기에서 가장 한국적인 여인을 발견하게 될 것이다.

중국 사람들도 복사꽃을 좋아한다. 당나라 현종은 어느 날 복사꽃 한 가지를 꺾어 양귀비 머리에 꽂아 주면서, "이 꽃이 여인의 교태를 돕는구나!"라고 했다.

벚꽃은 필 때보다 질 때가 더 아름답다는 말이 있다. 복사꽃도 마찬가지다. 봄바람에 흩날리는 복사꽃을 보면서 사랑과 이별, 삶과 죽음을 생각하지 않는 사람은 드물 것이다.

예쁜 계집은
흰 이 드러내어 노래하고
가는 허리 하늘하늘 춤을 추라
봄도 어느덧 기울려 하는데
보라,
붉은 비처럼 떨어지는 복사꽃

이하李賀의 〈장진주將進酒〉 한 구절이다.

복사꽃 지는 것을 보고도 술을 마시지 않는 사람이 있다면 그는 인생의 반을 헛산 사람이다. 그런 사람과는 더불어 인생을 논할 가치가 없다. 눈물을 모르는 사람일 테니 말이다.

오래전이었다. 성북구 장위동 우리 집 마당에 이십 년이 넘은 복숭아나무가 두 그루 있었다. 복사꽃이 한창일 때면 친구를 불러 대작하기도 하고, 아니면 독작하기도 했다. 복사꽃 나뭇가지 사이로 달은 기울고 바람도 없이 시나브로 지고 있던 분홍빛 꽃잎들…. 마시고 또 마시다 취해서 일어서면 어느새 흰 옷소매는 꽃물이 들어 있었다. 지금 제주도 내 작업실 마당에도 복숭아나무 두 그루가 있다.

복숭아는 그 꽃색에 있어서나 모양에 있어서나 모두 여성을 연상시키기에 알맞다. 기생 이름에 도桃자가 많다든지,

성적인 내용을 담은 잡지를 도색桃色 잡지라고 하는 것도 다 이 때문이 아닌가 한다. 홍도紅桃라는 말은 한국 기생 이름의 대명사격이다.

《삼국유사》에 도화녀桃花女라는 여인이 나온다. 그녀는 신라 사량부의 미인이었다. 그녀가 얼마나 예뻤던지 진지왕은 보자마자 반해 버렸다. 그래서 남편이 있는 그녀를 힘으로라도 상관하려 하였다. 그러나 그녀는 마음을 허락지 않았다.

"너를 죽이면 어찌하겠느냐?"

"차라리 죽을지언정 다른 일은 원치 않습니다."

"네 남편이 없다면 어찌하겠느냐?"

"그러면 될 수 있습니다."

그런 일이 있은 지 얼마 후 왕도 죽고 그녀의 남편도 죽었다. 그리고 열흘째 되는 날 홀연히 왕이 나타나 말했다.

"네가 이전에 허락이 있었는데 이제는 되겠느냐?"

이에 그녀가 허락하자 이레 동안을 머물다가 갔다. 그런데 그 이레 동안 오색 구름이 그녀의 집을 덮고 방에 향기가 가득했다고 한다.

복사꽃과 물과 여인은 동양에서 낙원을 구성하는 세 가지 기본 요소라 하겠다. 그리고 그런 곳에서는 세월의 흐름도 멈추고, 죽음의 불안과 고통도 없으며, 모두 행복한 것으로 묘사되어 있다.

도연명陶淵明의 〈도화원기〉에 나오는 별천지가 그렇고, 유원태의 이야기가 그러하며, 또 다른 이야기도 마찬가지다. 서왕모西王母가 가꾸는 천도天桃는 삼천 년마다 꽃을 피우는데, 이 천도를 한 번 먹으면 얼굴이 소녀 같고, 또 장생불사한다고 한다. 이런 신화가 그저 근거 없는 것만은 아닌 것 같다.

《본초강목》에 보면, 복숭아를 얇게 저며서 말려 포를 만들어 두고 먹으면 안색이 좋아진다고 되어 있다. 하지만 너무 많이 먹으면 열이 난다고 한다. 복숭아에는 미독微毒이 있기 때문이다. 또 삼월 삼짇날 꽃을 따 음지에서 말려 두었다가 복용하면 안색이 좋아진다고 한다. 그렇게 해서 세 그루의 복사꽃을 다 먹으면 얼굴이 발그레해지면서 생기가 도는 것이 마치 복사꽃 같다고 한다.

우리 민속에 복숭아나무는 주력呪力을 가지고 있는 것으로 되어 있다. 병자에게 붙은 귀신을 쫓는 방법이 있는데, 그때 복숭아나무 가지로 환자를 가볍게 때리면서 경經을 읽는 것이다. 그러나 아무 가지나 되는 것이 아니다. 반드시 동남쪽으로 뻗은 것이라야 한다.

이런 민속은 일본에서도 마찬가지다. 《일본서기》에 이런 이야기가 나온다.

아마테라스 오미카미天照大神의 아버지 이자나기노미코토가 죽은 아내가 보고 싶어 황천으로 찾아간다. 죽은 아내가 생전의 모습으로 그를 맞는다. 그러면서 아내는 자신을 보지 말아 달라고 간청하고는 어둠 속으로 사라진다. 사방은 칠흑 같은 어둠인데 그는 아내를 더 보고 싶은 마음에 불을 밝힌다. 그러나 밝은 불빛 아래 드러난 아내의 몸은 퉁퉁 부어오른 채 썩어 들어가고 있었다. 그는 놀라서 도망친다. 아내를 지키고 있던 귀신들이 그를 추격해 온다. 한참을 쫓기다가 복숭아 밭에 이른다. 그는 복숭아나무 뒤에 숨어서 귀신들에게 복숭아를 던진다. 그제야 귀신들이 모두 물러간다.

우리 민속에서 제사상에 복숭아를 올리지 않는 것은 복숭아에 귀신을 쫓는 주력이 있기 때문이라고 믿은 데서 나온 결과가 아닌가 한다. 제사상을 받으러 온 조상님들이 혼비백산해서 도망가고 말 테니, 그런 불효가 어디 있겠는가. 그런데 복숭아에 귀신을 쫓는 주력이 있는지는 알 수 없으나 복숭아나무 잎이 구충제로 쓰이는 것은 사실이다.

이런 모든 민간 신앙은 그 근원을 신화에서 찾을 수 있을 것 같다. 《회남자淮南子》란 책에 다음과 같은 이야기가 나온다.

동해에 도도산이라는 섬이 있는데, 그 섬 가운데 큰 복숭아나무가 한 그루 서 있다. 그 나무에 꽃이 피면 사방 삼천 리가 복숭아꽃으로 덮인다. 그런데 그 복숭아나무 동쪽 가지 사이에 귀신들이 출입하는 귀문鬼門이 있다. 그 귀문에 신도神荼와 울루鬱壘라는 두 형제 신이 있어 그리로 출입하는 귀신들을 감시한다.

밤에 인간 세상으로 나갔던 귀신들은 사경四更, 새벽 1시~3시까지의 동안이 되어 그 복숭아나무 위에 있는 금계가 울면 그 소리를 듣고 모두 돌아가기로 되어 있다. 그래서 그들이 동쪽 가지 귀문에 이르면, 밤새 사람들에게 지나치게 해를 끼친 귀신은 갈대로 꼰 새끼줄에 묶어 호랑이굴에 던져 잡아먹히게 한다.

섣달 그믐날 도부桃符라 하여 복숭아나무 판자에 갈대로 꼰 새끼줄을 들고 있는 두 신상神像을 조각한 널판을 대문 양 기둥에 세워 놓고 큰 호랑이 그림을 그려 붙여 놓으면 잡귀가 범접하지 못한다고 믿는 풍속은 이 신화에 근거를 두고 있는 것임을 알 수 있다.

옛날 서울에서 복숭아꽃으로 유명한 곳은 성북동이었다. 꽃이 만발할 때도 장관이지만 꽃이 피기 전인 이월 하순쯤이면 잔가지들이 온통 비둘기 발가락처럼 발갛게 되는데, 멀리서 보면 밭 전체가 발그스름한 것이 상서로운 기운이 감도는 것 같았다.

일제 강점기 때 고향을 떠날 수밖에 없었던 사람들의 기억 속에서 늘 잊히지 않는 정경이 있었다면 무엇이었을까? 바로 복사꽃 아련히 피어 있는 고향 마을이 아니었을까?

복사꽃도 피었다고 일러라
살구꽃도 피었다고 일러라
너 오래오래 정들이고 살던 집
함부로 짓밟힌 울타리에
앵두꽃도 오얏꽃도 피었다고 일러라.

이것은 박두진朴斗鎭의 시다. 일제 치하에서 고향을 떠난 동포들이 해방의 날을 만나 돌아오는 것을 꿈꾸며 지은 시다.

한국 사람들의 신앙에는 낙원이란 개념이 따로 없다. 있다면 우리가 어렸을 때 살던 고향이 바로 유토피아다. 복사꽃과 살구꽃이 핀 마을이 우리의 고향이고, 그곳이 바로 무릉도원이자 영원한 유토피아인 것이다.

조선 말기 〈황성신문〉은 복사꽃을 국화로 삼자고 했다. 그냥 웃어넘길 일이 아닌 것 같다. 복사꽃을 국화로 한다는 것은 무릉도원 같은 이상국을 만든다는 말처럼 들리기 때문이다.

진달래 피고
진달래 지고

봄을 알리는 꽃은 많다. 그러나 우리
나라 전역에서 봄을 알리는 꽃은 그리
많지 않다. 매화는 남도 지방에서만 볼 수 있는
꽃이요, 벚꽃은 도시나 관광 명소가 아니면 보기 힘든 꽃이다. 산속에서 제일 먼저 피는 것으로는 생강나무꽃이 있지만 깊은 산 아니면 이 또한 보기 어려운 것이어서, 산을 자주 타는 사람들이면 모를까 그렇지 않는 사람들은 즐길 수 없는 꽃이다.

그러나 진달래는 어디서고 쉽게 볼 수 있다. 불길처럼 온 산을 물들이는 이 꽃은 그래서 가장 한국적인 꽃이 아닌가 한다. 역사적으로 보더라도 진달래는 일찍부터 우리 글의 소재가 되어 왔다. 신라 때 노래 〈헌화가獻花歌〉에도 나오고, 고려

가요 〈동동動動〉에도 나온다. 문학작품뿐만 아니라 신윤복申潤福의 그림에도 진달래가 등장한다. 진달래가 한창인 절벽 아래 산길을 머리에 진달래꽃 꽂은 기생이 비스듬히 당나귀 위에 걸터앉아 한껏 교태를 뽐내는데, 도포자락을 걷어올려 허리에 질끈 묶은 한량이 휘적휘적 뒤를 따른다.

진달래는 물론 서민들의 애환을 담은 민요에서도 자주 등장한다. 민요뿐이겠는가. 현대시에서도 빠질 수 없다. 진달래를 노래한 시 가운데 이은상의 시조 〈진달래꽃〉만큼 아름다운 시도 흔치 않다.

> 수줍어 수줍어 못 다 타는 연분홍이
> 부끄러 부끄러 바위 틈에 숨어 피다
> 그나마 남이 볼세라 고대 지고 말더라.

진달래에 버금가는 것에 개나리가 있다. 그러나 개나리는 수십 년 전부터 갑자기 도시 근교에 심기 시작하면서 흔하게 된 것이다. 그전에는 개나리 또한 흔치 않던 꽃이다. 게다가 한국이 원산지인데도 산속에서는 볼 수 없는 꽃이요, 충청남도와 함경북도 같은 지역에서는 자라지 않던 꽃이기도 하다. 그래서 우리나라를 상징하는 꽃으로는 대표성이 부족하다고 하겠다.

이 대표성 때문에 국화國花를 정하지 못한 나라가 있다. 미국이다. 국화를 정하려고 몇 번인가 시도했지만 포기하고 말았다. 왜냐하면 북쪽 알래스카에서 남쪽 플로리다에 이르기까지 전 국토에 걸쳐 자생하는 꽃이 없기 때문이다. 다시 말해서 대표성을 지닌 꽃이 없다는 이야기다. 그러다 보니 각 주에서 주화州花를 국화로 추천하면 다른 주가 반대하여 아직 나라꽃이 없는 나라가 되었다.

진달래는 완상용뿐만 아니라 식용이나 약용으로도 우리와 아주 친근한 꽃이다. 옛날 우리가 가난하던 시절 진달래는 일종의 간식거리가 되어 주기도 했다. 길고 긴 보릿고개 때 우리는 허기진 배를 안고 산으로 갔다. 그런 우리 앞에 성찬처럼 피어 있던 진달래꽃 더미. 혓바닥이 잉크빛이 되도록 따먹던 일들이 지금도 잊히지 않는 슬픈 그리움으로 남아 있다.

진달래의 맛은 약간 신맛이었던 것으로 기억된다. 진달래를 먹으면 한 해 동안 부스럼이 나지 않는다는 속설도 있다. 주술적인 발상에서 나온 것이라 할 수 있다. 진달래는 붉은색이고, 붉은색은 음양으로 따져서 양陽의 색이기 때문에 이것을 먹으면 잡귀를 물리칠 수 있다고 믿었던 것이다.

진달래는 척박한 토양에서도 잘 자란다. 그리고 낮은 온도에서도 발아와 생육이 잘 되기 때문에 산의 남쪽이 아니라 북쪽 경사진 곳을 더 선호한다. 이런 특성 때문에 진달래는 강인한 생명력의 표상으로 여겨지기도 했다. 그리고 전국 어디서나 볼 수 있다는 대표성과 우리와 오랜 세월을 두고 함께 살아왔다는 역사성 때문에 국화에 대한 논란이 있을 때마다 진달래를 국화로 하자는 주장이 자연스럽게 나오게 되었던 것이라 생각된다.

그러나 진달래를 국화로 하자는 주장은 옳은 생각이라고 할 수 없을 것 같다. 꽃에 얽힌 전설이 한 나라의 국화로 삼기에는 너무 비극적이 아닌가 해서다.

옛날 중국 촉蜀나라 왕 망제望帝의 이름은 두우杜宇였다. 그는 신하를 믿고 나랏일을 모두 맡겼다가 결국 나라를 송두리째 빼앗기고 말았다. 훗날을 기약하며 외국으로 망명했지만 결국 나라를 되찾지 못한 채 객지에서 죽어 그 넋이 두견새가 되었다고 한다. 나라를 잃은 설움 때문에 두견은 한 번 울었다 하면 목에서 피가 나올 때까지 우는데, 진달래를 보면 더 슬프게 운다 하여 진달래를 한편 '두견화'라고 부르게 되었다고 한다. "두견이 한 번 울 때마다 두견화 한 송이씩 피네"라는 시도 있다.

한때 북한에서 진달래를 국화로 정했다는 소문이 떠돌았

지만 사실이 아니다. 다만 김일성이 좋아했는데 그것은 항일 빨치산 투쟁을 상징하는 꽃이었기 때문이다. 북한의 국화는 목란木蘭이다.

'진달래'라는 말의 어원이 어디서 나왔는지 확실치 않다. 현재 우리가 알고 있는 어형語形으로는 고려가요 〈동동〉에 나오는 '돌욋곶'이 가장 오래된 형태가 아닌가 한다. 조선 중종 때 나온 《훈몽자회》에는 '진ᄃᆞᆯ위'로 기록되어 있다. 진달래는 지방에 따라 '참꽃'이라 불리기도 한다. 여기에 대해서 철쭉은 '개꽃'이라고 하는데 참꽃이라 한 것은 먹을 수 있기 때문에 붙은 이름이고, 개꽃이라 한 것은 먹을 수 없는 꽃이기 때문에 구별해서 부른 것이라 생각된다. 철쭉은 독성이 있어 먹지 못하는 꽃이다. 고대인들이 꽃을 보는 가치 기준은 그 아름다움에 있지 않고 먹을 수 있느냐 없느냐 하는 공리성功利性에 두었기 때문이다.

우리나라에서 자라는 진달래의 종류는 10여 종에 이른다. 드물기는 하지만 흰 진달래도 있다. 잎이 타원형인 왕진달래, 꽃술 안쪽에 털이 많은 털진달래, 그 밖에 반들진달래라는 것도 있다.

진달래는 꽃만 예쁜 것이 아니라 잎도 아름답다. 가을철 단풍이 든 진달래 잎은 노란색이 있는가 하면 연두색이 있고,

주홍색이 있는가 하면 선홍과 진홍색이 있다. 어떤 것은 피처럼 붉게 물들기도 한다. 가을철 진달래를 보고 있으면, "서리 맞은 잎이 이월 꽃보다 더 붉네霜葉紅於二月花"라고 읊은 두목杜牧의 시가 생각난다. 진달래를 정원에 심으면 봄에는 꽃을 즐기고 가을에는 단풍을 즐길 수 있어 좋다. 일거양득. 정원수로 이만한 것도 흔치 않다.

이처럼 아름다운 꽃도 6 · 25전쟁을 겪고 난 다음부터는 단순히 아름다운 꽃으로만 즐길 수 없게 되고 말았다. 이태李泰의 《남부군》을 읽은 다음부터 지리산 진달래는 그냥 아름다운 꽃으로 보이는 것이 아니라 수없이 죽어 간 젊은이들의 핏빛이 연상되기 때문이다. 이제 진달래는 눈물과 한숨 없이는 볼 수 없는 꽃이 되고 말았다.

이영도李永道의 시조에 이런 것이 있다.

눈이 부시네, 저기 난만히 묏둥마다
그날 쓰러져 간 젊음 같은 꽃사태
열렬히 꿈도 설워라, 물이 드는 이 산하.

남한에서 진달래로 유명한 곳은 경북 주왕산, 영천 영취산 그리고 지리산 등지다. 서울 근교로는 북한산 진달래 능선도

가볼 만한 곳이다. 자생지가 아니긴 하지만 안양 교외에 있는 동양나일론주식회사 구내에 있는 야산도 진달래로 유명하다. 산의 3분의 1에 해당하는 면적에 키를 넘는 진달래를 심어 인공 진달래숲을 만들어 놓았다. 그러나 만든 지 수십 년이 되고 보니 이제는 자연 상태보다 더 자연스럽게 되었다.

멀리서 보면 산자락이 막 불이 붙어 올라가는 것 같고, 가까이 들어가 보면 온통 연분홍 치마폭에 휩싸인 것도 같고, 또 어떻게 보면 분홍빛 바닷속에 가라앉기라도 한 것 같은 황홀경에 빠지고 만다. 주말에 한 번쯤 가볼 만한 곳이다. 연인들에게는 사랑의 촉매제가 될 것이고, 단란한 가족들에게는 좋은 추억거리가 될 것이다.

오월의 신부
붓꽃

몇 해 전 일이다. 국립중앙박물관에서 추사秋史 김정희의 〈묵란도墨蘭圖〉 앞에 잠시 걸음을 멈추고 그 힘찬 필력에 넋을 잃고 있을 때였다. 두 젊은 여인이 내 옆에 와서 멈춰 섰다. 그러고는 한참을 들여다보다가 한 여인이 동행에게 말했다.

"추사 것인 줄 알았는데, 완당阮堂 거네."

'완당 작'이라고 쓰여 있는 진열장 속의 명찰을 보고서 하는 말이었다.

'완당이나 추사나 다 김정희 호지요.'

이렇게 말하려다 그만두었다. 공연히 아는 체를 해서 민망하게 할 것까지 있겠느냐는 생각에서였다. 하긴 김정희는 원래 호가 수백 가지나 되는 분이라, 이런 경우 틀리는 것이 오히려 정상일지 모른다. 그런데 틀려서는 안 될 것도 틀려서 자주 혼란을 일으키는 경우가 있다. 특히 꽃 이름에서 그런 예가 많다.

같은 꽃인데 이름을 달리 부르기 때문에 그렇다. 예를 들어 부용芙蓉, 함박꽃, 매화, 난초 같은 것이 그런 경우에 해당한다. 연꽃을 보고도 부용이라고 하기 때문이다. 이런 경우는 진짜 부용은 앞에 나무 목木자를 붙여서 '목부용'이라고 구분하기도 한다. 난초도 문제다. 화투에 그려져 있는 것은 난초가 아니라 꽃창포 아니면 제비붓꽃으로 봐야 한다.

이렇게 말하면, 전문가도 아닌데 대충 알면 어떠냐고 할 사람이 있을 것이다. 하지만 우리는 남이 자기 이름을 틀리면 화를 낸다. 그러면서 남의 이름을 틀리게 말하고도 아무렇지 않다면 좀 이상하지 않겠는가.

붓꽃과에 속하지만 각기 다른 세 가지 꽃이 있다. 첫째가 붓꽃溪蓀이고 둘째가 제비붓꽃燕子花, 셋째가 꽃창포花菖蒲다. 그런데 이 꽃들은 쉽게 구별이 되지 않는다. 그래서 일본 사람들은 잘 구별이 가지 않는 물건이나 어떤 일에 대한 선택이 어려울 때마다, "어느 것이 붓꽃이고 어느 것이 제비붓꽃인가?" 하고 말한다. 그만큼 구분이 어렵다는 이야기다.

우선 붓꽃은 건조한 곳에서 자라며 키가 작고 날씬하다. 그리고 꽃받침 밑부분이 노랑색 바탕에 갈색 그물무늬가 있다. 제비붓꽃은 건조한 곳이 아니라 습지에 살며, 세 가지 꽃 가운데 잎이 제일 길다. 꽃받침 밑부분은 흰색이거나 노랑색이고, 그물무늬가 없는 것이 특징이다. 꽃창포는 붓꽃과 비슷하게 꽃이 크지만 잎사귀의 주맥主脈이 뚜렷하지 않고 셋 중에 잎이 제일 넓다. 꽃받침 밑부분에 그물무늬가 있는 점은 붓꽃과 같다. 피는 시기는 꽃창포가 오월이고 붓꽃은 유월이다.

붓꽃 가운데 각시붓꽃이라는 것이 있는데 이것은 이른 봄 무덤 가 잔디밭에 할미꽃이랑 함께 핀다. 키도 작아서 15센티미터 정도인데, 작고 귀여운 연보라색 꽃이 예쁘다. 무덤 옆에 피어서 그런지 몰라도 다하지 못한 한이라도 남아 있는 듯 슬픈 느낌을 주는 그런 꽃이다. 이 각시붓꽃에는 다음과 같은 전설이 있다.

옛날 중국에 칼을 잘 쓰는 젊은이가 있었다. 그는 항상 남을 존경하고 자기 재주를 자랑하지 말라는 스승의 가르침을 지켰으므로 감히 그를 대적할 사람이 없었다.

그러나 어느 날 술에 취한 기분으로 사랑하는 여인 앞에서 자기가 세상에서 제일 가는 칼잡이라고 자랑하고 말았다.

그때 옆에서 묵묵히 듣고 있던 한 늙은이가 그 교만한 태도를 보고는 젊은이에게 말했다.

"정말 젊은이가 이 세상에서 칼을 제일 잘 쓰는 사람인가?"

"그렇소. 아직 나를 당할 자는 없소."

"자, 그럼 이것을 막아 보시오."

늙은이는 짚고 있던 지팡이로 젊은이의 머리를 내리쳤다. 어찌나 빠른지 젊은이는 그 지팡이를 막지 못하고 그 자리에 쓰러져 죽고 말았다.

스승은 늙은이로 변장하고 늘 젊은이를 지켜보고 있었는데, 가르친 교훈조차 지킬 줄 모르는 제자가 앞으로 어떤 잘못을 저지를지 몰라 아예 죽게 하여 후환을 없애기로 마음을 굳혔던 것이다.

제자의 주검을 내려다보던 스승은 시신을 땅에 묻어 주고 어디론가 떠나 버렸다. 그 후 젊은이의 무덤에서 칼과 같은 잎에 싸여 후회하는 듯한 겸손한 꽃이 돋아났다. 이것이 각시붓꽃이다.

이 전설은 꽃창포의 전설도 되는데, 무덤 옆에 핀 것으로 보아 각시붓꽃으로 보는 것이 더 합당할 것 같다는 것이 최영전崔榮典 선생의 의견이다.

중국 사람들이 이 꽃잎 모양에서 전설을 만들어 냈다면,

서양 사람들은 꽃의 아름다움에 의해 전설을 만들어 낸 것 같다. 서양에서는 붓꽃을 아이리스Iris라고 하는데, 여기에도 흥미로운 전설이 있다.

중세 이탈리아의 수도 피렌체에 아이리스라는 미인이 살고 있었다. 그녀는 명문 귀족 출신으로 마음씨도 착하고 고귀한 성품을 가지고 있었다. 그래서 피렌체 사교계에서 가장 돋보이는 미인이었다.

아이리스는 어린 시절 양친의 권유를 이기지 못해 로마의 한 왕자와 결혼했다. 그러나 그 결혼은 아이리스가 원한 것이 아니었기 때문에 사랑이 있을 리 없었다. 그런데 결혼한 지 10년째 되는 해 왕자가 그만 병으로 죽고 말았다.

아이리스는 홀로 되었지만 그녀의 미모나 교양은 한층 더 무르익어 갔다. 그녀에게 결혼 신청을 하는 사람들이 많았으나 아이리스는 누구의 청혼에도 응하지 않고, 항상 마음속으로 푸른 하늘만 동경하며 지냈다.

그러던 어느 날 산책 도중에 젊은 화가 한 사람을 만나게 되었다. 두 사람은 서로 말벗이 되어 많은 얘기를 주고받았다. 이날을 계기로 두 사람은 차츰 가까워졌고, 마침내 젊은 화가는 사랑에 빠지게 되었다. 화가는 여러 번 청혼을 했지만 그녀는 좀처럼 응하지 않았다. 그래도 화가는 포기할 수가 없었다.

결국 아이리스도 그의 열정에 지고 말았다.

"정 그러시다면 한 가지 조건이 있습니다."

아이리스가 제시한 조건이란 살아 있는 꽃과 똑같은 꽃을 그리라는 것이었다. 더구나 그 그림에 나비가 날아와서 앉을 정도로 생명력이 있어야 한다는 것이었다. 그때부터 화가는 온 정성을 다해 그림을 그리기 시작했다. 그리고 여러 날 만에 마침내 그림이 완성되었다.

아이리스는 오랫동안 갈망해 오던 꽃 그림이어서 마음속으로 은근히 기뻤지만 짐짓 못마땅하다는 투로 말했다.

"이 그림에는 향기가 없군요."

그때였다. 어디선가 노랑나비 한 마리가 날아와 꽃 그림 위에 앉았다. 그러고는 두 날개를 살포시 접고 그 아름다운 꽃에 입맞춤을 하는 것이었다.

'드디어 해냈구나!'

화가는 속으로 쾌재를 불렀지만 아이리스의 반응을 보기 위해 가만히 그녀의 눈치를 살피는 수밖에 없었다. 그 순간 감격에 찬 눈빛을 반짝이면서 아이리스는 화가의 품으로 뛰어들었다. 그리고 마구 입을 맞추는 것이었다. 이 꽃의 이름이 아이리스인 것은 그 때문이라고 한다. 그녀의 첫 키스의 향기가 지금도 남아서 이 꽃이 필 때면 은은한 향기가 풍긴다는 것이다.

이야기 속의 여인처럼 붓꽃은 우아하다. 같은 과에 속하는 제비붓꽃이나 꽃창포의 아름다움은 비길 것이 못 된다. 바람에 한들한들 흔들리는 모습은 청초하다 못해 신비스럽기까지 하다. 초여름의 신선한 충격이요 오월의 청순한 감각이라고나 할까.

이 세상에서 크리스털 꽃병에 가장 잘 어울리는 꽃을 고르라면 서슴없이 이 꽃을 고를 것이다. 게다가 구차한 변명 같은 것을 싫어하는 듯한 칼 같은 잎사귀는 고매한 정신의 소유자처럼 속기가 없고 준수하다. 이 귀족적인 풍모 때문에 예부터 사대부의 집안이나 왕궁에 많이 심어 놓고 사람들은 그 고아한 아름다움과 함께 결연한 선비의 몸가짐을 사랑했던 것인지 모른다.

그런데 여기서 잠시 짚고 넘어가야 할 것이 있다. 단옷날 머리를 감을 때 쓰는 창포와 꽃창포는 전혀 다른 것이다. 창포의 꽃은 작고 대궁이에 달라붙어서 꽃인지조차 구별이 가지 않는다. 그 대신 향기가 독특하다. 그것을 삶은 물에 머리를 감으면 매끄럽게 되는데, 칼라메놀이라는 기름 성분이 들어 있기 때문이다.

단오를 중국에서는 단양端陽이라고도 한다. 특히 단오인

음력 5월 5일은 일년 중 낮의 길이가 가장 길어지는, 다시 말해서 양陽의 세력이 극에 달하는 하지에 가까운 때다. 따라서 양의 힘이 극대화된 때는 모든 식물의 기력이 가장 왕성한 시기이므로 약효 또한 극대화된다고 한다. 이날은 여자들이 창포 삶은 물을 마시고, 그것으로 머리를 감았다. 그리고 창포에 맺힌 이슬을 받아 마시기도 하고, 그것을 화장수로 썼다. 이날 음식을 만들어 물가에서 먹기도 하고, 폭포에서 물맞이 놀이를 하기도 했다.

또 잡귀를 쫓기 위해서 붉고 푸른 옷을 입었다. 그리고 땅 위로 기는 적갈색 또는 녹색의 창포 뿌리를 캐서 잔뿌리는 뜯어 낸 다음 비녀처럼 만들어 거기에 수壽나 복福 자를 새기고 끝에다 연지를 두루 발라서 비녀로 꽂았다. 이 비녀는 이날 하루만 쓰는 것으로 창포잠菖蒲簪이라고 한다. 이런 차림새를 '단오빔' 혹은 '단오장'이라고 했다.

이처럼 청색과 홍색 옷을 입는 것과 땅 위로 기는 뿌리를 택한 것은 모두 음양의 이치로 볼 때 양에 해당하고, 양은 재액을 물리치는 주력을 가지고 있다고 믿는 벽사 신앙에서 나온 것이다. 의학적 지식으로 볼 때 미신으로 비칠지 모르지만 단순히 그런 것만은 아니다. 다시 말하면 예방 의학적인 측면과 약초 치료법적인 면도 가지고 있다는 이야기다. 이런 치료법은 서양에서도 지금 행해지고 있다.

흑해 부근에 있는 도시 소치Sochi의 몇몇 요양소에서는 육체적으로 다양한 질병을 앓고 있는 노인들이 요양을 하고 있는데, 그들은 무슨 약품에 의한 것이 아니라 하루에 몇 분 온실 속에 들어가 꽃들이 내는 방사선의 진동으로 치료를 받고 있다고 한다. 이런 경우 치료 효과를 가져오는 것은 풀이나 꽃이 함유하고 있는 어떤 화학적 성분에 의한 것이 아니다. 바크가 말했듯이, 신선한 약초가 우리 몸의 진동을 높여줌으로써 몸과 마음을 정화시켜 스스로 치유될 수 있는 영적 에너지를 방출케 하는 것이다.

이런 치료는 아름다운 음악이나 색채의 조화로운 배색과 같이 우리의 영감을 불러일으키는 멋진 정신적 촉매에 비유할 수 있다. 치료란 질병을 공격하는 것만이 능사가 아니다. 야생의 풀과 꽃에서 나오는 아름다운 진동을 몸안에 흐르게 함으로써 그 흐름 속에서 질병은 햇볕에 눈이 녹듯 스러지고 마는 것이다.

약초를 채집하는 데 가장 좋은 시기는 일년 중 낮이 가장 길고 태양 에너지가 최고조에 달하는 때다. 이때 채집한 약초가 가장 약효가 좋기 때문이다. 일년 중 절반, 그러니까 음력 오월 하지를 전후해서 꽃을 피우는 식물이 가장 약효가 좋다는 이야기다.

이와 같은 연구를 통해서 보면, 단옷날 싱싱한 창포물에 머리를 감고 창포가 한창인 물가에서 식사를 하고 창포물을 마신다는 것은, 벽사 신앙의 차원이나 주술적 수준 이상의 과학적인 근거 위에서 행해진 예방 치료법이거나, 치료법 그 자체라고 할 수 있다. 다시 말해서 "우리 몸에 태양 에너지를 듬뿍 머금은 식물의 진동을 흐르게 하여 활력을 높여 준다는 약초 치료법"의 하나로 보아도 무방하다.

우리 삶의 리듬이 이미 계절의 리듬에서 이탈해 버린 지 오래다. 언제 다시 이 건강한 원시에의 회복이 가능할 것인지 걱정스러운 일임에 틀림없다. 하지만 요즘 온 국민의 관심사가 건강에 쏠려 있고, 화학적 약물요법의 한계를 느끼고 있는 때이니만큼 삼림욕이니 창포욕이니 하는 풍습 아닌 풍습이 다시 부활될 날도 멀지 않았구나 하는 생각을 할 때가 있다.

내 마음속의 수선화

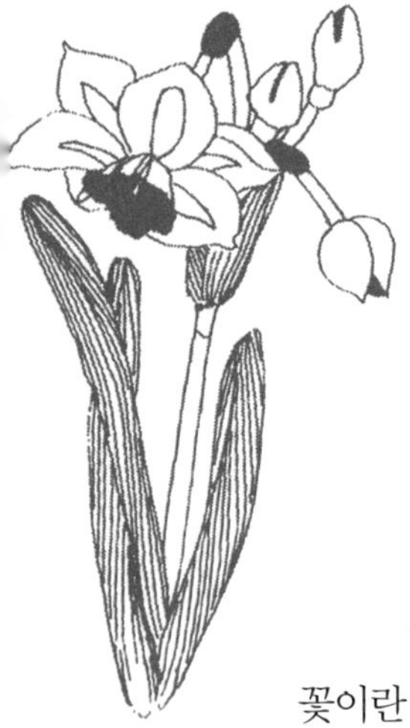

이 세상에는 네 종류의 신선이 있다고 한다. 인선人仙, 지선地仙, 천선天仙 그리고 수선水仙이 그것이다. 천선은 하늘에서 살고, 지선은 땅에서 살며, 수선은 물에서 산다.

수선화水仙花란 그러니까 물에 사는 신선 같은 꽃이란 뜻이다. 물이 주는 이미지처럼 맑고 깨끗하고 신선하기 때문에 붙여진 이름이리라.

호메로스Homeros도 수선을 좋아했던 것일까? "불사의 신들에게도, 죽을 운명을 타고난 인간들에게도 놀라울 만큼 찬란한 빛과 고귀한 모습을 보여 주는 꽃이여"라고 노래한 사람이 바로 그다.

이 꽃이 풍기는 이런 종교적인 분위기 때문이었는지는 알 수 없지만, 기원전 1500년경 이미 그리스인들은 이 꽃으로 사원을 장식했다. 이집트 사람들은 그보다 훨씬 전에 장례용 화환으로 이 꽃을 사용했다는 사실을 그들의 묘지 유적에서 확인할 수 있다. 이슬람교의 창시자 마호메트도 이 꽃의 아름다움에 마음을 빼앗겼던 모양이다. 코란에는 다음과 같은 구절이 있다.

> 두 덩이의 빵을 가진 자는 그중 하나는 수선화와 바꾸라.
> 빵은 육체의 양식이나 수선화는 마음의 양식이니라.

한 손에 칼을 들고 다른 손에 코란을 들고 선택을 강요하던 마호메트조차 이 가냘픈 꽃을 얼마나 존귀하게 여겼는가를 말해 주는 구절이라 하겠다.

이 꽃의 종류에는 중국산과 유럽산이 있는데, 원종原種은 원래 카나리아제도에서 자생하던 것이라고 한다. 이것이 유럽 특히 지중해 연안과 중국에 전파되었다는 것이 식물학자들의 추정이다. 제주도와 일본 해안에서 발견되는 수선화도 아득한 옛날 중국으로부터 해류에 의하여 운반되어 온 것이라고 볼 수 있다.

그런데 수선화가 처음 등장하는 우리 문헌은 18세기에 나온

《다산전서茶山全書》다. 세종 때 지은 강희안의 《양화소록》에도 보이지 않는다. 수선화의 아름다움을 알지 못했을 리는 없고, 아마도 남쪽 해안에만 치우쳐 있어 사람들의 눈에 띄지 않았기 때문일 것이다.

우리와는 달리 중국 사람들은 일찍부터 이 꽃에 관심을 가졌던 모양이다. 시인 묵객 가운데 이 꽃을 노래하지 않은 사람이 드물다. 수선화를 보고 '금잔은대金盞銀臺'라고 노래한 것도 그들이다. 흰 꽃잎 중심부에 노란 부관副冠이 있는데 그것이 마치 은으로 된 술잔 받침에 금잔을 올려놓은 것처럼 보이기 때문에 그렇게 미화시켜 부르게 된 모양이다. 여사화女史花니 능파선凌波仙이니 하는 이름도 그들이 지은 다른 이름이다. 이 꽃을 두고 여사화라 한 유래는 다음과 같다.

옛날 중국 장리교長離橋란 곳에 요모姚姥라는 여인이 살고 있었다. 그녀는 글재주가 뛰어났는데, 어느 겨울밤에 꿈을 꾸니 하늘에서 별이 떨어지더니 그것이 한 송이 수선화로 변하는 것이었다. 그 꿈을 꾸고 바로 잉태하여 딸을 낳았는데, 엄마를 닮아 글재주가 비상하여 세상 사람들의 칭찬을 받았다. 그때부터 이 꽃을 여사화라 부르게 되었다고 한다.

요즘은 여사女史를 사회적으로 명망 있는 여자의 성이나 이름 다음에 붙여 존칭 접미사로 쓰지만, 옛날 중국 궁중에서

문서를 관장하던 여자 관리를 부르던 말이다.

이 꽃의 종류는 40여 가지다. 가장 많이 재배되는 것은 한 줄기에 한 송이씩 피며 부관이 큰 나팔수선화, 흰 꽃잎에 빨간 테두리가 있어 마치 연지를 바른 것 같은 포에티poeticus 종, 그리고 아주 향기가 좋은 노란수선화 등이 있다. 서양 사람들이 흔히 말하는 수선화는 주로 나팔수선화와 노란수선화인데, 워즈워스가 노래한 수선화는 바로 이것이라 생각된다.

> 때마침 찾아간
> 황금빛으로 빛나는
> 한 무리의 수선화
> 내 마음은 기쁨에 넘쳐
> 수선화와 함께
> 춤을 춘다.

바람에 고개를 좌우로 흔들며 춤추는 수선화의 모습이 손에 잡힐 듯 역력하다. 하지만 수선화는 청순한 자태뿐만 아니라 향기 또한 매우 맑고 그윽하다. 임어당은 "향기만 가지고 말한다면 난보다 웃길로 치고 싶은 것이 두 가지가 있는데 하나는 목서木犀, 다른 하나는 수선화"라고 했다. 특히 노란수선화가 향기롭다. 이 노란수선화에 대한 전설이 있다.

옛날 그리스에 나르시스라는 아름다운 소년이 있었다. 뛰어나게 잘생겼기 때문에 뭇 요정들의 사랑을 받았다. 그러나 그는 요정들의 사랑 같은 것에는 관심이 없었다. 요정들 가운데 아무도 나르시스를 연인으로 삼을 수가 없었다. 그러자 어느 날 한 요정이 질투의 여신에게 빌었다.

"나르시스로 하여금 참사랑에 눈뜨게 해 주시고, 그리고 바로 그 사랑이 깨져 버리게 해 주십시오."

요정의 기도는 이루어졌다. 역시 그날도 양떼를 몰며 벌판을 거닐고 있었는데 문득 목이 말라 숲속의 샘을 찾았다. 그가 목을 길게 늘여 물을 마시려는 순간 그는 샘 속에 있는 자기 모습을 보고 자신인 줄도 모르고 처음으로 사랑을 느꼈다. 나르시스는 "세상에 저렇게 아름다운 요정이 있다니" 하고 팔을 벌려 안으려고 했다. 그러나 그때 수면에 비친 모습은 사라지고 말았다. 얼마 후에 다시 그 모습이 나타나고, 그가 안으려고 하면 또 사라지고 마는 것이었다. 그는 사흘 밤낮을 그렇게 하다가 그만 지쳐서 죽고 말았다.

그런데 그의 주검이 놓여 있던 자리에 한 송이 꽃이 피었다. 이 꽃이 바로 나르시스, 즉 수선화다. 수선화의 꽃말이 '자기 사랑'인 것은 이 때문이다. 라틴어 Narcissus는 마취 또는 수면이라는 뜻인데, 이 꽃에 최면성이 있기 때문이다.

이 아름다운 꽃도 그리 오래가지는 못한다. 우리가 그 아름다움 가까이 다가가고 있는데 벌써 떠날 준비를 하고 있는 것이다. 아름다운 것은 단명한 법, 아니 단명하기 때문에 아름다운 것인지도 모른다.

고운 수선화여,
그렇게 빨리 지다니
슬프구나.
아침에 솟은 해가 아직
정오에도 이르지 않았는데
머물라, 머물라,
서두는 해는 달려가
저녁 기도 시간 될 때까지
우리 모두 기도하고
너와 같이 가련다.

로버트 헤릭Robert Herrick의 시다. 모든 사라지는 존재들이여, 그래서 더 안타까운 존재들이여, 머물라 머물라. 하지만 살아 있는 것들은 결국 모두 가고 마는 것.

어느 해 겨울이었다. 나는 서귀포 바닷가에 서 있었다. 눈이 하얗게 쌓인 한라산과 바닷가에 피어 있는 수선화를 번갈아 보면서 참 많이 아득했었다. 겨울과 봄이 한 화면 속에 함께 있다는 사실이 그렇게 경이로울 수 없었다. 그때 그 맑디맑은 수선화의 인상은 삼십여 년이 지난 지금도 여전히 내 마음속에 피어 있다. 머리카락이 온통 다 세어 버린 지금도 내 마음 한가운데 시들 줄 모르고 피어 있다.

내가 제주도 정원에 제일 먼저 심은 꽃은 수선화였다. 양재동에서 구근 200개를 사서 심었다. 지금은 온통 수선화밭이 되고 말았다. 그런데 금잔은대인 수선화는 한 송이 또는 한 포기씩 볼 때는 예쁘지만 여러 송이가 무리지어 있을 때는 노란수선화보다 못한 것이 흠이다. 해서 노란수선화도 조금씩 심기 시작했다. 칠월에 구근을 캐서 구월에 심으면 다음해 삼월쯤 자작나무 밑에 핀 노란수선화 무리가 눈이 부시다.

모란꽃과
팔려온 신부

모란을 일러 부귀화富貴花라고
도 하고 화중왕花中王이라고도
한다. 크고 소담스러우면서 여유와
품위를 지녀서이리라.

"앉으면 작약 서면 모란"이란 말도 있다. 이리 봐도 예쁘고 저리 봐도 예쁘다는 뜻이다. 화려하고 풍만한, 그래서 어느 오월의 신선한 아침에 보는 삼십 대 성장한 여인과 같은 꽃이다. 《양화소록》을 보면 모든 꽃을 아홉 등급으로 나누어 놓았는데 모란은 2등급으로 분류되어 있다. 꽃에 등급을 매긴다는 것부터가 안 될 말이지만, 더구나 2등급에 넣기에 모란은 아까운 꽃이다.

꽃에 국적이 있는 것은 아니지만 어떤 꽃은 어느 민족성과 잘 어울리는 경우가 많다. 그런 의미에서 모란은 가장 중국적이다. 크고 넉넉함이 그렇고, 화려한 형태가 그러하며, 또 농염한 색채가 그러하다. 서양 사람들은 장미를 사랑하고 일본 사람들은 벚꽃을 사랑하듯 중국 사람들은 모란을 사랑한다. 모란은 그만큼 중국적이다.

그 원산지가 또한 중국이다. 모란은 수나라 때부터 사랑을 받다가 당나라에 와서 유행했다. 궁중과 민가에서 다투어 심었는데, 신라에까지 〈모란도〉와 함께 씨앗이 전해질 정도였으니 짐작이 가고도 남을 일이다.

아름답고 명민하기로 이름난 선덕여왕이 어렸을 때 이 〈모란도〉를 보고, "꽃은 아름다우나 벌과 나비가 없으니 필경 향기가 없겠구나" 한 것은 잘 알려진 이야기다.

한데 모란에는 정말 향기가 없을까? 아니다. 있다. 선덕여왕의 말은 다만 애교 있는 실수였을지도 모르고, 씨를 심어 꽃이 피었는데 정말 향기가 없다는 말도 또한 호사가들이 꾸며 낸 이야기일지 모른다. 향기를 말할 때 유향幽香은 난초의 향기를 두고 하는 말이고, 암향暗香은 매화의 향기를 이르는 말이다. 모란의 향기는 이향異香이라고 한다. 향기가 좋으냐 그렇지 못하냐 하는 것은 굳이 따지지 않기로 한다.

세상에는 아름다운 시가 많다. 그 가운데 꽃과 여인과 사랑을 노래한 시를 뺀다면 몇이나 남을까. 그것들은 시의 영원한 소재요 주제다. 서구에는 장미를 노래한 시가 많다. 동양에는 모란을 노래한 시가 많다. 우리나라도 마찬가지다. 고려 예종은 모란을 애상해서 늘 신하들과 함께 이 꽃을 읊었고, 이규보는 우리나라에서 모란을 제일 많이 노래한 사람이다. 말하자면 '모란 시인'인 셈이다. 〈한림별곡〉 여덟 장 가운데 꽃을 노래한 것이 다섯 번째 장인데, 모란이 제일 먼저 나온다.

조선 시대 시조 600여 수를 조사해 보았지만 모란을 노래한 것은 단 두 수밖에 없다. 고려 시대에 비해 아치와 고절을 숭상한 것이 조선 시대이고 보면 시조에 나오지 않는 것이 어쩌면 당연한지 모를 일이다. 조선 선비들은 모란보다 매화와 난을 더 사랑했다.

그러나 모란 시로 유명한 이는 역시 이백李白이다. 그의 활달한 시 정신과 모란의 풍려함이 맞아떨어진 때문이리라.

어느 봄날이었다. 침향정沈香亭 앞에는 모란이 이슬을 머금은 채 활짝 피어 있었다. 난간에 기대 앉은 양귀비와 그 어깨너머에 핀 모란을 번갈아 보고 있던 현종玄宗은 두 아름다움에 취해 있었다. 명창 이구년李龜年이 노래를 불렀지만 흥미를 잃은 뒤였다. 그래서 황제는 소리쳤다.

"양귀비를 대하여 어찌 낡은 가사를 쓸까 보냐."

하여 즉시 이백을 불러들이게 했다. 어느 술집에 취해 있다가 창졸간에 잡혀 온 그는, 그러나 거침없이 일필휘지하니 세 편의 시가 경각頃刻에 이루어졌다. 그것이 저 유명한 〈청평조사淸平調詞〉다.

어느 것이 귀비이고
어느 것이 모란인가
임금의 입가에 미소가 넘쳐
못다 한 한恨이사 다시 있으리
지금 침향정엔
한창 봄인 것을.

그러나 봄은 언제나 덧없는 것. 그 찬란하던 모란이 자취도 없이 사라지듯 이백도 양귀비도 모두 비명에 가고 만다.

비극이란 위대한 영웅과 아름다운 미인의 죽음이라고 한 사람이 있었다. 우미인虞美人은 초패왕을 위해 자결하고, 비연飛燕은 실연하여 죽고, 왕소군王昭軍은 오랑캐 땅에서 말라죽고 말았다. 우리 역사에서 제일가는 미인인 수로부인水路夫人도 또한 같은 길을 걸은 것은 아닐까?

내가 아홉 살쯤 되었을 때였다. 이웃에 사는 중국 사람이 장가를 들었다. 신부는 고향인 중국에서 사온다고 했다. 중국 사람의 결혼식이 궁금했던 마을 사람들이 모두 몰려들었다. 나도 누님을 따라 나섰다. 어른들 틈으로 본 신부는 매우 예뻤다. 경극京劇에 나오는 배우 같았다. 머리 장식과 화장이 무척 요란했지만, 분홍 치파오를 입고 이상한 향내를 풍기면서 무심히 침상에 걸터앉아 있었는데, 옷자락 밑으로 뾰족이 내민 신발에는 그녀처럼 화사한 모란꽃 한 송이가 수놓아져 있었다.

그런데 손님을 맞는 신랑은 연신 웃음을 흘렸지만 신부는 조금도 기쁜 기색이 아니었다. 팔려 왔다는 생각 때문이었을까? 어린 나이에도 어쩐지 그 신부가 안됐다는 생각뿐이었다. 그 신부는 오래 살지 못했다. 결혼식은 초여름이었는데 장례식은 늦가을이었다고 기억된다.

모란을 볼 때마다 그 신부 생각을 하게 된다. 그 때문인지 더없이 화려한 꽃이지만 어딘가 낯설어 보이고, 알 수 없는 슬픈 음영 같은 것이 어려 있는 듯하다. 지고 있는 모란을 보고 있으면 더 그런 생각을 하게 된다. 슬픈 일이다. 사랑하는 사람의 요절을 보는 것 같아서 늘 마음이 아프다. 눈물이 많은 사람은 심지 말아야 할 꽃인가 한다.

환도 직후였다. 명동 중국대사관 골목에는 그때만 해도

중국인 신발 가게가 많았는데, 어느 가게에 분홍색 공단에 불이 붙듯이 붉은 모란을 수놓은 꽃신 한 켤레가 제일 위쪽 선반 위에 놓여 있었다. 가끔 그 앞을 지날 때마다 요절한 신부 생각에 걸음을 멈추곤 했다. 사고 싶었지만 내게 그만한 돈이 없었다. 그만한 돈이 있는 지금은 신발이 없다.

여름

나일 강의 백합
칼라

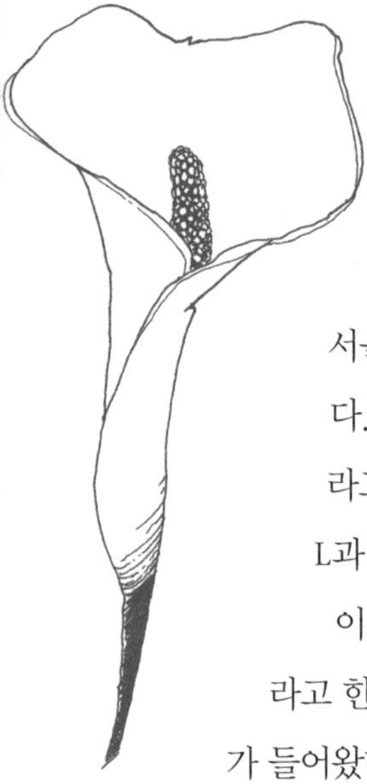

서울 양재동 꽃시장에서는 칼라를 '카라'라고 한다. 스펠링이 calla이니 정확히 발음하면 '칼라'라고 읽어야 맞는데도 그렇다. 우리나라 사람들이 L과 R 발음을 잘 구분하지 못한 결과이리라.

이 꽃이 처음 우리나라에 들어온 것은 1912년이라고 한다. 흰 칼라가 먼저 들어오고 나중에 여러 종류가 들어왔다.

영국에서는 calla lily라고 부르기도 하고, 달리 '나일 강의 백합'이라 하기도 한다. 꽃의 형태가 우아하고 향기가 은은한데다 흰색이 주종을 이루다 보니 그리 부르는 것이 아닌가 한다. 꽃말도 백합과 비슷하다. 순수, 청결, 순결, 천년의 사랑 그리고 환희다. 그래서 결혼식 때 신부 부케용으로 애용된다.

부케로 사용할 때는 흰 칼라 다섯 송이를 하나로 묶는데, '아무리 둘러봐도 그대만한 여인이 없습니다'라는 의미다. 노란 칼라는 부케로 사용하지 않는다. 꽃말이 '이별'이기 때문이다. 꽃은 남자가 사랑하는 여인에게 사랑의 징표로 주는 것이다. 영화에 자주 등장하는 장면에서 우린 그런 사실을 확인할 수 있다.

한 청년이 사랑하는 여인을 찾아 나선다. 들판에 지천으로 피어 있는 풀꽃들. 청보랏빛 달개비와 흰 개망초와 분홍색 메꽃으로 꽃다발을 만들어 무릎을 꿇고 바치면서 사랑을 고백하는 신이 그것이다. 부케의 원조라 해야 할 것 같다. 그렇다면 부케는 신랑이 신부에게 주는 것이 원칙일 터인데 언제부터인가 신부 측에서 마련하는 것으로 되어 있다. 세월이란 놈은 가끔 장난치기를 좋아하는 것일까? 사건의 본말을 뒤바꿔 놓기 일쑤이니 말이다.

칼라의 원산지는 아프리카다. 이 꽃에도 재미있는 전설이 전해 내려온다.

옛날 아프리카 어느 숲속에 예쁜 요정이 살고 있었다. 화창한 여름날 꽃밭에 앉아 새들과 놀고 있는데 마침 길을 가던 용사가 그 모습을 보고 첫눈에 반해 버린다. 용사는 요정에게 구혼을 한다.

"저와 결혼해 주십시오."

하지만 요정은 선뜻 허락하지 않고 조건을 단다.

"저와 결혼하려면 일곱 명의 마왕이 지키고 있는 일곱 개의 산을 넘으면 연못이 나오는데 거기에 순결의 꽃이 피어 있습니다. 그 꽃을 꺾어 오시면 결혼할 수 있습니다."

용사는 일곱 명의 마왕을 차례로 무찌르고 연못에 도착한다. 하지만 연못가에는 무서운 사자 한 마리가 꽃을 지키고 있다. 용사는 죽을 각오로 사자와 싸워 그 꽃을 꺾어 가지고 돌아온다.

"요정이시여, 여기 순결의 꽃을 가져왔습니다."

하지만 요정은 이번에도 선뜻 승낙할 기미가 없다. 잠시 뜸을 들인 후 말한다.

"이 꽃이 그 꽃이란 걸 어떻게 증명하지요?"

그때 용사가 만일에 대비해서 잘라 가지고 온 사자의 갈퀴를 품속에서 꺼낸다.

"여기 그 증거가 있습니다."

그렇게 해서 둘은 결혼하여 행복하게 살았는데, 그 순결의 꽃이 바로 칼라다.

칼라를 심는 시기는 삼월과 오월 사이인데, 햇빛이 잘 드는 습지를 좋아한다. 피는 시기는 유월과 팔월 사이이다.

세계 회화사에서 칼라를 가장 많이 그린 사람은 멕시코의 유명화가 디에고 리베라Diego Rivera다. 그가 그린 칼라에는 반드시 여자가 함께 나온다. 한아름 칼라를 안고 있는 여인이 그가 즐겨 그린 소재였다.

그러나 칼라를 그려서 주목받은 화가는 미국 화가 조지아 오키프Georgia O'keeffe다. 그전까지 사람들은 사물을 그릴 때 실물보다 작게 그리거나 같게 그렸다. 실물 이상으로 크게 그리면 그렇게 큰 꽃이 어디 있느냐고 묻는다. 오키프의 경우도 마찬가지였다. 칼라 한 송이를 몇백 호가 넘는 캔버스에 그린 것을 보고 사람들은 묻곤 했다.

"왜 꽃을 사실보다 크게 그리지요?"

그때마다 그녀는 되묻곤 했다.

"당신은 산을 그리는 사람을 보고 왜 산을 사실보다 작게 그리느냐고 묻지 않지요?"

말문이 막힌 사람들에게 다시 말하곤 했다.

"아무도 진정한 자세로 꽃을 보지 않아요. 꽃은 너무 작아서 보는 데 시간이 걸리는데 현대인은 너무 바빠서 그럴 시간이 없어 꽃을 보지 못해요. 꽃을 거대하게 그리면 그 규모에 놀라 비로소 꽃을 보지요."

그녀는 사람들의 통념을 깨고 사물을 새롭게 조명함으로

써 세인들의 주목을 받게 된 것이다. 모든 창조정신은 이처럼 과거의 틀을 깸으로써 첫걸음을 내딛는 것이다. 그렇게 해서 그녀는 미국 화단에서 어떤 누구의 영향도 받지 않은 자기만의 모더니즘을 창조해 냈다.

해바라기가 고흐에 의해 세인의 주목을 받고 사랑을 받게 된 꽃이라면, 칼라는 조지아 오키프의 붓끝을 통해 세상 사람들의 주목을 받게 되었다 해도 무방하리라.

나다니엘 호손의 《큰 바위 얼굴》에 이런 말이 나온다.

"신이 세계를 창조했지만 시인이 와서 그 창조물을 노래했을 때 비로소 그것이 완성되는 것이다."

그렇다. 두 명의 화가에 의해 비로소 해바라기와 칼라가 완성되었다는 이야기도 되겠다.

몇 해 전 나의 서귀포 작업실 연못가에 칼라를 심었다. 가끔 들여다보고 있으면 그 순백의 불염포佛焰苞에 둘러싸인 노란 꽃을 따라 신비의 동굴 속으로 빨려 들어가는 듯한 기분이 들 때가 있다. 어떤 여인의 매력 앞에서 무의식중에 자꾸 빨려들듯이.

기분이 꿀꿀할 때 나는 사탕을 먹는다. 사탕이 없을 때는 꽃을 본다. 음악은 듣지 않는다. 음악은 우리를 더 꿀꿀하게 만들기도 하니까. 사탕과 꽃은 우리의 신뢰를 배반하는 법이 없다.

한 송이 수련 위에 부는 바람처럼

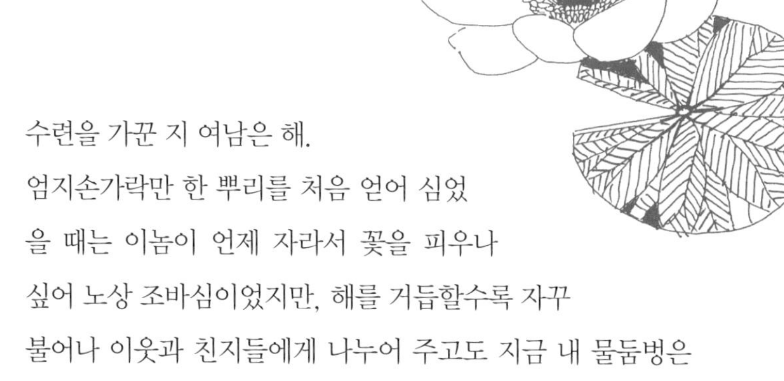

수련을 가꾼 지 여남은 해.
엄지손가락만 한 뿌리를 처음 얻어 심었을 때는 이놈이 언제 자라서 꽃을 피우나 싶어 노상 조바심이었지만, 해를 거듭할수록 자꾸 불어나 이웃과 친지들에게 나누어 주고도 지금 내 물둠벙은 수련으로 넘친다.

나누어 줄수록 커지는 것은 사랑만이 아닌 것 같다. 게다가 가져간 분들로부터 첫 꽃이 피었다는 전화라도 오는 날은 마치 시집간 딸의 득남 소식이 이러려니 싶을 만큼 내 마음은 기쁨으로 넘친다. 하지만 그렇지 못한 때도 있다. 말려서 죽이지 않으면 얼려서 죽인다. 그런 때는 소박맞은 딸을 보는 것 같아서 마음이 아팠다.

난을 탐내는 사람은 많아도 제대로 가꾸는 사람은 드물더라는 가람 선생의 말씀이 그때마다 귀에 새로웠다.

수련은 유월과 팔월 사이에 핀다. 맑은 수면 위에 한가롭게 떠 있는 잎사귀는 잘 닦아 놓은 구리거울처럼 윤택하다. 거기에 어우러져 피어 있는 한두 송이 희고 청초한 꽃. 보고 있으면 물의 요정이 저렇지 싶을 만큼 신비롭다. 바람도 비켜가는 듯, 은은한 향기는 멀수록 더욱 맑다. 선禪의 세계라고나 할까.

마음이 어지러운 사람은 수련을 심어 보라고 권하고 싶다. 수련은 아침 햇빛과 함께 피고, 저녁놀과 함께 잠든다. 그래서 수련水蓮이 아니라 잠잘 수 자 '수련睡蓮'인 것이다.

이렇게 사흘을 피었다 잠들기를 되풀이하다가 나흘째 되는 날 저녁, 수련은 서른도 더 되는 꽃잎을 하나씩 치마폭을 여미듯 접고는 피기 전의 봉오리 모습으로 되돌아간다.

처음 보는 사람은 피기 전의 봉오리인 줄로 착각하기 십상이지만 주의해서 보면 그렇지 않음을 쉬이 알게 된다. 피기 전에는 봉오리가 대궁이 끝에 반듯하게 고개를 쳐들고 있지만, 질 때의 모습은 그렇지 않다. 비녀 꼭지 같다고나 할까, 아니면 기도하는 자세라고나 할까. 마치 자신의 죽음에 마지막 애도의 눈길이라도 보내고 있는 듯한 모습으로 조용히 고개를 떨구고 있다.

그처럼 애틋한 자세로 머물기를 또한 사나흘 남짓. 그러나 어느 날 소리도 없이 물밑으로 조용히 자취를 감추고 만다. 온 적도 없고, 간 적도 없다. 다만 맑고 그윽한 향기만을 우리 기억 속에 여운으로 남길 뿐이다.

세상에는 고운 꽃, 화려한 꽃들이 많다. 그러나 꽃이 화려할수록 지는 모습은 그렇지가 못하다. 장미는 시들어 떨어지고, 모란은 한순간에 와르르 무너져 버린다. 벚꽃은 그 연분홍 꽃잎을 시나브로 흩날려서 우리 마음을 슬프게 한다.

다만 수련만은 곱게 피었다가 아름답게 질 뿐이다. 한 점 흐트러짐이 없다. 어느 정숙한 여인의 임종도 이처럼 단아하고 우아할 수는 없을 듯싶다.

사람에 대해 알면 알수록 짐승을 더 사랑하게 된다고 한 사람이 누구였더라?

수련이 지고 있는 것을 보고 있으면 나는 피와 살을 가지고 있다는 사실에 부끄러움을 느낄 때가 있다. 더구나 요즘같이 한때를 호사와 거짓 위엄으로 살다가 추한 모습을 남기고 마는 그런 사람들을 보고 있으면 더욱 절실하게 그것을 느낀다.

어차피 남길 것도 없고 또한 가져갈 것도 없는 빈 술잔에 남는 그런 공허 같은 것들.

한송이 수련처럼 그렇게 졌으면 싶다. 아니다. 한 송이 수련 위에 부는 바람처럼, 먼 눈빛으로만 그냥 그렇게 스치고 지났으면 싶다.

은방울꽃은 천국으로 오르는 계단

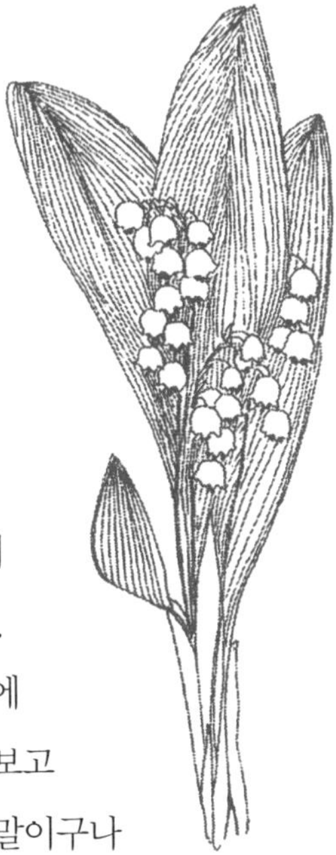

오월을 장식하는 꽃은 많다. 하지만 은방울꽃처럼 작으면서도 품위 있는 꽃은 그리 많지 않다. 넓고 시원한 타원형의 잎사귀며, 휘어진 꽃대에 한 줄로 나란히 매달린 아침 이슬 같은 꽃을 보고 있으면, 청순함이란 바로 저런 것을 두고 하는 말이구나 하는 생각을 하게 된다.

잔잔한 미소를 머금은 얼굴을 다소곳이 숙인 여인 같다고 할까. 어디를 보나 귀티가 흐르는 그런 세련미를 느끼게 한다. 무르익은 아름다움이 아니라 청초하고 우아한 아름다움이다.

이 꽃이 풍기는 이러한 기품은 꽃 자체가 가지고 있는 외모 때문이기도 하지만, 그에 못지 않게 이 꽃들이 즐겨 사는 환경 때문에 더욱 그런 인상을 받게 되는 것인지도 모른다. 골짜기 외진 숲속의 시원한 반그늘을 좋아하는 이 꽃은 프랑스, 독일, 스웨덴 그리고 우리나라 중부 이북 지방과 일본 홋카이도 같은 북녘 땅에서 더 잘 자란다.

이 꽃은 형태가 우아하고 청초할 뿐만 아니라 그 향기 또한 맑고 깨끗하다. 서양에서는 일찍부터 향수의 원료로 사용해 왔다. 이 꽃을 일명 향수초香水草라고 하는 것도 이 때문이다.

영국 사람들은 이 꽃을 '골짜기의 백합Lily of the valley' 이라고 한다. 이 이름이 제일 먼저 나오는 문헌은 구약성서다. 아가雅歌의 기록이 기원전 1020년경이라고 한다면 아주 오래된 이야기다.

아가 2장 1절에 보면, 솔로몬 왕에게 잡혀 온 술라미 소녀는 솔로몬 왕의 온갖 유혹과 회유에도 굽히지 않고 애인인 목동을 그리워하며 잠을 이루지 못하는 대목이 나온다.

"나는 샤론의 수선화요, 골짜기의 백합이로다."

술라미 소녀의 말이다.

"내 사랑은 여자들 가운데서 가시나무 가운데 백합이로다."

목동의 화답이다.

"남자들 중에서 나의 사랑하는 사람은 수풀 가운데 사과나무 같구나. 내가 그 그늘에 앉아서 심히 기뻐하였고, 그 실과는 내 입에 달았도다."

다시 술라미 소녀의 말이다.

술라미 소녀가 이렇게 옛 애인을 오매에도 잊지 못하자 솔로몬 왕도 어쩔 수 없이 결국 그녀를 목동에게 돌려보내고 만다. 아무튼 소녀가 자신을 '골짜기의 백합'에 비유한 것은 자신을 보잘것없는 작은 존재라고 함으로써 겸양의 미덕을 나타내고 있지만, 그러면서도 얼마나 자신을 사랑스러운 존재로 부각시키고 있는가는 은방울꽃을 상상함으로써 짐작이 가고도 남음이 있다.

일본 사람들은 이 꽃을 영란鈴蘭이라고 하는데, 은방울꽃이라는 우리의 이름과 비슷한 발상에서 나온 말인 듯하다. 유럽에서는 이 꽃이 일찍부터 사람들의 사랑을 받아왔다. 영국, 프랑스, 독일 등지에서는 '오월의 꽃'으로 불리기도 하고 '천국의 계단'이라는 이름도 있다. 다소곳이 휘어진 꽃대에 여남은 개나 되는 조그만 흰 꽃이 줄을 지어 매달려 핀 모습 때문이다. 정말이지 그 희고 청순한 꽃송이를 따라 올라가다 보면 마음이 어느덧 천국에라도 이를 것 같은 기분이 드는 것은 과장이 아닌 낭만이다.

프랑스에서는 5월 1일에 이 꽃을 보내면 받은 사람이 아니라 보낸 사람에게 행운이 온다는 이야기가 있다. 그래서 이날이 되면 젊은이들은 가까운 산이나 숲으로 가서 은방울꽃을 꺾어다가 꽃다발을 만들어 길 가는 사람들에게 준다고 한다. 또 그것을 받은 사람들은 기쁜 마음으로 그 꽃을 가슴에 달고 다닌다. 이 꽃의 꽃말이 '행복이 되돌아옴'이라는 것은 아마 이런 풍습에서 나온 것이 아닌가 한다.

16세기 중엽에는 원예용으로 가꾸기도 했는데, 이유는 독일산 은방울꽃에서 뽑은 액즙이 아주 비싼 값에 팔리기 때문이었다. '황금의 물'이라고 불리는 이 액즙은 환부에다 바르면 감쪽같이 나을 뿐만 아니라 통풍痛風의 고통까지 말끔히 치료해 준다. 이 꽃은 강심제나 이뇨제로도 효용이 뛰어나다.

1957년경에는 복숭아꽃 같은 붉은 변종이 있었지만 증식에 실패했다는 기록이 있다. 애석한 일이 아닐 수 없다.

우리나라에서 이 꽃이 군락을 이루고 있는 곳은 광주 무등산과 충청북도 소백산 그리고 강원도 운두령 등지다. 이 꽃은 한번 자리를 잡으면 그 일대를 자기들의 영토로 만들고 마는 강한 생명력을 가지고 있다. 독성이 있어서 소나 말 같은 초식동물이 먹지 않는 것도 이유다.

그리스 신화를 보면 은방울꽃은 용사의 핏자국에서 핀 꽃이라고 한다.

옛날 그리스에 레오나르드라는 청년이 있었다. 어느 날

이 청년은 사냥을 나갔다가 그만 길을 잃고 말았다. 그는 숲속을 헤매다가 무서운 화룡火龍을 만났다. 화룡의 눈은 날카롭고 입에서는 불을 뿜고, 혓바닥은 붉은 용암같이 이글거렸다. 화룡은 길을 막고 청년을 삼킬 듯이 노려보는 것이었다. 하지만 청년은 정신을 가다듬고 마주 노려보며 호통을 쳤다. 그러나 화룡은 물러설 기미가 없었다. 청년은 칼을 뽑았다. 사흘 낮과 밤을 싸웠으나 좀처럼 승부가 나지 않았다. 나흘째 되는 날이었다. 마침내 화룡은 지치고 말았다. 그 틈을 타서 청년은 마지막 일격을 가했다. 화룡은 심장에 칼을 맞고 쓰러졌다.

하지만 청년도 쓰러졌다. 그의 상처에서 붉은 피가 흘러내렸다. 그리고 그 핏자국에서 작고 아름다운 꽃이 피었다. 이것이 은방울꽃이라고 한다. 그래서 은방울꽃의 꽃대가 나올 때는 불그스름한 포막에 싸여서 나온다.

이 꽃은 특히 일본 사람들이 좋아하는 야생화다. 꽃꽂이에서부터 그림에 이르기까지 도처에 은방울꽃이 등장한다. 우리나라 사람들이 이 꽃에 관심을 가지기 시작한 것도 일제강점기부터라고 하겠다. 숙명여고는 이 은방울꽃을 교화로 삼고 있다. 청순하고 잔잔하면서도 아름답고 품위 있는 여성이 되라는 의도에서일 것이다.

서울 성북구 장위동에 살 때 뒤뜰 모과나무 아래에 은방울꽃을 심었지만 실패하고 말았다. 토양이며 일조량 같은 것이 괜찮을 듯싶어서 심었는데 그리 되고 만 것이다. 그 청초한 모습만큼이나 깨끗한 곳이 아니면 삼가 서기를 꺼리는 선골仙骨다운 꽃이라고나 할까. 함부로 옮겨 심을 꽃이 아닌가 한다.

매달 제주 서귀포 작업실로 내려간다. 그때마다 이것저것 생각나는 대로 꽃을 사가지고 가서 심는다. 한 번 실패했지만 은방울꽃도 빠질 수 없다.

협죽도 밑에 스무 포기 남짓 심었는데 아직 많이 번식하지는 않은 상태다. 제주도 토양과 기후가 은방울꽃에게 그렇게 호의적인 것만은 아닌 때문일까? 한두 해 더 지켜볼 수밖에 없을 듯싶다.

창밖에 원추리 심은 뜻은

이야기가 딱딱해져서는 안 되겠지만 그렇다고 의문이 생기는데 그냥 넘어간다는 것도 좀 그렇고 해서, 잠시 학문적인 냄새가 나더라도 이야기를 진행해 볼까 한다.

나는 오래전부터 우리 꽃 이름에 대해 관심을 가져왔다. 분명 우리나라가 원산지인데 한자 이름밖에 없다든지, 또는 우리 고유어 이름 같은데 실은 한자어에서 나온 말이라든지 하는 것이 있어서다. 예를 들어 배롱나무의 '배롱'은 우리 고유어 같지만 실은 한자어 '백일홍百日紅'이 변한 것이다.

'원추리'란 말도 그런 경우의 하나라고 생각한다. 이 꽃의 한자 이름은 훤초萱草, 고유 이름은 '넘나물'이다. 숙종 때 홍만선洪萬選의 《산림경제》에 처음 '원추리'라는 말이 나타난다.

그렇다면 이 '원추리'란 말은 어디서 어떻게 생겨난 것일까 하는 의문이 생긴다. 아무리 따져 보아도 우리 고유어인 넘나물이 변해서 된 말은 아니다. 그러니까 고유어인 '넘나물'과 한자어인 '훤초'란 말이 함께 쓰이다가 한자어를 더 많이 쓰면서부터 고유어는 사어, 즉 죽은 말이 되어 사라지고, 한자어인 훤초는 한자를 모르는 일반 서민들에 의해 발음상의 변화를 겪게 되면서 지금의 어형인 원추리로 바뀐 것이라는 이야기다.

이제 '훤초'가 '원추리'로 변화된 과정을 다음과 같이 생각해 볼 수 있다.

우리말의 특징으로 볼 때 '훤'은 발음하기 어렵다. 사람들은 어려운 발음은 꺼리고 쉽게 하려는 경향이 있다. 경제원칙은 언어에도 적용된다. 외래어일 때는 더욱 그렇다. '훤초'의 첫소리 'ㅎ'이 탈락한 것도 그 때문이라고 생각된다. 다음은 이 '원초'가 다시 '원추'로 변한 것인데, 이런 변화는 다른 말에서도 자주 나타나는 현상이다. 예를 들어 '자두'라는 과일 이름이 한자어 '자도紫桃'가 변한 것이라든가, 우리가 일상생활에서 흔히 쓰는 '손주'란 말이 한자어 '손자孫子'가 변한 것이 그것이다. 이렇게 해서 변한 '원추'에 다시 접미사 '리'가 붙어서 '원추리'로 어형이 확장되었다고 볼 수 있다.

그렇게 생각하는 근거는 우리말 명사 가운데는 유독 '리'로 끝나는 것이 많다. 다리, 머리, 뿌리, 꼬리가 그 예다. 그것에서 유추한 것이라 볼 수 있다. 도식으로 나타내면 이렇다.

훤초 〉 원초 〉 원추〉 원추리

원추리의 어원이 훤초라는 사실은 세상에 처음 밝힌다.

이야기가 너무 딱딱해진 것 같다. 하지만 내친김에 한 가지만 더 짚고 넘어가기로 한다.

한자어 가운데 남의 어머니를 높여서 부를 때 자당慈堂이니 북당北堂이니 훤당萱堂이니 하는 말이 있다. 그런데 다른 것은 이해하기 어렵지 않지만, 훤당이란 말에는 분명 설명이 필요하다. 다시 말해서 왜 어머니라는 말에 '원추리'란 수식어가 들어가느냐는 것이다.

우리나라 산과 들에도 야생화가 많다. 하지만 그런 야생화를 집안에 옮겨 심은 예는 극히 드물다. 그런 드문 예 가운데 하나가 원추리다. 꽃이 예뻐서 그런 것만은 아니다. 예쁘기로 말하면 도라지꽃이나 은방울꽃이 더 예쁘지만 뜰에 심는 일은 없었다. 그렇다면 옛 어머니들이 유독 원추리를 방 앞에 심어 두고 사랑한 데는 그럴 만한 다른 이유나 목적이 있었을 것이 분명하다.

우선 경제적인 이유를 들 수 있다. 원추리는 새순을 먹을 수 있기 때문이다. 그러나 그것은 그리 큰 이유가 되지 못한다. 그보다는 이 꽃이 지닌 주술적인 힘을 중요하게 여겼기 때문이라고 보는 것이 더 타당하다.

서양의 기본색은 삼원색이지만 동양의 기본색은 빨강, 파랑, 노랑, 하양, 검정, 이렇게 오원색이다. 그리고 이 다섯 가지 원색은 다섯 방위를 나타내기도 한다. 동쪽은 파랑, 남쪽은 빨강, 서쪽은 하양, 북쪽은 검정, 중앙은 노랑이다. 게다가 각 색은 다섯 방위에서 들어오는 잡귀를 막아 주는 주술적 힘을 가진 것으로 믿어 왔다. 새색시에게 녹의홍상綠衣紅裳이나 노랑저고리에 빨강치마를 입힌다든지, 어린애들에게 색동옷을 입히는 것은 모두 색이 가진 이런 주술적 힘을 믿는 민속 신앙에서 나온 것이다.

그런데 원추리의 색은 노랑이다. 그러니까 원추리를 심은 까닭은 잡귀를 쫓는 벽사 신앙에서 유래한다고 할 수 있다. 뿐만 아니라 노랑은 부귀와 번영의 색이기도 하다. 색채학상으로도 노랑은 후퇴색이 아니라 진출색이다. 또 노랑은 황금색이기도 하다. 황제가 입는 곤룡포는 반드시 노랑이며, 부처의 몸도 황금색이다. 아예 황금을 입히기도 한다. 풍수지리에서도 묏자리를 팠을 때 흙빛이 노란색이면 길지吉地라고 한다. 곡식이 익었을 때의 빛 또한 황금색이다. 이래저래 노랑은 우리 조상들이 가장 선호하는 색상이었다. 국화꽃 가운데 황국을 제일로 치는 것도 같은 맥락에서 이해하면 된다.

그래서 이 황금색 꽃을 집 안에 심어 놓고 봄으로써 부귀영화를 함께 불러들일 수 있다고 믿은 데서 이 꽃을 심었던 것이다. 그러나 이런 목적이 전부였다면 노란 국화로도 대신할 수 있었을 텐데 굳이 원추리를 고집한 데는 또 다른 이유가 있었다고 보는 것이 옳다.

한마디로 말해서 그 이유는 아들을 낳기 위해서였다. 〈동처풍토기同處風土記〉를 보면 "애를 밴 부인이 이 꽃을 꽂으면 아들을 낳는다懷妊婦人佩其花則生男"는 말이 나온다.

그런데 왜 원추리를 꽂으면 아들을 낳을 수 있는 것인가에 대해서는 설명이 없다. 하지만 이것도 고대인들이 믿었던 주술에 대한 원리를 알면 금방 해석이 가능하다. 다시 말하면 같은 것은 같은 것끼리 서로 통한다는 주술의 원리를 알면 그렇게 생각한 까닭을 이해할 수 있다는 이야기다. 막 피기 전의 원추리 꽃봉오리를 보면 그것은 영락없는 사내아이의 고추와 닮은 것을 알 수 있다. 그러니까 유유상통類類相通이란 원리에서 '고추'를 닮은 꽃을 지니고 다니면 그와 같은 고추를 단 아이를 낳는다는 믿음에서 생긴 풍습이라 하겠다.

이 꽃을 '의남초宜男草' 라고도 하는데, 그 이유도 마찬가지다. 의남이란 아들을 많이 낳은 부인을 부르는 말이기 때문이다.

아무튼 과거 조선 사회의 남아선호사상이 낳은 재미있는 예라 하겠다. 거듭 말하지만 원추리를 심은 뜻은 아들을 낳기 위해서였다는 이야기다. 사내아이의 고추를 닮은 원추리를 문 앞에 심어 두고 나며들며 바라보고 또 그 봉오리를 꽂고 다녔기 때문에 어머니가 거처하는 방을 '훤당' 이라 불렀고, 그것이 그대로 어머니를 부르는 호칭이 된 것이다.

동양화에 보면 바위 옆에 원추리를 그린 그림이 더러 있는데, 이런 그림의 의미도 단순한 감상화가 아니라 생남生男 장수를 비는 일종의 부적과 같은 것이다. 바위는 십장생의 하나로 장수의 상징이다. 이런 그림은 부인들 방에 거는 것이라 할 수 있다.

이 꽃은 또 근심을 잊게 하는 꽃이란 뜻으로 '망우초忘憂草' 라고도 한다. 보고 있으면 근심도 잊게 된다는 데서 유래된 말이라는 사람도 있다. 하지만 그보다는 〈이화연수서李華延壽書〉에서 말한 것이 더 타당할 것 같다.

이 책에 의하면, 원추리 새순을 먹으면 바람을 일으켜서 마치 취한 것처럼 정신을 아득하게 하기 때문에 '망우忘憂'라 한다는 것이다. 원추리 잎에는 미독謎毒이 있기 때문이다. 취하면 만사를 잊게 되는 것이 자연의 이치가 아니겠는가. 그러니 망우초라 한 것이다.

원추리는 한국, 일본, 중국이 원산지이며, 종류에는 왕원추리, 각시원추리, 애기원추리 등이 있다. 모든 원추리는 어린 싹을 먹을 수 있는데, 이 원추리나물을 훤채萱菜라 한다. 원추리는 근심을 잊게 할 뿐만 아니라 몸을 가볍게 하고 눈을 밝게 해 준다. 《본초강목》에 있는 말이다.

이 꽃은 주황색이기 때문에 갠 날보다 비 오는 날에 보면 더 맑고 환하다. 주황색은 검정을 배경으로 했을 때 더욱 뚜렷해진다.

요새 서울에서도 원추리를 어렵지 않게 볼 수 있다. 길가 녹지대의 나무 그늘 밑에 많이 심기 때문이다. 그러나 번잡한 길거리는 꽃을 완상하기에 적당한 곳이 못 된다. 한가한 틈을 타서 칠월쯤 창경궁에 가보라고 권하고 싶다. 식물원 쪽으로 천천히 올라가다 보면 오른쪽 야생화 학습장에서 한 무리의 원추리밭을 만나게 될 것이다. 그러나 너무 가까이 가지 말고 이쯤하고 서서 바라보는 것이 더 좋을 듯싶다.

한참을 그렇게 서 있으면 모든 근심이 그 환한 빛 속에 녹아

들어 감을 느끼게 될 것이다. 될 수 있으면 부슬비가 시름없이 내리는 날이 더 좋다. 우산을 받고 바라보는 맛이 또 다른 정취를 느끼게 하기 때문이다.

아무튼 꽃도 보고 나물로도 먹고 아들까지 낳게 해 주며 세상 온갖 근심 걱정까지 잊게 해 준다니, 이런 꽃을 심지 않고 무슨 꽃을 심겠는가. 이처럼 우리 조상들은 나무 한 그루, 꽃 한 포기 심는 데도 심미적 목적만이 아닌 주술적 목적이 그 선택의 기준이 되었던 것이다.

이 글을 쓰고 있는 지금도 시름없이 비가 내리고 있다. 어두운 소나무 그늘 밑에 원추리 한 무더기가 꽃등인 양 환하게 피어 있다. 서재 유리를 사이에 두고 우리는 아무 생각 없이 때때로 서로 눈을 맞추고 있다. 나는 저를 위해 땀을 흘리며 글을 쓰고, 저는 나를 위해 가는 목을 길게 뽑은 채 시원한 모습으로 내 피로한 눈을 맑게 씻어 주고 있다.

지금도
해당화는 피고 있는지

어디에 심어도 잘 자라는 꽃이 있다. 그런가 하면 유달리 설 자리를 가리는 꽃도 있다. 해당화는 산을 싫어하고, 들도 싫어하며, 인가의 소음도 싫어한다. 모든 풀이며 나무들이 좋아하는 기름진 땅도 해당화에게는 별로 달가운 곳이 못 된다.

해당화는 모래언덕을 좋아한다. 강가의 모래톱도 좋아하고 호숫가의 모래톱도 좋아하지만 사방이 환히 트인 바닷가 모래언덕을 더 좋아한다. 시원한 바닷바람에 온몸을 맡긴 채 작열하는 태양 아래 서 있기를 좋아한다. 그래서 칠월은 바다와 해당화와 태양의 계절이 된다.

해당화는 우리나라 어느 바닷가에서도 다 볼 수 있지만

가장 유명한 곳은 동해가 아닌가 한다. 동해 중에서도 관북 지방의 해변가가 제일 유명하다. 어렸을 때 일이지만 배를 타고 나가면 섬 전체가 해당화로 붉게 덮여 있었던 기억이 난다. 그것은 푸른 바다에 떠 있는 한 개의 커다란 꽃다발이었다.

서해에도 해당화는 피지만 동해의 그것에 미치지 못한다. 꽃 자체가 달라서가 아니라 배경 때문이다. 질펀한 갯벌, 탁한 바닷물, 그런 배경에서는 아무리 해당화라 해도 빛을 잃을 수밖에 없다.

이탈리아에 가면 꽃들이 유달리 아름답다. 지중해의 푸른 물, 대리석 건물의 하얀 벽들, 그리고 맑고 깨끗한 공기 속에 눈부신 태양. 이런 배경 아래에서는 어떤 꽃도 제 빛을 다할 수 있기 때문이다. '명사십리 해당화'가 유명한 것도 같은 이유에서이리라. 동해의 쪽빛 물결, 여인의 둔부 같은 부드러운 해안선, 그리고 살결보다 보드라운 모래언덕. 거기에 점점이 찍힌 붉은 입술 자국 같은 해당화.

어떤 시인은 "모래 위에 태양이 쓴 바다의 시"라고 했고, 또 어떤 시인은 "푸른 물결 가득히 넘실거리는 눈동자"라고도 했다.

칠월의 불타는 태양 아래 염염히 타오르는 여심女心 같은 꽃. 그리고 그 뜨거운 살갗을 식히는, 원시로부터 불어오던

저 동해 바람.

이런 곳에 피는 꽃이기에 빛깔 또한 맑고 밝고, 그리고 더없이 선연하다. 분홍도 아니고 그렇다고 다홍도 아니다. 분홍과 다홍에 보라색이 은은히 섞인, 그러니까 자홍紫紅이다. 조금도 텁텁하지 않고 상쾌한 맛을 주는 그런 색깔이다.

홑잎 꽃이 대개 그러하듯 다섯 장의 널찍한 꽃잎은 순하고 부드럽고 그러면서도 날렵함을 잃지 않고 있다. 더없이 귀엽고도 다정한 인상을 주는 꽃이다.

같은 장미과에 속하면서도 장미와 같은 이지적이며 기하학적인 아름다움이 아니며, 모란 같은 풍만하고 화려한 그런 아름다움도 아니다. 꾸밈이 없고 청순하고 발랄한, 그래서 바다 처녀 같은 그런 꽃이다.

무성한 잎사귀 사이에 숨은 듯이 파묻힌 꽃뿐만이 아니라 그 향기 또한 그윽하다. 사람의 마음을 잡고 놓아 주질 않는다. 싸고 또 싸도 옷사품으로 새어 나오는 향기. 그윽하다 못해 어느 하소연처럼 애틋하다. 말로 다 할 수 없는 순간에 시작되는 눈빛이요, 눈빛으로도 다 전할 수 없는 순간에 끝내 풍기지 않고는 견딜 수 없는 은밀한 고백과도 같은 체취.

그러나 이 그윽한 향기와 아름다움도 잠시뿐, 아침 해와 함께 핀 꽃은 저녁 황혼과 함께 지고 만다. 어느 꽃인들 그렇지 않으랴만, 해당화의 일생은 너무 짧다. 짧은 사랑에 긴 이별이라고 할까.

옛날 바닷가에 오누이가 살고 있었다. 어느 날 관청 아전들이 들이닥치더니 불문곡직하고 누이를 끌고 갔다. 궁녀로 뽑혔다는 것이다. 동생은 누나의 치맛자락을 잡고 발버둥쳤지만 배는 어느새 멀리 수평선 너머로 사라지고 말았다. 며칠을 두고 울던 소년은 지쳐서 죽고 말았다. 그 후 그 자리에 소년의 울음 같은 꽃이 피었다. 이 꽃이 해당화라고 한다.

내가 자란 청진清津 앞바다 모래언덕에도 해당화가 무성했다. 어느 날 나는 친구도 없이 혼자 그 모래언덕에 앉아 있었다. 언덕에는 그때도 해당화가 피어 있었고 그 꽃 덤불 너머로 푸른 바다가 누워 있었다. 그리고 먼 수평선에는 하얀 여객선이 한 척 떠 있었다.

너무 아득히 멀어서일까. 배는 마치 한 폭의 그림처럼 꿈꾸듯 정지해 있는 것 같았다. 누이를 잃은 것도 아닌데 나는 혼자 울고 있었다. 너무 아득히 멀어서였을까, 아니면 정오의 정적 때문이었을까?

이제 모든 것을 설명할 수 있는 나이가 된 지금도 그때 그 울음의 이유를 설명할 수가 없다. 그리고 그곳을 떠난 지 긴긴 세월이 지났다. 나는 이제 더 이상 어린아이가 아니다. 그런데도 내 꿈의 배경은 청진 앞바다 모래언덕이 될 때가 있다. 해당화가 피어 있고, 꿈처럼 아니, 상장喪章처럼 거기 그렇게 그 때의 그 하얀 여객선이 떠 있는 것이다.

2018년 8월 24일. 이 글을 퇴고하고 있는 지금 이 순간에 텔레비전 화면에서는 남북 이산가족 상봉 장면이 방영되고 있다.

주름진 얼굴에 흐르는 해후의 눈물.

그러나 나는 그 사람들 틈에도 끼지 못하고 있다. 세 번이나 이산가족 상봉 신청서를 냈지만 돌아오는 대답은 언제나 '소재 불명' 그 한마디였다.

달밤에 양귀비 꽃씨를 알몸으로 뿌리는 까닭은

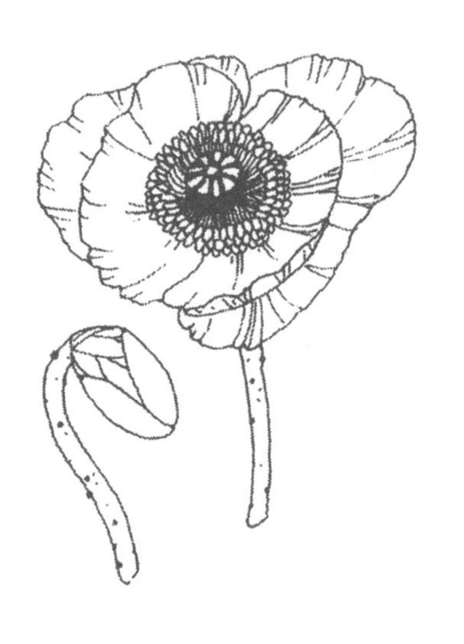

비야, 비야, 양귀비야
당명황의 양귀비야
금색같이 염전이거든
네 무삼 화초인데
삼일 만에 꽃이 지니
단명한 게 원이로다.

양귀비꽃의 단명함과 당나라 현종의 왕비 양귀비의 요절을 함께 안타까워한 민요다.

그러나 이 꽃의 원래 이름은 양귀비가 아니다. 중국이나 한방에서는 '앵속'이라 부른다. 열매가 항아리 같고, 그 속에 좁쌀처럼 작은 씨가 들어 있다고 해서 항아리 '앵罌'자에

좁쌀 '속粟' 자를 써서 앵속罌粟이라고 한 것이다. 양귀비란 우리나라에서만 부르는 이름이다. 일본에서는 게시けし라고 한다. 17세기까지 우리나라에서도 앵속으로 불렸는데 그 후에 '양귀비' 라는 새로운 이름이 문헌에 나타나기 시작한 것이다.

그런데 왜 이 꽃을 양귀비라고 부르게 되었는지는 기록이 없다. 다만 몇 가지 추측이 가능할 뿐이다.

우선 이 꽃의 내력과 특성을 살펴보면 첫째, 양귀비는 중국을 통해서 들어온 꽃이라는 것, 둘째, 일년초 가운데 가장 예쁜 꽃이지만 피어 있는 시간이 불과 하루밖에 되지 못하고 단명하는 꽃이라는 것, 셋째, 이 꽃의 열매에서 사람의 정신을 혼미하게 하는 아편을 뽑는다는 사실이다.

이런 내력과 특성은, 왕을 현혹하여 나라를 망치게 했다는 죄명으로 젊은 나이에 죽임을 당한 아름다운 양귀비를 연상시키기에 충분하다. 다시 말해 미인 양귀비가 한 나라를 기울게 만든 경국지색傾國之色이라고 한다면, 화초 양귀비는 사람을 망치게 하는 패가망신의 꽃이라는 이야기가 되는 셈이다. 옛 선비들이 이 꽃을 뜰에서 추방한 까닭도 바로 여기에 있다고 하겠다.

아무튼 이 꽃은 키부터 훤칠하다. 줄기는 사람 키만큼 크게 자란다. 꽃은 줄기 끝에 한 송이씩 피는데, 봉오리는 청솔방울만 하다. 피기 전에는 고개를 숙이고 있다. 마치 수줍음을 타는 것 같기도 하고 꾸중을 들을까 두려워 짐짓 고개를 떨군 것처럼 보이기도 한다.

그러나 햇빛이 닿는 순간 기다렸다는 듯이 바로 꽃이 피는데, 언제 그랬더냐 싶게 숙였던 고개를 반듯하게 든다. 미인 선발 대회에 나온 아가씨들처럼 한껏 자신의 아름다움을 뽐내는 것이다. 그럴 만도 한 것이 아무리 주위를 둘러봐도 그 요염한 자태를 능가할 만한 꽃은 없기 때문이다.

우선 꽃색이 미묘하다. 하양, 빨강, 분홍, 보라, 연보라 등 하늘색과 노랑을 빼고는 거의 없는 것이 없다. 국화나 장미에 버금갈 만큼 가짓수가 많다. 그러나 아편을 뽑을 수 있는 것은 다만 흰색 양귀비뿐인데, 영어 이름 오피움 포피Opium Poppy는 바로 흰색 양귀비를 말한다.

이 꽃의 느낌은 아주 섬약함 그것이다. 천의天衣같이 하늘거리는 실크 원피스를 입고 들녘에 서 있는 여인 같기도 하고, 어떻게 보면 오랜 병상에서 겨우 회복기에 접어든 가녀린 여인 같기도 하다. 그러나 그냥 가녀린 것만이 아니라 가슴속 깊은 곳에는 작은 불씨라도 닿기만 하면 금세 열렬히 타오를 열정을 숨기고 있는 그런 여인 같은 꽃이다. 이 꽃이 아침 햇빛을 받아 눈부시게 빛날 때는 더욱 그런 생각을 하게 된다. 더구나 역광을 받았을 때의 빨간 양귀비는 커다란 루비로 만든 술잔처럼 눈부시게 투명하다.

뿐만 아니라 이 꽃은 피는 모습도 특이하다. 꽃잎을 단단히 싸고 있던 두 쪽의 초록색 꽃받침은 꽃이 활짝 필 때까지 기다렸다가 아쉬운 듯 머뭇거리며 땅으로 떨어진다. 이때 비로소 네 개의 꽃잎이 부드러운 바람결에 나부끼기 시작하는 것이다. 마치 번데기의 등을 막 가르고 나온 나비 같다. 처음 받는 햇빛에 눈이 부신 듯 잠시 어리둥절해 있는 모습은 우리 마음을 사로잡기에 충분하다.

게다가 비좁은 꽃받침 속에 갇혀 있는 동안 꽃잎에 생긴 듯한 구김살은 꽃이 다 질 때까지 그대로 남아 있다. 지난날 겪었던 비운의 그림자가 한 여인의 아름다움에 미묘한 음영과 깊이를 더하듯이, 이 섬세한 상흔은 이 꽃을 애처로운 마음 없이는 바라볼 수 없게 하는지도 모른다. 꽃이 고우면 향기가 없는 것이 보통이지만 양귀비는 그렇지 않다. 요염한 자태에 어울릴 만큼 그 향기 또한 각별하다.

꽃에 얽힌 전설 가운데 90퍼센트가 비극적이다. 나팔꽃도 도라지꽃도 수선화도 모두 그렇다. 그러나 이 요염한 꽃은 오히려 아름답고 행복한 전설을 갖고 있다.

아득한 옛날 인도에 한 행복한 왕자가 살고 있었다. 어느 날 정원을 거닐다가 이상한 새가 나뭇가지에 앉아 있는 것을 발견했다. 왕자는 시종들에게 그 새를 잡아오게 했다. 잡혀온 새의 발목에는 금실이 매어 있었고 몸에서는 이상한 향내가 났다. 왕자는 이 새를 금으로 된 새장에 넣었다. 그리고 침실 곁에 매달아 놓고 매일 바라보는 것으로 하루의 즐거움을 삼았다.

그런데 어찌된 일인지 이 새는 통 노래를 부르지 않았다. 그러던 어느 날 왕자가 꿈을 꾸었는데, 먼 나라 공주가 시종들과 함께 자기의 꽃밭에서 뭔가를 찾고 있었다. 왕자가 물었다. 무엇을 찾고 있느냐고. 그랬더니 자기는 남쪽 아라후라라는 나라의 공주인데, 자기 새가 발목의 금실을 끊고 달아나서 찾는 중이라는 것이었다. 왕자는 자기가 가지고 있는 새가 바로 그녀의 것임을 알자 그만 가슴이 뜨끔했지만 시치미를 뚝 떼고 그 새 이름이 무엇이냐고 물었다.

그러자 공주는 그 새 이름이 자기 이름과 같아서 말할 수 없다고 했다. 자기네 나라에서는 공주 이름을 알아내는 사람이 공주의 남편이 되는 동시에 국왕이 되기 때문이라고 했다. 그런데 그 이름은 새만이 알고 있으며, 새가 부르는 노래가 곧 공주의 이름이라는 것이었다. 그리고 그 새는 한 가지

꽃만 좋아하고, 그 꽃이 자기 이름과 같은데, 그 꽃 또한 여기에 없으니 새도 없는 것이 틀림없다며 그곳을 떠나고 말았다.

꿈에서 깬 왕자는 비로소 새의 비밀을 알게 되어 기뻤다. 이제 공주의 뜰에 핀 그 꽃만 따 오면 되는 셈이었다. 왕자는 힘센 용사들을 뽑아서 공주의 나라로 보냈다. 그러나 어찌된 일인지 한 사람도 돌아오지 않았다. 결국 왕자가 그 꽃을 찾아 아라후라로 떠날 수밖에 없었다.

공주가 사는 성은 하늘까지 닿을 듯한 벽으로 둘러싸여 있고, 파수병들이 삼엄하게 지키고 있었다. 하지만 슬기로운 왕자는 무사히 성 안으로 들어갔다. 그런데 꽃밭을 지키는 용사들은 모두 자기가 보낸 부하들이었다. 그는 놀라지 않을 수 없었다. 하지만 이 나라에는 이상한 약이 있어서 그것을 먹으면 그 전의 일을 모두 잊어버리게 되어 있었다. 왕자는 밤을 틈타 드디어 꽃을 따오는 데 성공했다.

꽃을 가지고 온 왕자는 새장 앞에 그 꽃을 놓았다. 그때서야 지금까지 침묵하고 있던 새가 비로소 아름다운 소리로 "파파베라, 파파베라" 하면서 노래를 부르는 것이었다. 이렇게 해서 새 이름과 꽃 이름, 그리고 공주 이름이 '파파베라'라는 것을 알게 되었다. 그 후 왕자는 공주와 결혼해서 오래오래 행복하게 살았다고 한다.

'파파베라'는 양귀비의 라틴어 이름이다. 그리고 양귀비는 인도의 국화다. 하지만 원산지는 인도가 아니라 동부 유럽이다. 유럽에서 일찍이 석기 시대부터 재배되었다는 사실이 스위스 호서민족湖棲民族의 유적지에서 발견되었다.

그리스 시대에는 열매에서 나오는 유액을 어린아이에게 먹여 잠을 재우는 데 사용하였다고 한다. 아편이 제조되기 시작한 것은 기원전 300년경 소아시아 사람들에 의해서다.

꽃이 지고 난 다음 대나무 칼로 열매 껍질에 상처를 내면 젖 같은 즙이 나오는데, 이것을 섭씨 60도에서 건조시키면 아편이 된다. 이 약을 최초로 사용한 것은 여신 케레스Ceres다. 로마 신화에 이런 이야기가 있다.

대지의 여신이며 풍요의 여신인 케레스는 종일 곡식을 돌보느라 너무 피로한 나머지 더 이상 힘을 쓸 수 없을 정도로 지치고 말았다. 안타깝게 생각한 잠의 여신 퓨푸노스는 양귀비를 이용해서 그녀를 잘 수 있게 해 주었다. 충분이 휴식을 취한 케레스는 다시 힘이 솟아 곡식들이 더 풍성하도록 열심히 돌볼 수 있었다. 들판의 풍성한 곡식을 본 사람들은 그녀를 찬양했다. 그 후 케레스는 양귀비꽃의 고마움을 잊지 않기 위해 자기가 쓰는 화관에 그 꽃을 장식하게 했다.

이 꽃은 다산多産의 상징으로 쓰이기도 한다. 식물학자 린네는 파란 솔방울만 한 양귀비 열매 속에 3만2,000여 개의 씨앗이 들어 있다고 보고했는데, 이처럼 많은 씨앗 때문에 다산과 풍요를 상징하게 된 것이다. 이런 발상은 동양과 서양이 다르지 않다. 석류가 다산의 상징인 것도 마찬가지 이유다. 게다가 양귀비 씨는 생명력이 강하다. 발아 조건만 갖추어지면 20년이 지난 뒤에도 어김없이 싹이 튼다.

그러나 양귀비는 옮겨 심는 것을 싫어한다. 곧은 뿌리라서 그렇다. 밭에다 직파해야 한다. 《산림경제》를 보면 재미있는 설명이 나온다.

양귀비를 심을 때는 만월인 추석날 밤이거나, 음력 구월 구일 중양절 날 밤이 좋다는 것이다. 그리고 발가벗고 심으라고 되어 있다. 아니면 부부가 함께 고운 옷을 입고 밤중에 마주 앉아서 심으면 다음 해에 더 아름다운 꽃이 핀다고 했다. 그런데 왜 그렇게 해야 하는가에 대한 이유는 밝혀 놓지 않았다. 처음 이런 민속이 시작될 때는 나름대로 어떤 이유가 있었을 테지만, 세월이 지나다 보니 그 이유는 잊히고 관습만 남게 된 모양이다.

그러나 이런 의문에 대한 설명이 아주 불가능한 것은 아니다. 해답은 다른 나라의 민속을 통해서 찾을 수 있다.

프레이저의 《황금의 가지》에 의하면, 수마트라의 내륙 지방에서는 여자들이 볍씨를 뿌리는데, 긴 머리채를 풀어서 등까지 치렁치렁 드리우고 뿌린다고 한다. 그렇게 하면 벼가 여인들의 긴 머리채처럼 길게 잘 자란다는 것이다. 또 말레이시아에서는 벼가 익을 때쯤 여자들이 자기 논에 가서 웃옷을 벗는데, 그렇게 하면 벼 껍질이 얇아서 빻기 쉬워지기 때문이라고 한다.

이와는 좀 다르지만 우크라이나 지방에서는 사과꽃이 필 때쯤 부부가 과수원에서 잠자리를 같이 하면 그 해 사과가 많이 열린다고 믿으며, 실제 그렇게 한다고 한다. 똑같은 사례가 유럽 여러 나라에서 수집되고 있다.

이런 믿음을 동종 주술 또는 모방 주술이라고 한다. 그런 신앙은 인간의 행위나 상태에 의해 식물에게 같은 행위나 상태를 모방하게 할 수 있다고 믿는 데서 비롯된 것이다. 다시 말해서 고운 옷을 입고 양귀비 씨를 뿌리면 고운 꽃이 핀다는 것은, 꽃이 옷의 아름다움을 모방한다고 믿는 것이고, 부부가 함께 마주 앉아서 씨를 뿌린다는 것은 우크라이나 지방의 농부들과 마찬가지로 음양의 화합을 의미한다. 즉 그렇게 하는 것은 식물이 그 행위를 모방한다고 믿기 때문이다. 사람의 행위를 자연이 모방한다는 옛 사람들의 생각은 전 세계에 걸친 보편적인 믿음이었다.

또 달밤에 씨를 뿌리라는 이야기는, 달이 농사와 풍요의 신이라는 고대인들의 신앙에서 나온 것이다. 달은 계절의 운행을 지배하는 원리이며, 여성과 생산력의 근원을 상징한다. 그 가운데서 보름달은 음陰, 즉 여성적 특성이 극대화된 시기이므로 이때 씨를 뿌리는 것이 생산력의 극대화를 가져올 수 있다고 믿기 때문이다.

지금과 같은 시대에 이런 이야기를 하면 허황된 미신으로 받아들여질지 모른다. 하지만 많은 식물학자들의 연구 결과를 보면 전혀 비과학적인 이야기가 아니다. 다시 말해서 식물 씨앗의 발아 조건이 단지 열과 수분만이 아니라는 것이다. 수분과 열 이외에 달의 힘 또한 대단히 중요한 몫을 차지한다고 한다. 이것은 프랑스 과학자 케르브랑의 주장이다. 어떤 종자는 제철이 아니면 아무리 발아 조건이 갖추어져도 싹이 트지 않는다는 사실을 다시 한 번 생각해 볼 필요가 있다.

우리는 고대인들의 이같은 주술 신앙을 비웃는다. 그것은 과학적 근거를 갖추고 있지 않은 단순한 직관에서 나온 것이라고 믿기 때문이다. 그런데도 우리 일상생활을 가만히 들여다보면 현대인을 자처하는 우리도 여전히 고대인들과 마찬가지로 주술 세계에 살고 있다. 예를 들어 대학 입시철만 되면 교문에 엿을 붙이는 행위와 같은 것이다. 자기 아이가 엿처럼 그 대학에 붙을 것이라고 믿는 이 믿음은 고대인의 주술과 차이가 없다.

몇 해 전 수학능력시험을 앞두고 전국에 있는 '갓부처'들이 수난을 당했다는 보도가 있었다. 갓부처란 돌부처를 비로부터 보호하기 위해 머리 위에 넙적한 돌을 갓처럼 올려놓은 부처인데, 문제는 그 '갓' 때문이었다. 갓은 관冠, 즉 과거에 급제한 사람만이 쓸 수 있는 것이기 때문에 갓부처의 돌을 긁거나 뜯어다 갈아서 먹으면 과거에 급제하듯 합격한다고 믿는 것이다.

야구 경기에서도 그런 주술적 행위를 쉽게 볼 수 있다. 홈런을 때린 선수가 홈인하면서 자기 편 선수들과 손바닥을 마주치는 것이 바로 그것이다. 자기의 행운이 동료 선수들에게 전염될 것이라고 믿는 데서 나온 행위다. 지금도 이와 비슷한 예가 있다. 한 마을에서 장수한 사람이 죽으면 그 노인의 속옷을 얻어다 입는 관습이다. 그렇게 하면 그 노인처럼 오래 산다고 믿는 것이다. 이런 주술은 동종 주술과는 달리 감염 주술이라고 한다. 즉 접촉을 통해서 한 사물의 힘이 다른 사물에 감염된다고 믿는 데서 나온 주술이다.

다시 말해서 양귀비를 보름달 아래에서 심으란 것은 그때가 여성적 생산력이 극대화된 시기이므로 싹이 잘 튼다는 뜻이고, 부부가 함께 또는 알몸으로 심으란 것은 그렇게 하면 꽃이 사람들의 성행위를 모방하여 수분受粉이 잘 되어 꽃이 많이 피고 열매가 많이 맺힌다는 의미이며, 예쁜 옷을 입으라는 것은 양귀비가 그것을 모방한다고 믿는 데서 나온 결과다.

이런 주술을 통하지 않더라도 양귀비는 참으로 아름다운 꽃이다. 그런데 이 아름다운 꽃이 마음대로 볼 수 없는 금단의 꽃이라는 데에 문제가 있다. 왜냐하면 일반 사람들은 이 꽃을 심을 수 없도록 법으로 금지되어 있기 때문이다. 일제강점기 때도 그랬고, 지금도 그렇고, 또 앞으로도 그러할 것이다. 세상 어떤 사람도 앞으로 코카인 주사 같은 것은 맞지 않을 것이라는 보장이 없는 한, 이 꽃은 인류 역사에서 영원히 금지된 꽃으로 남을 수밖에 없다. 인간에게 주어진 가장 아름다운 꽃을 마음놓고 즐길 수 없다는 것은 분명 안타까운 일임에 틀림없다.

하지만 너무 실망하지 않아도 된다. 세 포기까지는 법으로 보장되어 있기 때문이다.

항우의 시에 흐느끼는 우미인초

꽃 가운데 섬세하고 화사하기로는 양귀비를 따를 것이 없다. 그런데 양귀비의 이런 면모를 고루 갖추고 있으면서 보는 사람에게 가련한 느낌을 주는 꽃으로 우미인초虞美人草만 한 것도 없을 듯싶다.

고개를 숙이고 있는 모습이 무슨 근심에 잠긴 듯한 인상을 주기 때문일까? 가는 미풍에도 몸을 하늘거리는 모습을 보고 있으면 살갗이 투명한 소녀를 보고 있는 듯한 느낌을 준다. 양귀비조차도 이런 때는 오히려 억센 인상이 들 정도다.

같은 양귀비과에 속하기 때문에 개양귀비라고도 하지만, 우미인초에겐 '개'란 접두사가 아무래도 어울리지 않는 것 같다.

우미인초는 키부터 다르다. 양귀비는 사람 키에 가깝지만 우미인초는 그 삼분의 일에도 미치지 못한다. 그 밖에도 양귀비와는 달리 꽃대며 꽃받침에 잔털이 많고, 잎 색깔도 다르다. 양귀비가 회록색인 데 비하여 우미인초는 그냥 초록색이다.

가정집에서 관상용으로 심는 것은 대개 우미인초다. 모르는 사람들은 이것을 양귀비로 잘못 알고 있다. 양귀비로 잘못 알고 단속하는 경찰관도 없지 않다. 우미인초에서는 아편이 나오지 않는다. 그리고 우미인초는 양귀비와 마찬가지로 구월에 씨를 뿌리면 다음 해 오월경에 꽃이 핀다. 요새는 일월에도 양재동 꽃시장에 나가면 얼마든지 볼 수 있다. 비닐하우스에서 재배하기 때문이다. 이 꽃에도 슬픈 전설이 있다.

초나라 패왕 항우가 한나라 고조 유방에게 쫓겨 해하성까지 왔을 때였다. 오랜 싸움으로 군량은 떨어지고 장졸들은 지칠 대로 지친데다 사방은 한나라군에 포위된 상태였다. 그런 사정을 안 한나라 장수 장자방은 밤이 깊자 계명산에 올라가 초나라 군사들이 있는 진영을 향해 애절한 가락으로 퉁소를 불었다. 초나라 군사들로 하여금 고향 생각이 나게 하여 사기를 떨어뜨리기 위함이었다.

그의 계략은 적중했다. 그렇지 않아도 고향 생각에 젖어 있던 초나라 군사들은 슬픈 가락을 듣자 더 이상 싸울 마음이 없었다. 그들은 하나둘 눈물을 훔치며 한나라군의 진영으로 넘어가고 말았다. 심지어 항우의 숙부마저 적진에 투항하고 만다. 넘어간 초나라 군사들이 초나라 노래를 부르니 사방이 온통 초나라 노래였다. 이것이 바로 사면초가四面楚歌의 고사가 나오게 된 유래다.

이미 천운이 다한 줄을 알게 된 항우는 다음 날 포위망을 뚫고 도망가는 수밖에 없었다. 그런데 그의 사랑하는 아내 우미인이 문제였다. 고향땅 강동을 떠나 여섯 해 동안 위태로운 전쟁 속에서도 헤어진 적이 없는 우미인이었다. 항우는 그날 밤 주연을 베풀어 우미인과 마지막 술잔을 기울이며 이렇게 탄식했다.

> 힘은 산도 뽑을 만하고 기개는 천하를 휩쓸었는데
> 형세가 불리하니 잘 달리던 말조차 나아가질 않는구나
> 말 같은 것이야 어찌해 본다고 하지만
> 우미인아, 우미인아, 내 너를 어찌하면 좋단 말인가.

이것이 그 유명한 〈해하가垓下歌〉다. 피를 토하듯 탄식하는 항우의 아픈 마음을 헤아린 우미인은 이렇게 화답했다.

한나라가 이미 초나라를 덮었고
사면은 온통 초나라의 군가인데
대왕은 의기조차 이미 다하니
첩이 구차히 살아서 무엇하겠습니까.

그러고 나서 항우의 옆구리에 찼던 칼을 뽑아 자기 목을 찔러 자진하고 말았다. 사나이 가는 길에 방해가 되어서는 안 된다고 생각한 때문이었다.

이를 본 항우는 주먹으로 눈물을 닦으며 사력을 다해 탈출에 성공했다. 드디어 오강烏江에 이르렀다. 그러나 그는 거기에 주저앉고 말았다. 사랑하는 여인의 죽음 때문만은 아니었다. 고향을 떠날 때 데리고 온 강동 청년 8천 명을 다 죽이고 저 혼자 살아 돌아간들 그들의 부모를 볼 면목이 없었던 것이다. 그의 애마는 강물로 뛰어들고, 그는 자기 목을 찔러 자진하고 말았다.

그 후 우미인의 무덤 위에 예쁜 꽃이 피었다. 사람들은 그것이 우미인의 넋이 꽃으로 변한 것이라고 하여 그때부터 '우미인초'라 부르게 되었다. 지금도 우미인초 앞에서 항우의 〈해하가〉를 읊으면 꽃은 바람이 없어도 흐느끼듯 몸을 떤다고 한다.

다음은 당송팔대가唐宋八大家의 한 사람인 증자고曾子固의 〈우미인초〉 일부다.

삼군이 흩어지고 정기는 꺾이고
아리따운 여인도 순간에 늙어 버렸구나
향기로운 혼백은 번쩍이는 칼날에 날아가고
푸른 피 무덤 위에 풀이 되었구나
미인의 꽃다운 정, 가는 줄기 끝에 매달린 듯
그 모습 옛 가락에 눈썹을 찡그리는 것 같구나
가슴에 품은 애원, 시름에 잠겨 말이 없으니
사면초가를 처음 듣던 그때 같구나
도도히 흐르는 강물은 예와 이제 다름이 없건만
한나라와 초나라의 흥망은 지나고 보니 한 줌 흙이구나
그때 일은 벌써 자취도 없이 사라진 지 오랜데
임의 술잔 앞에 슬픔 견디지 못하던 그 몸부림
지금은 누굴 위해 저리도 애처롭게 하늘거리는가.

만약 항우가 홍문에서 범증范增의 말대로 유방을 제거했더라면 해하에서의 패배는 없었을 것이고, 우미인의 죽음 또한 있을 수 없었을 것이다. 하지만 항우의 자만심과 우유부단이 결국 일을 그르치고 말았다.

그러나 이제 승자도 패자도 한 줌 흙이 되어 버리고, 그들의 영웅담 또한 낡은 책갈피에 남아 있을 뿐이다. 그런데 한 여인의 슬픈 죽음만이 그 한을 풀 길 없어 2천 년이 지난 지금도 가냘픈 몸매로 그날을 떨고 있다니, 사람은 가도 한은 오히려 남는 것인가.

장미와
장미 도둑

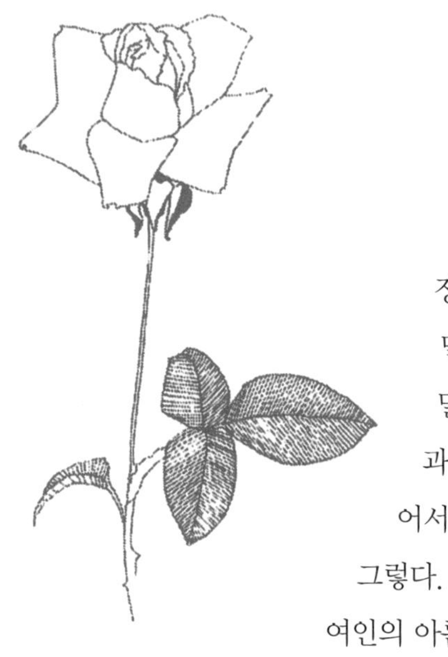

장미를 말하지 않고는 서양 문학을 말할 수 없다. 그것은 동양 문학을 말할 때 매화를 빼놓을 수 없는 것과 같다. 문학뿐이겠는가. 미술에 있어서도 그렇고, 일상생활에 있어서도 그렇다.

여인의 아름다움을 표현할 때도 장미는 빠질 수 없다. '장밋빛 입술'이 아니면 '장밋빛 볼'이 그것이다. 멋진 인생살이도 '장밋빛 인생'이라 해야 제대로 표현한 것 같고, '고생 끝에 낙이 온다'거나 '젊어서 고생은 돈을 주고 산다'는 우리 속담도 그들 식으로 표현하면 "젊어서 장미 위에 누우면 늙어서 가시밭에 눕는다"가 된다.

셰익스피어의 비극 〈오셀로〉 5막 2장에서 질투심에 불타는 오셀로가 아내 데스데모나의 목을 졸라 죽이는 대목이 나온다. 여기서도 장미는 빠질 수 없다.

눈보다 희고 설화석고雪花石膏보다 매끄러운 데스데모나의 잠든 얼굴이 촛불에 더욱 신비롭다. 그는 잠시 그 아름다운 얼굴을 굽어본다. 그리고 침상 머리맡에 켜 있는 촛불을 맨손으로 끄면서 이렇게 독백한다.

"이 불을 끄고 다음에 저 불을 꺼야지. 이 불은 껐다가 다시 켤 수 있지만, 그대의 오묘한 불은 한번 꺼지면 다시 켤 수 없는 것을…. 이 장미는 한번 꺾어 버리고 나면 다시는 되살릴 수 없는 것을…. 나무에 피어 있을 때 마지막 향기를 맡아야지."

오셀로는 허리를 굽혀 그녀의 입술에 마지막 작별 키스를 한다. 애증으로 일그러진 무어인의 깊고 검은 눈가에 이슬이 맺힌다.

이렇게 서양 사람들로부터 사랑받아 온 장미는 원래 유럽에서부터 코카서스 지방에 걸쳐 자생하던 것과 중국이 원산지인 것으로 나눌 수 있는데, 지금 세계적으로 널리 보급된 것은 이것들을 교배하여 개량한 것이다. 그러니까 우리나라 산과 들에서 볼 수 있는 해당화와 찔레꽃도 야생종 장미라

할 수 있다.

장미 재배의 역사에 대해서는 여러 설이 있다. 그 가운데 하나는 기원전 2000년대에 이미 바빌론 궁전에서 재배되었다는 것이다. 그리스에서 발견된 벽화 가운데에도 장미가 그려진 그림이 있는 것으로 봐서 그 시대에도 이미 장미가 재배되었을 것이라고 생각된다. 이처럼 장미 재배의 역사는 오래되었다. 하지만 이것이 원예종으로 취급되기 시작한 것은 서기 1500년경부터이며, 18세기에 들어서부터 더욱 활발해졌는데 그 중심지는 영국과 프랑스였다.

특히 영국은 장미를 국화로 삼을 정도로 장미를 사랑하는 나라다. 로마 점령 당시에는 의식용으로만 사용되던 것인데, 나중에 왕실의 문장화紋章花가 되면서 사람들의 사랑을 받게 되었다. 그러다가 15세기 후반에 붉은 장미를 문장으로 한 랭커스터가와 흰 장미를 문장으로 한 요크가 사이에 왕위 계승권을 놓고 전쟁이 벌어졌다. 이것이 그 유명한 장미전쟁이다. 30년간 계속된 이 싸움은 결국 랭커스터가의 헨리 7세가 요크가의 엘리자베스를 아내로 맞아 튜더 왕조를 세우는 것으로 끝을 맺게 된다.

그때 두 가문의 문장인 붉은색과 흰색 장미를 합해 문장을 만들었는데, 이것이 '튜더 로즈Tudor rose' 이며 꽃잎이 다섯 개로 되어 있다. 현재도 영국 왕실의 문장으로 쓰이고 있다.

우리 문헌에 장미가 처음 등장한 것은 신라 때, 즉 7세기 경에 지은 설총의 〈화왕계花王戒〉에서다. 장미는 요염한 여인으로 화왕인 모란에게 접근한다. 모란은 신라 26대 진평왕 때 들어왔고, 설총이 〈화왕계〉를 지은 것은 31대 신문왕 때다. 그런데 〈화왕계〉에 나오는 장미는 오늘날과 같은 개량종이 아니라 해당화다. 장미가 자신을 다음과 같이 소개하고 있기 때문이다.

"나는 눈같이 흰 모래벌판에 자리잡고 거울같이 맑은 바다를 마주 보며 봄비에 목욕하고, 때를 씻고 맑은 바람을 쐬면서 노니는데, 이름은 장미라고 하옵니다."

모래벌판과 물가에서 자라는 것은 장미가 아니라 해당화다.

그런데 이 아름다운 꽃을 볼 때마다 느끼는 불만이 하나 있다. 가시가 없다면 얼마나 좋을까 하는 것이다. 아무리 자기를 보호하기 위한 것이라 해도 장미 가시는 너무 날카롭다. 시인 릴케를 죽게 한 이 무서운 장미 가시. 그런데 장미가 가시를 가지게 된 데 대한 재미있는 전설이 있다.

옛날부터 동양에서는 모란이 모든 꽃의 왕이었지만 페르시아에서는 연꽃이 꽃의 왕이었다. 그러나 연꽃은 밤이면 잠만 자고 다른 꽃들을 돌보지 않았다. 모든 꽃들이 이 사실을 알라신에게 호소하게 되었고, 그 호소를 들은 신은 연꽃을 내쫓고 새로 흰 장미를 만들어 화왕을 삼았다고 한다. 그리고 다른 꽃들을 지키는 데 필요하다고 생각해서 장미에게 많은 가시를 주었다는 것이다.

재미있는 전설이지만 이것은 사람들의 관심이 연꽃으로부터 새로 들어온 장미에게로 옮겨간 역사적 사실을 간접적으로 은유한 것이라 하겠다. 모든 전설과 신화는 역사의 은유니까.

오늘날 장미의 종류는 정말 다양하다. 지금까지 개량된 것이 약 2만여 종에 이른다고 하니, 어떤 꽃도 그 종류의 다양함에는 미치지 못한다. 국화도 종류가 많지만 겨우 4천여 종에 불과하다. 색깔에 있어서도 다양하다. 온갖 색을 다 갖추고 있다. 그렇기는 하지만 장미 하면 역시 빨강과 노랑이 주종으로 통한다. 로즈Rose라는 말은 그 어원이 그리스어 Rhodon인데, 고대 켈트어의 '붉은색'을 뜻하는 말이라고 한다.

꽃 전설이 대부분 비극적이듯 붉은 장미가 태어나게 된 전설도 마찬가지다.

어느 날 나이팅게일이 흰 장미를 보게 되었다. 순간 장미의 그 희고 순결함에 그만 매료되고 만다. 나이팅게일은 흰 장미를 향해 날아가서 힘껏 포옹한다. 그런데 그만 장미 가시에 찔려 그 자리에서 죽고 말았다. 그러자 그 상처에서 흐른 피가 흰 장미 잎에 묻으면서 붉은 장미가 되었다는 것이다. 붉은 장미의 꽃말이 '불타는 사랑'인 것은 이런 연유에서 유래된 것이라 하겠다.

로마 시대에는 장미가 상류 계급의 꽃으로 각광을 받았다. 그래서 연회석은 으레 장미로 꾸며졌으며, 포도주에 띄워 향기를 즐기기도 하고 화관을 만들어서 머리에 쓰기도 했다.

그중 유명한 이야기는 클레오파트라가 그녀의 연인 안토니우스를 위해 베푼 호화판 장미꽃 연회라고 하겠다. 어느 날 그녀는 궁궐의 객실과 침상을 엄청난 양의 장미로 장식해 놓고 안토니우스와 단둘이서 달콤한 사랑의 밀어를 속삭임으로써 모든 일상으로부터 벗어날 수 있었다. 이 호화스런 사랑의 순간을 영원히 간직하고 싶었던 안토니우스는 자기가 죽으면 무덤을 장미로 덮어 달라고 유언했다.

또 로마인들은 이 장미를 '비밀을 지켜 주는 표지'로 삼기도 했다. 그래서 연회장 천장에 반드시 장미를 조각하는 것을 잊지 않았다. 이때의 장미는 흰 장미다. 16세기 중엽에는 로마 교회에서도 참회하는 방에 이 장미를 걸어 두었는데, 이것도 같은 의도에서 나온 것이라 하겠다. 이런 풍습이 생기게 된 유래는 이렇다.

옛날 사랑의 신 큐피드가 어머니인 미의 여신 아프로디테 Venus가 연애하는 것을 알고 이 소문이 세상에 알려지는 것이 두려워서 그 비밀을 입밖에 내지 못하도록 침묵의 신 헤포그라데스에게 부탁하였다. 침묵의 신은 이를 승낙하였고, 큐피드는 감사의 표시로 흰 장미를 선사하였다고 한다. 지금도 서양 사람들은 "장미 밑에서"라고 하면 "이건 절대 비밀이야"라는 의미로 통한다.

로마 제국이 멸망한 후에 장미는 기독교를 상징하는 꽃이 되었다. 중세에서부터 지금에 이르기까지 성모 마리아를 '순결의 장미'니 '신비의 장미'니 하는 것이 바로 그 예다.

우리가 쓰는 '장미'라는 말은 중국 이름인데, 뜻은 벽이나 담장을 의지해서 피는 재래종의 찔레 같은 덩굴장미를 의미한다. 당나라 시인 고병高駢의 〈산정하일山亭夏日〉이라는 시에 나오는 장미도 그러니까 덩굴장미임을 알 수 있다.

푸른 나무 그늘은 짙고 여름 해는 긴데
거꾸로 비친 누대의 그림자 못 속에 들었네
살며시 수정 발 들리더니 실바람 일고
한 시렁 장미에 집 안 가득히 향기로구나.

이 시의 멋은 셋째 행에 있다. 사실 여부로 따진다면 바람이 분 것이 먼저이고, 발이 살며시 들린 것이 나중이다. 그런데 시인은 원인과 결과를 바꾸어서 표현했다. 그러나 그것이 그 정황을 더 잘 표현했기 때문에 훌륭한 것이다.

시가 지어진 상황을 상상해 본다. 시인은 지금 방 안에 앉아 있다. 그냥 앉아 있는지, 아니면 침상에 반쯤 누워 있는지는 문제가 되지 않는다. 아무튼 지은이의 위치에서 보면 발이 움직인 것이 먼저이고 바람을 느낀 것은 조금 지난 후다. 그런 정황을 잘 표현했다는 데에 이 시의 묘미가 있다. 객관과 주관의 차이, 과학과 시가 다른 점이 바로 여기에 있지 않나 하는 생각이다.

장미는 지금 이 순간에도 계속 새로운 품종이 만들어지고 있다. 금세기에 들어서 장미의 육종 역사상 가장 기념비적인 사건은 '평화', 즉 '피스Peace'의 탄생이라고 하겠다.

제2차 세계대전 때의 일이다. 프랑스 육종가인 프란시스 메이양은 전쟁 중에도 장미 연구를 중단하지 않았다. 그 노력의 결실로 지금까지 이 지구상에 없었던 새로운 품종을 얻는 데 성공했다. 그러나 전쟁은 새 품종을 기를 여건을 만들어 주지 않았다. 이 사실을 안 미국의 육종가 페이어가 파시스트들에게 이것을 빼앗기지 않기 위해 미국으로 몰래 반출

하였다. 그 후 온갖 정성 끝에 이 새로운 장미가 미국 대지 위에서 첫 꽃을 피우는 데 성공하였다.

이 기쁨을 축하하기 위해 1945년 4월 27일 태평양장미협회 주최로 열린 전람회에서 이 장미의 명명식이 베풀어졌다. 이름하여 '평화의 장미'였다. 왜냐하면 이날은 파시스트가 패망한 날인 동시에 세계의 평화가 되살아난 날이기 때문이다. 국제연합이 성립되자 미국장미협회는 각 나라 대표들에게 이 평화의 장미를 한 다발씩 선물했다. 장미 다발에는 다음과 같은 글이 쓰여 있었다.

"우리는 평화의 장미가 모든 사람의 사상에 영향을 끼쳐 전 세계에 항구적인 평화를 가져다주기를 기원합니다."

이때부터 평화의 장미는 세계 각지에서 재배되기 시작했다.

평화의 장미는 레몬색에 핑크색이 선염渲染되어 있으며, 장미 중에 가장 크고 탐스럽다. 잎은 광택이 나고 줄기는 굵고 강인하게 뻗는다. 필자가 40여 년 전에 심은 이 장미는 밑동 굵기가 어른 팔뚝만 하고, 키는 옆에 있는 감나무와 경쟁이라도 하듯 7미터를 넘었다. 장미 중의 거인이라고 해야 할 것 같다. 향기가 짙은 것은 물론이다.

그러나 이처럼 새로운 품종이 만들어져도 육종가의 꿈이 다 이루어진 것은 아니다. 아직 '푸른 장미'가 없기 때문이다.

외신에 의하면, 일본의 유전공학자들은 세계 최초로 푸른색 장미꽃을 1993년 말까지 만들어 낼 계획이었다. 1983년부터 꽃 재배 사업을 벌여 온 일본 디스틸러리 산토리사가 생명공학을 이용해서 꽃을 개발하는 오스트레일리아의 칼진 퍼스픽사와 합작 투자를 시작하였다는 것이다. 칼진사 연구원들은 1994년에 푸른 꽃을 피우는 피튜니아를 발견해 낸 바 있는데, 이 두 회사는 푸른 꽃 유전자가 장미의 발생 계통에도 적용될 수 있는지 여부를 실험 중에 있다고 했다.

신비의 '푸른 장미'가 탄생하면 장미 재배의 역사에서 '평화의 장미' 탄생 이래 가장 획기적인 사건이 될 것이다. 그러나 2001년도 이 책의 두 번째 개정판이 나올 때까진 소식이 없었다. 그런데 2004년 산토리사의 자회사 플로리진에 의해 드디어 '푸른 장미'가 탄생했다. 하지만 꽃값이 일반 장미보다 10배 비싸기 때문에 일반화되기까지는 시간이 더 필요할 것 같다. 시중에 팔리고 있는 푸른 장미는 흰 장미에 염색약을 주입한 것이지 유전자를 변형한 장미가 아니다.

다음은 이탈리아의 어떤 장미 애호가의 이야기다.

그는 매일 밤 장미 도둑 때문에 골치를 앓고 있었다. 애써 가꾸어 놓은 장미를 함부로 꺾어 가는 것도 문제지만, 그보다는 장미 덩굴을 온통 못쓰게 만들어 놓는 것이 더 큰 문제였다.

생각 끝에 주인은 장미 덩굴에다 가위를 걸어 놓았다. 장미는 훔쳐가되 나무는 다치지 말라는 뜻이었다.

그런데 다음 날 나가 보니 전과 달라진 것이 없었다. 장미는 여전히 잘려 나갔고 나무는 나무대로 엉망이 되어 있었다. 그래서 가위를 걸어 놓은 곳으로 가보았다. 거기에 이렇게 쓴 쪽지가 걸려 있었다.

"가위를 걸어 놓으려거든 좀 잘 드는 것으로 걸어 놓으시오."

주인은 웃고 말았다. 도둑은 도둑이지만 장미 도둑답게 멋진 데가 있었던 것이다.

석남화
머리에 꽂고

석남화石南花는 만병초萬病草라는 이름으로 더 잘 알려져 있다. 주로 높은 산 바위 계곡같이 습기가 많은 반그늘을 좋아하는 상록수다. 이 꽃을
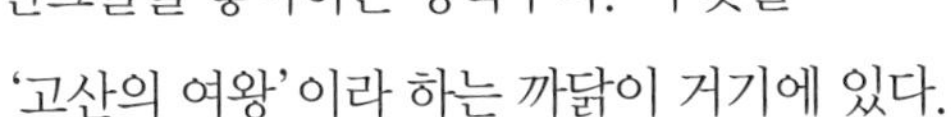
'고산의 여왕'이라 하는 까닭이 거기에 있다.

잎 모양은 긴 타원형인데 표면이 윤기가 흐르고 동백나무 잎처럼 두꺼운 혁질革質이며, 잎이 뒤로 말리는 것이 특징이다. 고산지대에서는 칠월에 꽃이 핀다. 꽃 생김새는 철쭉과 비슷한데, 색깔은 흰색과 옅은 노란색이 많다. 특히 울릉도에서 나는 것으로 꽃잎이 붉은색을 띠는 것이 있는데, '홍만병초紅萬病草'라고 하여 사람들의 사랑을 받고 있다.

《본초강목》에 보면 이 꽃의 이름이 '석남'인 것은 남쪽 돌밭

같은 곳에서 잘 자라기 때문이라고 한다. 그리고 이 꽃의 잎은 이뇨제로도 쓰이는데, 여자들은 오래 복용할 것이 못 된다고 기록되어 있다. 오래 복용하면 남자 생각을 하기 때문이란다女子不可久服令思男. 일종의 최음제라고나 할까?

시중에서 이 꽃을 자주 볼 수 없는 것은 고산식물이어서 더위에 약하기 때문이다. 섭씨 30도 이상인 평지에서는 잘 적응하지 못한다. 이처럼 더위에는 약한 꽃이지만 추위에는 강해서 백두산 천지 주변에 군락을 이루고 있을 정도다. 지리산과 강원도 북부에서도 자생한다. 요새는 사람들이 함부로 캐 가는 바람에 우리나라 자생종은 보기 힘들게 되고 말았다. 중국과 일본에도 여러 종류가 있는데, 양재동 꽃시장에 나오는 것들은 대개 일본에서 수입한 원예종이다.

2011년 제주 서귀포에 작업실을 마련하면서 귤나무를 뽑아낸 자리에 석남화 여섯 그루를 심었다. 하양, 노랑, 분홍, 자주, 빨강이 오월이면 피는데, 그 화사함이 진달래나 철쭉에 비할 바가 아니다.

내가 이 꽃에 애착을 갖게 된 것은 그것에 얽힌 전설이 하도 아름답고 애틋해서다. 〈대동운부군옥大東韻府群玉〉이라는 우리 고전에 이런 이야기가 나온다.

신라 사람 최항은 자가 석남石南인데, 사랑하는 여인이 있었지만 부모의 반대로 만나지 못해서 애를 태우다가 몇 달이 지나 그만 죽고 만다. 그런데 죽은 지 여드레가 되는 날 한밤중에 사랑하는 여인의 집에 항이 나타난다. 여인은 그가 죽은 줄도 모르고 좋아서 어쩔 줄 모르며 그를 맞는다. 그때 항의 머리에 석남화가 꽂혀 있었는데, 그것을 여인에게 나눠주면서 하는 말이, "나의 부모님이 너와 함께 살아도 좋다고 허락해서 왔다"고 했다. 두 사람은 신이 나서 항의 집까지 갔는데, 대문이 잠겨 있어 항이 혼자 담을 넘어 들어갔다.

그런데 금세 나오겠다고 하던 그는 날이 새도 나타나지 않았다. 그래도 여인은 이제나저제나 하며 기다리고 있었다. 그때 그 집 하인이 밖에 나왔다가 여자가 서 있는 것을 보고, "어찌 오셨소?" 하고 물었다. 여자가 자초지종을 이야기하자 하인은, "그분은 세상을 떠난 지 아흐레째 되는데 오늘이 장사를 지내는 날입니다. 같이 오다니, 어떻게 그럴 수가 있습니까?" 하며 의아해하였다.

여인은 머리에 꽂고 있던 석남화를 가리키며, "그분도 이걸 틀림없이 머리에 꽂고 있을 것입니다"라고 대답했다.

그래서 항의 가족들이 관을 열어 보게 되었는데, 아닌 게 아니라 죽은 항의 머리에도 석남화가 꽂혀 있는 것이었다. 그뿐 아니라 옷도 금세 새벽 풀섶을 걸어온 듯 촉촉히 젖어 있었다. 여자는 항이 죽었다는 사실을 깨닫는 순간 비통하여 숨이 넘어갔다. 그 숨넘어가는 소리에 항이 깜짝 놀라 되살아났다. 그후 그들은 스무 해를 같이 살다가 죽었다고 한다.

미당未堂이 어느 날 밤에 이 이야기를 읽다가 다음과 같은 시를 얻었다.

머리에 석남꽃 꽂고
네가 죽으면
머리에 석남꽃 꽂고
나도 죽어서

나 죽는 바람에
네가 놀라 깨어나면
너 깨는 서슬에
나도 깨어서

한 서른 해 더 살아볼거나
죽어서도 살아서
머리에 석남꽃 꽂고
서른 해만 더 살아볼거나

죽은 사람까지 살려 낼 만큼 간절한 사랑이라면, 죽어서도 다 죽지 못하고 연인의 숨넘어가는 소리를 들을 만큼 그렇게 사랑하는 사람들이라면 서른 해만 가지고 성이 차겠는가. 그런 사랑이라면 죽어선들 은하수 저편에서 다시 만나지 않겠는가.

석남화 전설에다 미당의 시까지 하도 애절하고 흐뭇해서 8년 전 서귀포 내 작업실 정원에다 석남화 여섯 그루를 심었는데, 지금은 두 그루가 죽고 네 그루가 남아 해마다 오월이면 화사하게 핀다.

취향정에서 바라본 연꽃

사람이 그러하듯 꽃과의 만남에도 인연 같은 것이 있는지 모른다. 어떤 꽃은 어려서부터 늘 가까이 보게 되지만, 어떤 꽃은 그렇지 못해서 이름만 들었을 뿐 평생을 두고 한 번 보지 못하기도 하고, 또 어떤 꽃은 이름이나 사진 같은 것이 먼저이고 실물은 나중인 경우도 있다.

모란은 베갯모 같은 것에서 먼저 보았고, 매화와 연꽃은 부채나 병풍 같은 것에서 더 많이 보면서 자랐다. 그러나 실물을 보게 된 것은 훨씬 세월이 흐른 뒤의 일이었다. 모란은 그때만 해도 여염집에서는 쉽게 볼 수 없는 꽃이어서 그러했다.

그런데 연꽃은 보기 드문 꽃도 아니고, 그렇다고 추운 지방이어서 살지 못하기 때문에 그런 것이 아닌데도 볼 기회가 없었다. 인연이 닿지 않은 까닭이리라.

그러니까 내가 처음 연꽃을 본 것은 함흥에 있는 본궁本宮에서였다. 태조 이성계가 왕위를 내놓고 잠시 머물렀던 이 궁궐 마당에는 그리 넓지 않은 연못이 하나 있었다. 못가에는 버드나무며 느티나무 같은 큰 나무들이 무성했는데, 낮인데도 동굴속처럼 어둑어둑했다. 그 어둠 속으로 한 줄기 햇살이 비치고, 그 빛이 닿는 부분에 한 송이 분홍색 꽃이 환하게 피어 있었다. 단 한 송이뿐인 이 커다란 꽃 속에서 은은한 빛이 발산되는 것 같았다. 꽃 주위가 환했다.

병풍 같은 것에서 보아 온 것과는 너무 달랐다. 가슴에 이상한 감동이 밀려왔다. 그때까지 나는 그렇게 크고 또 그렇게 환한 꽃은 본 적이 없었다. 달리아나 모란 같은 것도 큰 꽃이었지만 거기에서는 어떤 품위 같은 것을 느낄 수 없었다. 그러나 연꽃은 달랐다. 범접할 수 없는 숭고함이랄까, 그런 것이 있었다.

이런 경외감은, 그러나 나만의 것이 아니라는 것을 나중에 알게 되었다. 송나라 유학자 주무숙周茂叔의 〈애련설愛蓮說〉에서 그 사실을 발견했을 때 매우 기뻤다. 막연했던 나의 느낌이 그것으로 해서 확실해졌기 때문이리라. 나는 또 하나의 새로운 연꽃을 발견한 것 같은 감동을 받았다.

"진흙에서 나왔으나 더러움에 물들지 않고, 맑은 물에 깨끗이 씻기어도 요염하지 않네. 속은 허허롭게 비우고도 겉은 꼿꼿이 섰으며, 넝쿨지지도 않고 잔가지 같은 것도 뻗지 않는구나. 향기는 멀수록 더 맑으며, 정정하고도 깨끗한 몸가짐으로 높이 우뚝 섰으니 멀리서 우러러볼 뿐, 감히 어루만지며 희롱할 순 없어라."

처음 연꽃을 보는 순간에 받은 감동이 신선한 충격이었다면, 이 〈애련설〉을 읽는 순간에 받은 감동은 천 년을 넘어선 공감에서 오는 기쁨이었다. 연꽃에 대해서 이만큼 깊이 이해하고 또 이만큼 잘 표현한 글은 다시 없으리라. 연꽃을 화중군자花中君子라 한 이도 주무숙이다.

그러나 연꽃은 산문보다는 시로 더 많이 예찬되었던 것 같다. 중국 시인의 어느 시집치고 '애련곡' 한 수 없는 것이 없다. 중국 문학사에서 연꽃이 차지하는 비중은 서양 문학에서 장미나 백합이 차지하는 비중만큼이나 크다고 하겠다. 다음은 이백의 〈채련녀採蓮女〉란 시다.

경호 삼백 리에

연꽃은 한창

연밥 따는 아가씨가
하도 고와서
구경꾼들 언덕에
구름 같아라.

가난한 집 딸 서시西施도 연밥을 따지 않았더라면 월나라 왕 구천의 눈에 띄지 못했을 것이고, 오나라 왕 부차를 패망하게 한 경국지색도 되지 못했을 것이다. 이처럼 연꽃은 한 여인의 아름다움을 돋보이게 하는 배경으로 조금도 손색이 없다. 오나라 미인과 월나라 미인이 자주 시에 언급되는 까닭도 알고 보면 이 연꽃 때문이다.

중국과는 달리 우리나라에는 자연 호수가 드물다. 따라서 '채련곡' 도 우리 문학작품에서는 보기 드물다. 그러나 연꽃을 사랑하는 사람들은 곳곳에 연못을 파고 연꽃을 심었다. 그래서 연꽃이 없는 못池도 모두 연못이라 부를 정도가 된 것이다.

연못은 연꽃을 본다는 목적에서도 팠지만 불이 났을 때 방화수로 쓰기 위해서 파기도 했다. 가정집은 물론 대궐이나 도성 사대문 옆에 연못을 판 것은 그 때문이다. "집에 불나면 연못 물고기가 화를 당한다"는 속담도 그래서 생긴 것이다. 꽃도 보고 불도 끄고 연뿌리와 연밥도 먹으니 이건 일거양득

이 아니라 일거사득인 셈이다.

그 가운데서도 경상도 상주에 있는 함창 공갈못은 민요에까지 등장할 정도로 유명했다.

상주 함창 공갈못에
연밥 따는 저 큰애기
연밥 줄밥 내 따줄게
요내 품에 잠들어라
잠들기는 늦잖아도
연밥 따기 한철일세.

이것은 남도 사람들의 모내기 노래인데, 말하자면 한국판 '채련곡'인 셈이다.

연꽃은 문학에서뿐만 아니라 그림에서도 빼놓을 수 없는 소재였다. 명나라 팔대산인八大山人이나 청나라 제백석齊白石의 연꽃은 그 가운데서도 가장 볼 만한 작품이 아닌가 한다. 제백석의 거친 듯하면서도 단순화된 그림도 그렇지만 팔대산인의 귀신들린 듯 휘두른 붓끝에서는 호방한 연꽃이 피어난다. 선미禪味마저 깃들인 그의 연꽃 그림은 지금도 연꽃의 정신과 의취를 가장 잘 나타낸 신품神品으로 상찬받고 있다. 오랜 세월을 두고 연을 가까이서 완상하고 연구하여 마음속에 심은 뒤에, 또 그보다 더 많은 날들을 두고 삭이고 곰삭인 후가 아니면 피어날 수 없는 그런 꽃이라 하겠다.

우리나라 역대 화가 가운데에서도 연꽃을 친 사람은 많다. 그러나 훌륭한 것이 드물다. 근래의 화가로는 나의 스승 유산酉山의 연이 가장 우뚝하지 않나 생각된다. 힘찬 필치에 윤습한 기운이 수기水氣마저 느끼게 한다.

아름다운 꽃은 그림이나 글의 소재만 되는 것이 아니다. 평범한 일상생활에까지 침투되게 마련이다. 아름다운 미인의 걸음걸이를 연보蓮步라고 한다든가, 여자들 이름에 '연蓮'자를 많이 쓰는 것이 그것이다. 〈춘향가〉에서 기생 점고 장면을 보면, 스무 명의 기생 가운데 꽃 이름이 여섯이고 또 그중에 연자가 들어간 것이 반이다.

기생 이야기가 나왔으니 말인데, 성천 기생 부용芙蓉의 이야기가 유명하다. 고을 사람들이 그녀의 미모가 아름답기는 해도 연꽃의 그것에는 못 미친다고 한 모양이다. 그녀는 다음과 같은 시를 지어 항변하고 있다.

연꽃이 피어 연못 가득히 붉으니
사람들은 나보다 연꽃이 더 예쁘다네

그런데 아침에 내가 둑 위를 거닐면
꽃은 보지 않고 왜 나만 쳐다보는 걸까.

이 귀여운 항변에는 재치가 반짝인다.

연꽃은 피어 있을 때만 아름다운 것이 아니라 그 열매 또한 여인들을 아름답게 한다. 연꽃에 맺힌 이슬을 털어서 넣고 차를 끓인 것을 하로차荷露茶라고 하며, 그것으로 엿을 고면 하로당이 되는데, 이것을 마시거나 먹으면 심신이 상쾌해지고 얼굴에 화색이 돌아 예뻐진다고 한다.

《부생육기浮生六記》에 나오는 주인공 운芸이란 여인은 저녁에 연꽃이 오므라들기 전에 얇은 비단에 차를 싸서 화심花心에 넣었다가 다음 날 아침 연꽃이 벌어질 때 꺼내서 차를 달인다. 그렇게 해서 달인 차에서는 연꽃 향기가 은은히 입속에 감돌 것이 틀림없으리라. 중국 수필가 임어당이 동양 고전에 등장하는 여주인공 가운데서 이만큼 운치 있는 여인은 운芸 외에 다시 없다고 한 사실에 수긍이 간다.

연밥을 차로 끓인 것을 '연자차蓮子茶'라고 한다. 껍데기를 벗긴 연육蓮肉 반 줌을 생강 두어 쪽과 함께 뭉근한 불에 달이면 그 빛깔이 매우 은은하다. 마치 포도주 가운데 로제색이라고나 할까. 향기 또한 그윽하다. 마시고 나면 가슴속에 연꽃의 요정이라도 들어와 안긴 듯 기분이 삽상하다.

눈이 하얗게 내리는 날 그림을 그리다가 지치면, 나는 한 잔의 연자차를 마시고 싶어진다. 그 발그레한 빛이 눈과 화선지 위로 번지는 듯 어느덧 내 마음은 연꽃 속에 들어간 기분이 되기 때문이다.

연밥은 운치만이 아니라 사람의 몸에 두루 좋은 약재이기도 하다. 《본초강목》에서 연은 심신의 기력을 돕고 모든 병을 몰아내기 때문에 오래 복용하면 몸이 가벼워지고 늙음을 알지 못한다고 했다. 연밥이 이처럼 약효가 뛰어난 것은 황당한 이야기만은 아닌 것 같다. 연씨의 생명력은 실로 놀랍기 때문이다. 어떤 일본 학자가 이탄층에서 발견한 연씨를 발아시키는 데 성공했는데, 그 지층의 연대가 3천 년 전으로 추정된다고 한다. 3천 년을 땅속에서 썩지 않는 생명력이라면 그 약효가 얼마나 강력할 것인가는 짐작이 가고도 남음이 있다.

연꽃은 귀화식물이며 원산지는 인도다. 꽃의 종류는 색깔에 따라 나누면 홍련, 백련 두 종류가 주류를 이루고 있다. 고전 문학작품에 보면 황련黃蓮도 나오고 청련靑蓮도 나오지만 본고장인 인도에서도 볼 수 없다고 한다.

향기는 홍련보다 백련이 낫다. 우리나라에서는 백련이 드문

데 전남 강진의 금당지에 백련이 자란다. 피는 시기는 팔월, 피는 시각은 오전 네 시경이다. 해보다 한 발 앞서 피는 것이 연꽃이다.

인도의 천지창조 신화에 의하면, 태초에 이 세상은 물만 있고 아무것도 없었다. 그런데 그 물 위에 연잎이 최초로 나타났다는 것이다. 천지의 시초는 연꽃이란 이야기가 된다. 연꽃은 그런 의미에서도 신성한 꽃으로 인식되어 왔다.

부처님이 태어나 처음 밟은 것도 연꽃이었다. 도를 얻어 걸어나올 때 그의 발자국에서는 연꽃이 피어났다고 한다. 그뿐인가, 그의 깨달음을 상징적으로 표현한 것도 연꽃이다. 백합이 기독교를 대표하는 꽃이라면 연꽃은 불교의 상징이라 하겠다.

어느 날 부처님은 설법을 하다가 옆에 있는 연꽃을 꺾어 제자들에게 보인다. 그러나 그 뜻을 헤아리는 사람이 없다. 제일 뒤에 앉아 있던 제자 마하 가섭만이 빙긋이 웃을 뿐이다. 이 장면을 이른바 '염화미소拈華微笑'라 한다.

그러나 둘 사이에 말없이 주고받은 내용이 무엇이었는지는 아무도 알 수 없다. 다만 추측해 보건대, 연꽃은 흙탕에서 났으나 더럽혀지지 않는 것처럼 사람도 수행을 통해서 몸과 마음을 닦으면 한 송이 연꽃과도 같은 깨달음의 꽃을 피울 수 있다는 뜻은 아니었을지 모를 일이다.

알렉산더 대왕의 인도 침입으로 그리스의 조각술이 인도에 전해져 이루어진 미술을 우리는 '간다라 미술'이라 한다. 이 간다라 미술이 형성되기 전에는 불상이란 것이 없었다. 다만 연꽃 장식이 있는 곳이 부처님 계신 곳으로 인식되었을 뿐이다.

고려 시대에는 불교가 지나치게 숭상된 나머지 연꽃은 물론 연근과 연밥까지도 감히 건드리지 못하게 했을 정도다. 연꽃은 부처님의 보좌라고 생각했기 때문이다.

군대에 있을 때였다. 우리 부대 바로 건너편이 전주 덕진호였는데, 3만여 평이나 되는 호수의 반이 연꽃으로 덮여 있었다. 토요일 찾아갈 곳도 찾아올 사람도 없는 나는 외로울 때면 이 호수와 솔밭 사이로 난 작은 길을 따라 거니는 것이 하나의 위안이었다. 어떤 때는 소나무 밑에 앉아 호수 위를 나는 백로에 시선을 빼앗기기도 하고, 또 어떤 때는 배를 저어 호심湖心을 지나 건너편 언덕을 오르기도 했다.

어느 날이었다. 해뜨기 전에 배를 띄워 호수 가운데로 나가 보았다. 안개가 호수를 자욱이 덮고 있었다. 그리고 사방은 정적 속에 벌레 소리 하나 들리지 않았다. 얼마를 지나자 동편이 훤해지기 시작하더니 나뭇가지 사이로 최초의 햇빛이 비치는 것이었다. 부챗살 같은 햇살을 받아 수면 위의 안개가 하얀 휘장처럼 스르르 걷히면서 어둠 속에서 여기저기 분홍빛 연꽃들이 솟아올랐다.

커다란 촛불들이라고나 할까, 연등 행렬이라고나 할까. 마치 천지 창조의 순간이 저렇지 싶을 만큼 신선한 충격이었다. 가느다랗게 흐르는 미풍을 따라 수천 개의 붉은 연등이 나를 향해 밀려오는 것만 같았다.

연꽃이 한창일 때면 술병을 차고 호수로 가기도 했다. 취향정醉香亭에 올라 수면 위로 번져 오는 꽃향기와 멀리 등불처럼 빛나는 연꽃을 보면서 해가 이울도록 잔을 기울였다. 취기 어린 눈에 세상은 온통 연꽃으로 둥실 떠오르는 것만 같았다. 서편 삼례강 쪽으로 벌겋게 떨어지는 저녁 해조차 내게는 한 송이 커다란 연꽃이었다.

배롱나무꽃
세 번 피면

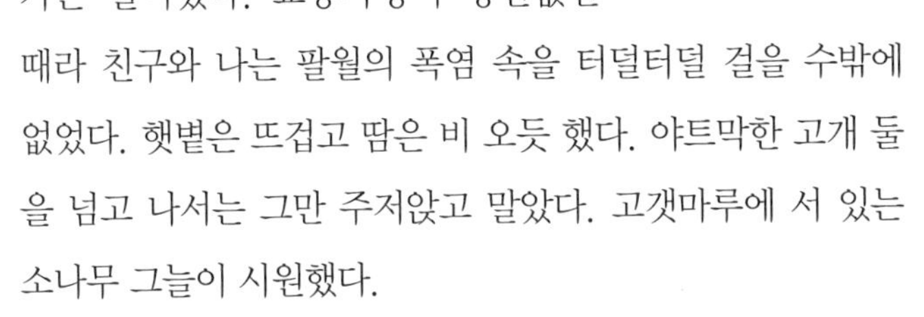

배롱나무를 처음 본 것은 오십여 년 전이었다. 대천에서 한참 들어가 있다는 조그만 암자를 찾아가는 길이었다. 교통사정이 형편없던 때라 친구와 나는 팔월의 폭염 속을 터덜터덜 걸을 수밖에 없었다. 햇볕은 뜨겁고 땀은 비 오듯 했다. 야트막한 고개 둘을 넘고 나서는 그만 주저앉고 말았다. 고갯마루에 서 있는 소나무 그늘이 시원했다.

거기서 내려다본 고개 밑은 마을이었다. 모두 여남은 가구가 될까 말까 했다. 앞에는 맑은 냇물이 흐르고, 뒤편은 넓은 밭이었다. 그런데 밭 가운데 서 있는 집채만 한 나무 한 그루가 온통 주위를 빨갛게 물들이고 있었다. 거대한 솜사탕

같기도 하고, 또 어떻게 보면 자홍빛 구름 한 덩이가 내려와 걸려 있는 것 같기도 했다. 꽃나무는 틀림없는데 어디서 본 적도 없고 들은 적도 없는 생소한 나무였다. 복사꽃도 아니고 벚꽃도 아니었다.

팔월 더위에는 꽃들도 숨이 막혀 피기를 멈추는데, 어떻게 복더위에 저렇듯 붉게 꽃을 피울 수 있는 것인지 선뜻 이해가 되지 않았다. 좌우간 대단한 위용이었다. 모란을 처음 보았을 때의 감동과도 달랐고, 연꽃을 처음 만났을 때의 경이와도 또 달랐다. 나는 더위도 잊은 채 정신이 아득해서 잠시 멍하니 건너다보고만 있었다. 함경도가 고향인 나는 그렇게 장관을 이룬 꽃나무는 일찍이 본 적이 없었다.

친구에게 물었다. 백일홍이라고 했다. 잠시 어리둥절할 수밖에 없었다. 내가 그때까지 알고 있던 백일홍은 일년초였기 때문이다. 다시 물었지만 대답은 마찬가지였다. 백일 동안 피기 때문에 '백일목'이라고도 한다는 것이었다. 이것이 이십 대에 본 백일홍에 대한 첫인상이다.

그 후 여러 해가 지났지만 빈 들판에서 홀로 불붙듯 타고 있던 그 꽃의 강렬한 첫인상은 잊히지 않았다. 오히려 세월이 지날수록 기억 속의 꽃은 더욱 커지고 더 붉게 불타고 있었다. 다시 한 번 보고 싶었지만 전쟁 직후라 서울에서는 볼 기회가 없었다.

그러다 1970년대 들어 서울 사람들도 생활의 여유가 생기면서 정원을 가꾸는 일이 취미 생활이 되기 시작했다. 온갖 진귀한 나무들이 서울 나무시장으로 모여들었다. 목련꽃과 백일홍도 그 가운데 하나였다. 요새는 감싸 주지 않아도 월동이 잘되지만 그때만 해도 서울은 기온이 낮아서 짚으로 여러 겹 감싸 주어도 겨울 동안에 얼어 죽곤 했다.

아무튼 나는 대천에서 그 나무를 처음 본 순간부터 언젠가 내 집 마당에도 그 나무를 심으리라 마음먹었다. 그러나 꿈이 이루어진 것은 그때부터 이십 년도 더 지난 후였다. 언덕 위에 새로 집을 지었다. 벽은 모두 흰색을 칠했다. 자홍색 꽃과 잘 어우러지게 하기 위해서였다. 그리고 내가 처음 보았던 그 나무같이 수형樹形이 파라솔처럼 활짝 퍼진 것을 찾아 여러 곳을 헤매었다. 그러다가 논현동 어느 나무시장에서 내가 원하던 것을 찾을 수 있었다.

나는 그것을 트럭에 싣고 언주로를 달렸다. 자동차를 처음 타보는 아이처럼 꽃나무는 좌우로 몸을 흔들면서 좋아라 깔깔거리고 있는 것 같았다. 성수대교를 지날 때였다. 차가 속력을 높이자 꽃잎이 흩날리기 시작했다. 뒤를 따라오던 차들이며 옆으로 달리는 차들이 모두 붉은 꽃비 속을 달리고 있었다. 회색빛 도시가 갑자기 자홍색으로 물들어 갔다. 나는 신이 났다. 카퍼레이드의 주인공이라도 된 것 같은 기분이었다.

집에 와서 보니 꽃은 다 떨어지고 앙상한 가지뿐이었다. 그래도 기분이 좋았다. 마당에서 제일 좋은 곳을 골라 그것을 심었다. 불꽃처럼 화사하게 피어날 이 꽃나무의 장관을 상상하는 것만으로도 그 다음 해 여름까지 나는 즐거울 수 있었다.

세상에 아름답지 않은 나무는 없다. 그러나 나더러 가장 아름다운 나무를 고르라면 소나무와 배롱나무와 자작나무를 고르겠다. 세상에 이 세 나무보다 더 아름다운 나무를 달리 알고 있지 못하기 때문이다.

그러나 이 나무를 좋아하는 이유는 꽃의 아름다움에만 있는 것이 아니다. 그 밖에도 더 많은 좋은 점을 가지고 있다. 우선 늙어도 늙은 줄을 모른다. 여름이 지나면 언제나 낡은 껍데기는 미련 없이 훌훌 벗어 버리기 때문이다. '나날이 새로워지는 나무.' 그래서 300년이 넘는 것도 그 피부는 젊은 나무처럼 맑고 싱싱하고 매끄럽다. 일본 사람들은 이 나무를 보고 '사루스베리' 라고 한다. 원숭이도 미끄러질 만큼 매끄러운 나무라는 뜻이다.

게다가 가지는 섬세하며, 그 선의 아름다움은 어떤 나무보다 회화적이다. 모든 꽃과 나무들이 여름 무더위 속에 지쳐서 추레하게 서 있을 때도 이 꽃나무만은 조금도 굽힘 없이 의연하다. 해서 어떤 시인은 이렇게 노래했다.

한여름 세상은 온통 녹음인데
집 안 가득 너 홀로 붉었구나.

또 다른 시인은 이렇게 노래했다.

열흘 붉은 꽃 없다더니
너 홀로 백일을 붉구나.

이 꽃나무는 특히 남도 사람들의 사랑을 받는다. 어디고 심지 않는 곳이 없을 정도다. 연못 가운데 있는 섬에도 심고, 아이들 공부방 창가에도 심으며, 가신 님의 무덤가에도 심는다. 꽃의 화려함은 물론이고 붉은색은 음양 사상으로 볼 때 양陽의 색이요, 상서로운 빛이어서 서기瑞氣를 불러온다고 믿기 때문이다. 그뿐만 아니라 개화 기간이 길기 때문에 불로장생의 의미도 있으며, 나아가서 아이들에게는 이 꽃처럼 어떤 역경에도 굽힘이 없는 인내와 정진의 교훈을 가르치고자 해서이기도 하다.

우리나라에서 제일 오래된 배롱나무는 수령이 800년 된 것인데, 부산시 양정동 동래 정씨 시조 정문도의 묘소에 있었는데 지금도 살아 있는지는 알 길이 없다.

이 나무는 중국 남부 지방이 원산지여서 옛날에는 차령산맥 이남에서만 살 수 있었다고 한다. 강희안이 지은《양화소록》에 의하면, 500년 전 서울의 높은 벼슬아치들도 뜰에 이 꽃나무를 많이 심었던 모양이나 겨울이면 번번이 얼어 죽고 말았다고 한다. 일본으로 건너간 것은 임진왜란 때라고 한다.

자미화紫微花란 이 나무의 원래 이름이다. 우리나라에 들어오면서 여러 가지 이름이 새로 생겼다. 피고 지기를 세 번 하는데, 세 번째 필 때쯤 해서 햅쌀이 난다고 해서 '쌀밥나무'라고도 하고, 나무 줄기를 긁으면 잔가지 끝이 간지럼을 타듯 한들거리며 웃는 것 같다고 해서 '간지럼나무'라고도 하며, 또 '부끄럼나무'라고도 한다. 일본 일부 지방에서는 '게으름뱅이나무'라고 부르는데, 잎은 늦게 나고 떨어질 때는 제일 먼저 떨어진다고 해서 붙은 별명이다. 그러나 일찍 지고 늦게 나는 것이 이 나무의 죄는 아니다. 이 나무의 고향이 따뜻한 남방이어서 자신을 추위로부터 보호하기 위해서다.

이 나무를 속칭 '백일홍'이라고 한다는 기록은 《양화소록》에 처음 보인다. 일년초 '백일홍'은 달리 '백일초'라고 하는데, 멕시코 원산으로 우리나라에 들어온 것은 약 200년 전으로 추정된다.

'배롱나무'라는 이름도 우리 식 이름이다. 그런데 그 어원에 대해서는 아무도 아는 사람이 없다. 물론 원예가들도 모른다. 어떻게 보면 우리말 어원인 것 같은데 우리말에서는 찾을 수 없다. 그러나 속명인 '백일홍'을 잘 살펴보면 그 어원이 무엇인가 금세 짐작이 간다.

'백일홍'이 어떻게 '배롱'이 되었는지 밝히고자 한다. 우선 도식으로 나타내면 다음과 같다.

백일홍 〉 배기롱 〉 배이롱 〉 배롱

이것을 설명하면 다음과 같다.

첫 단계에서 'ㅎ'이 탈락한 것은 '일흠名 〉 이룸 〉 이름'으로 바뀐 것과 같은 현상이다. 'ㄹ' 다음에 오는 'ㅎ'은 잘 탈락되는 것이 우리말의 특징이다. 둘째 단계에서 'ㄱ'이 탈락한 것은 옛날 '배고개梨峴'가 지금 '배오개'로 바뀐 것과 같은 경우인데 'ㅣ모음' 아래에서 'ㄱ'이 잘 탈락하기 때문이다. 세 번째 단계에서 '배이롱'이 '배롱'이 되는 것은 같은 'ㅣ모음'이 둘이 이어 있을 때는 하나를 생략하는 현상이 일어나는데 이를 동음생략이라 하며, 우리 말에서 흔하게 있는 언어 현상이다. 다시 말해서 '배롱나무'의 어원은 '백일홍나무'라는 사실을 세상에 처음 밝히는 바다.

이 나무는 일조량이 많은 곳에서 잘 자란다. 우리나라에서 이 나무로 유명한 곳은 해남 대흥사, 강진 무위사, 고창 선운사 그리고 전남 담양군 고서면 산덕리 후산 마을의 명옥헌鳴玉軒이다. 명옥헌 연못가에 심어진 것이 크고 볼만하다. 1600년대에 조성된 정원이니 나무의 나이도 줄잡아 420년이 다 되어 간다는 이야기다. 1994년 가을에 필자가 재어 보니 가슴둘레가 153센티미터나 되는 것이 40여 그루가 있었다.

명옥헌에 다녀온 지도 스물네 해가 지났다. 금년 여름에는 다시 한 번 다녀왔으면 싶다. 호수 주변에 늘어선 배롱나무가 함께 꽃을 피웠을 때의 그 장관을 다시 한 번 보고 싶어서다.

무궁화가
왜 우리의 나라꽃이어야 하는가

1. 무궁화와 나라꽃 시비

무궁화가 우리 나라꽃이라는
사실에 대해 좋게 생각하는 사람도
많지만 그렇게 생각하지 않는 사람들도 적지 않다.

젊은 세대는 물론이고 나이가 지긋한 사람들 가운데도 그런 이들이 많다. 이런 현상이 요새 들어서 갑자기 생긴 것은 아니다. 나라의 운명이 암담하던 조선 말기에도 논란의 대상이 되었다. 〈황성신문〉은 무궁화는 나라꽃으로 마땅치 않으니 복숭아꽃으로 바꿔야 한다고 주장했다.

일제 강점기에는 무궁화에 대한 시비가 없었다. 심을 수 없었으니 어떻게 생긴 꽃인지도 알지 못했고, 알 수 없으니 시비의 대상이 될 수 없었다. 아니, 그보다는 나라와 민족을 대표하는 나라꽃이란 것이 있다는 사실 하나만으로도 우리 가슴은 말할 수 없는 위안을 받았기 때문인지도 모른다. 그때는 태극기니 애국가니 하는 말도 마음놓고 못하던 시절이라, '삼천리 강산'이니 '이천만 동포'니 '무궁화 동산'이니 하는 말만으로도 콧등이 찡해지고 가슴이 뭉클해지던 때였다.

드디어 그렇게 고대하던 독립의 날이 현실로 나타났다. 입으로만 외고 귀로만 듣던 나라꽃 무궁화가 우리 눈앞에 문득 나타난 것도 그때였다. 얼마나 보고 싶던 꽃인가. 국민의 기대는 클 수밖에 없었다.

그러나 정작 무궁화를 보는 순간 뭔가 빗나갔다는 느낌이었다. 기대가 컸기 때문이기도 하지만 꽃 자체가 실망스러웠던 것이다. 다른 것은 몰라도 꽃의 화려함이라든가 또는 일시에 피는 단결력 같은 면에서라도 벚꽃을 능가했으면 좋았을 것이다. 그러나 무궁화에서는 그런 점을 발견할 수 없었다. 오랜 세월을 두고 벚꽃이 눈에 익은 때문인지 몰라도 아무튼 만족스럽지 못했던 것은 사실이다.

나무라고 해야 섬약하게 생긴 관목이고, 꽃 색깔은 미미했으며, 한 송이 한 송이는 벚꽃보다 크지만 띄엄띄엄 붙은 꽃에서 어떤 일치된 힘 같은 것을 느낄 수 없었다. 한마디로 해서 '끝내주는' 그 무엇이 결여되어 있었다는 이야기다. 이양하李敭河 같은 분도 무궁화에 대한 첫인상과 당시에 받은 실망을 다음과 같이 표현했을 정도였다.

"그것은 생기를 잃은 창기娼妓의 입술을 연상케 했으며, 우리 선인들의 선택이 아무래도 셈에 맞지 않는 것이라고 생각되었다."

그렇다고 창기에다 비유한 것은 지금 생각해도 좀 심했다 싶지만, 당시 사람들의 실망을 잘 대변한 것임은 틀림없는 사실이다. 그러자 나라꽃에 대한 시비가 다시 고개를 들었다. 소설가 이태준李泰俊은 무궁화는 나라꽃으로 적합하지 않으니 우리에게 친근감을 주는 진달래로 바꿔야 한다고 주장했다. 하지만 6·25전쟁은 모든 시비를 하루아침에 잠재워 버리고 말았다.

잠잠했던 무궁화에 대한 시비가 다시 일어난 것은 전쟁이 끝난 후인 1956년 일이다. 조동화趙東華를 비롯한 몇몇 사람들이 내놓은 주장은 대략 이러했다.

첫째, 무궁화는 우리나라에서 자생하는 꽃이 아니며, 그 분포 상태도 경기, 충남, 전북, 전남, 경북, 황해도 등 여섯 도에 국한되어 있다는 점, 둘째, 진딧물이 많고 꽃의 수명이 짧으며, 봄에 늦게 싹이 트는 게으른 나무라는 것, 셋째, 무궁화는 나라꽃이 되기에는 벚꽃이나 장미처럼 아름답지 못하다는 것이었다.

주요한 같은 이도 무궁화는 대단히 좋은 꽃이지만 결점이 없는 것도 아니니 굳이 무궁화 대신 다른 꽃을 국화로 삼는다면 진달래보다 개나리를 추천하고 싶다고 했다.

이에 대해 국화 개정에 대한 부당함을 주장하는 글들이 잇따랐다. 그 가운데 한 사람이 김정상金正祥이다. 그는 다음과 같이 반박했다.

"무궁화 반대론자들의 주된 이유는 꽃이 아름답지 못하다는 것과 향기가 없다는 것인데, 그것 때문에 국화를 바꾼다는 것은 마치 자기 아내가 천성은 성실하지만 농촌 여자여서 꾸밈이 없고 지분 냄새가 나지 않으니 화류계 여자를 아내로 맞아들이겠다는 심사와 같은 것이다. 그런데 이는 꽃의 화려함과 향기만을 취하고 국화로서의 역사적 · 민족적인 면은 생각하지 않는 사람들의 좁은 소견에서 나온 이야기에 지나지 않는다."

이처럼 무궁화에 대한 시비는 한동안 계속되었지만 얼마 후 흐지부지되고 말았다. 하지만 아직도 적지 않은 사람들이 그런 생각을 가지고 있다. 북한이 나라꽃을 바꾼 것도 그런 생각의 일면을 보여 주는 것이라 하겠다.

거의 평생을 무궁화 연구에 바쳐온 류달영柳達永 교수는 마치 이런 사람들을 위한 대답이라도 마련한 듯, 1987년에 출간된 《나라꽃 무궁화》에서 국화 개정에 대한 부당성을 대략 이렇게 말하고 있다.

"미에 대한 안목은 사람마다 다르다. 무궁화를 선녀의 얼굴로 볼 수도 있고, 수준 이하의 꽃으로 볼 수도 있다. 따라서 이런 주관적인 안목에 의해서 무궁화가 국화가 되고 못 되고 할 수는 없다. 게다가 지구상의 어떤 꽃도 완전무결할 수는 없는 것이다. 어떤 나라의 국화가 설혹 덜 아름답더라도 그것에 어떤 역사성이 결부되어 있다면 그것만으로도 움직일 수 없는 국화로서의 자격을 갖춘 것이라 하지 않을 수 없다. 그런 면에서 무궁화는 오랫동안 우리 민족을 대표하여 온 유일한 꽃이기 때문에 나라꽃으로서의 구비 조건을 충분히 갖춘 것이라고 말할 수 있다."

요염한 영국의 장미, 독일의 수레국화, 그리고 찬란하고도 담대한 일본의 벚꽃과 비교해서 우리 조상들이 뭔가 잘못 선택한 것이라고 생각했던 이양하도 나중에 생각을 바꾸어 무궁화의 숨은 미덕에 대하여 여러 가지를 열거하고 있다. 이런 태도 변화는 어차피 우리 국화니까 좋게 봐 주자는 생각에서 나온 결과인지, 아니면 무궁화가 정말 그런 미덕을 가지고 있기 때문인지, 그것도 아니면 두 가지 경우에 다 해당되는 것인지 잠시 혼란스럽다.

하지만 이 문제에 대해 직접 해답을 찾으려는 시도는 현명하다고 할 수 없을 것 같다. 그보다는 우선 우리 조상들이 하고많은 아름다운 꽃 가운데서 왜 무궁화를 나라꽃으로 선택하였는가 하는 가치 판단에 대하여 잠시 생각해 보는 것이 해답을 찾는 지름길이 아닐까 한다.

어떤 꽃이 고대인들에게 공통적으로 주목을 받게 되었다면, 그 이유는 아름다움 때문이 아니라 그것이 어떤 열매를 맺느냐 하는 것에 있었다. 다시 말해 그들의 식생활에 어느 정도 기여하느냐 하는 공리성에 의해서 그 가치가 결정되었던 것이다. 그 다음은 형상성, 즉 상징성에 의해 그 꽃에 대한 가치가 결정되었다. 다시 말해 어떤 꽃이 이상적인 인간형을 연상시키느냐에 따라 그 꽃의 가치가 결정되었다는 것이다.

첫 번째 주장에 대한 증거는 모든 꽃 이름 앞에 반드시 열매 이름이 붙는다는 사실에서 알 수 있다. 복숭아꽃, 사과꽃, 오이꽃 하는 식이다. 그리고 매화니, 난초니, 국화니, 대나무니 하는 것들이 옛날부터 사군자라 하여 뭇 선비들의 사랑을 받아 온 것은 두 번째 주장의 예라 하겠다. 이런 나무와 꽃은 추위를 이긴다는 사실에서, 또는 다른 꽃들이 피지 않을 때 핀다는 사실과 남에게 잘 보이지 않는 깊은 산속에 숨어 산다는 의미에서, 그들은 인간의 이상형인 군자의 모습을 보았던 것이다. 사람들이 꽃의 아름다움에 가치와 의미를 두기 시작한 것은 그러니까 나중의 일이다.

우리 조상들이 무궁화를 국화로 선택한 가치 기준은 공리성은 아니었다. 그렇다고 심미성도 아니었다. 꽃의 상징성에 그 선택의 기준이 있었다. 무궁화에 대한 이양하의 태도 변화도 그러니까 이 관점의 변화로 설명할 수 있다. 다시 말해 미적인 기준에서만 보던 것을 상징적 또는 윤리적 가치 기준에서 보기 시작했다는 말이 된다. 이와 같은 윤리성에서 볼 때 이 세상에서 무궁화만큼 훌륭한 꽃도 드물다.

우선 무궁화는 봄꽃들과 아름다움을 다투지 않는다. 그것은 꽃의 형상성이라는 측면에서 볼 때 소인배들과 경쟁하지 않는 군자다운 면모를 보인 것으로 군자의 고상한 인품과 통한다. 다음은 무궁화가 피는 시기는 삼복 염천이다. 다른 꽃들은 기가 꺾여서 자취조차 찾기 어려운 때인 여름에 우아한 자태를 드러내어 허전한 뜰에 환한 아름다움을 던져 주는 꽃이다. 한겨울의 추위가 시련과 역경을 상징하듯 한여름의 더위 또한 시련과 역경의 상징이 될 때, 무궁화는 예사 꽃들에서 찾을 수 없는 지조와 절개를 지키는 지사나 군자다운 모습을 연상시켜 주는 꽃이 되는 것이다.

세 번째는 무궁화는 한 번 피기 시작하면 장장 서너 달 동안 끊임없이 피고 지기를 계속하여 칠월에 시작하면 시월이 지나도 피기를 멈추지 않으니, 그 은근과 끈기는 우리 민족성에 가장 잘 맞는 꽃이라 하겠다. 다시 말해서 자강불식自强不息의 민족정신을 상징하는 꽃으로는 이만한 것이 다시없다는 이야기다.

물론 한 송이 한 송이로 볼 때 수명이 짧은 것이 사실이다. "무궁화는 하루 동안에 그 영광을 다 이룬다槿花一日成榮"고 한 백낙천의 말은 사실이지만, 나무 전체로 볼 때 무궁화의 영광은 하루가 아니라 백일도 넘는다는 이야기가 된다. 그러니 한 나라의 국화로 무궁한 발전과 번영을 상징하는 꽃으로 무궁화만한 것이 어디 있겠는가.

뿐만 아니라 무궁화는 지는 모습이 또한 깨끗하고 정갈하다. 지는 모습이 깨끗한 꽃은 그리 많지 않다. 아름다운 꽃일수록 지는 모습이 추하다. 시든 채 달라붙어 있거나 시들어 우수수 떨어진다.

무궁화는 지기 전에 다섯 장의 꽃잎을 모두 옷깃을 여미듯 여민다. 그리고 소리 없이 떨어진다. 마치 치마폭을 여미듯이 짧았던 한 생애를 깨끗이 접고 본원으로 되돌아가는 것이다.

이런 깨끗한 최후는 우리 조상들이 가장 높이 샀던 군자의 그것과도 통한다. 사람이 죽을 자리를 찾을 줄 알아야 한다든가, 또는 바둑에서도 돌을 던질 때를 찾는다 함은 모두 추하지 않은 최후를 맞고자 하는 윤리적 태도의 반영이라 하지 않을 수 없다.

분명 무궁화는 모란처럼 화려한 꽃이 아니다. 그렇다고 봉선화나 제비꽃처럼 왜소한 꽃도 아니다. 어디까지나 순진무구한 꽃으로 중용의 미덕을 갖춘 관용과 포용을 더 소중히 여기던 우리 조상들의 마음에 가장 잘 어울리는 꽃이었을 것이다. 순간에 피고 순간에 지고 마는 벚꽃은 일본의 무사도 정신에서 보면 멋진 꽃이었을 테지만, 우리 조상들의 윤리관이나 철학으로 봤을 때 조금도 가치 있어 보이지 않았던 것이다. 그런 순간적인 향락은 소인배들의 부박한 행태는 될지언정 예찬의 대상일 수는 없었던 것이다. 그것은 우리나라 시인 묵객들이 수없이 많은 문집을 남겼지만 벚꽃을 노래한 시는 한 편도 없다는 것으로도 알 수 있다.

우리나라 어머니들이 며느릿감을 고를 때의 기준이 어디에 있는가를 알면 국화 선택의 기준이 보인다. 예를 들어 "어떤 규수가 예쁘던데" 하면 불합격이다. 미인박명이라 생각하기 때문이다. 그렇다고 박색이어야 한다는 이야기가 아니다.

박색도 아니고 그렇다고 지나친 미인도 아닌 그저 '수더분한 규수', 그것이 우리 어머니들의 며느릿감 선택의 기준이었고 지금도 그 기준에서 멀리 벗어나지 않고 있다.

그러니 나라꽃을 정하는 데도 마찬가지 잣대를 쓴 것이다. 양귀비를 요염하다고 해서 뜰에서 추방한 우리 조상들이다. 흰꽃 외에는 어떤 색깔의 꽃도 마당에 심기를 거부했던 선비 정신, 그 청교도적 정신은 복사꽃과 오얏꽃조차 꽃의 족보에서 파문시키려고 했다. 진달래나 복사꽃이나 개나리꽃의 아름다움을 왜 그분들이라고 몰랐겠는가. 그분들의 눈에는 모두 한때를 풍미하다 마는 부박한 존재로밖에 비치지 않았기 때문이다. 그분들은 수더분한 것, 모나지 않은 것, 그리고 변함없는 영원성에 더 큰 가치를 두었을 뿐이다.

동양 삼국 가운데 색채에 가장 민감한 민족은 일본 사람이다. 중국인은 요란할 정도로 원색적이다. 우리나라 사람은 순수한 자연 섬유 그대로의 흰색을 좋아한다. 원색을 사용하는 경우가 있지만 그것은 주술적 목적이거나 의례적인 경우가 아니면 쓰지 않았다. 신부들이 입는 녹의홍상은 기생들조차 삼갔다. 그림도 마찬가지였다. 주술적 목적에서 그린 민화 외에는 야하지 않은 담채淡彩를 즐겨 사용했다.

무궁화의 색에는 여러 가지가 있지만 제일로 치는 것은,

그러니까 나라꽃의 대표적인 것은 흰색이고, 흰색 가운데서 화심花心에 붉은색이 박힌 '백색단심白色丹心'을 으뜸으로 치는 것도 그 때문이다. 일편단심은 남녀를 불문하고 가장 소중히 여기던 덕목이 아니던가? 무궁화의 꽃말이 '일편단심'인 것도 우리 사상에 맞는 꽃이라는 이유로 봐도 될 것 같다. 무궁화의 전설에서도 그것을 알 수 있다.

옛날 북쪽 지방에 한 아름다운 여인이 살고 있었다. 그녀는 얼굴이 예쁠 뿐만 아니라 문장과 가무에도 뛰어나서 모든 사람의 사랑을 받았다. 그런데 이 여인의 남편은 앞을 못 보는 장님이었다. 그러나 여인은 그 남편을 극진히 사랑했다.

그러던 어느 날 그 고장을 다스리는 원님이 그녀의 재주와 미모를 탐낸 나머지 그녀를 유혹하려고 했다. 그러나 그녀는 여전히 남편만을 사랑할 뿐 그의 유혹에 빠지지 않았다. 애를 태우던 원님은 마침내 부하를 보내 그녀를 잡아들이게 했다. 그리고 온갖 수단 방법으로 그녀의 마음을 돌려보려고 했지만 막무가내였다.

화가 치민 그는 그녀를 죽이고 만다. 그녀는 죽을 때 시신을 자기 집 마당에 묻어 달라고 마을 사람들에게 부탁했다. 마을 사람들은 그렇게 했다.

얼마 후 그녀가 묻힌 곳에서 나온 나무들이 자라 울타리처럼 남편이 사는 집을 에워쌌다. 그때부터 이 나무를 울타리꽃, 즉 번리화藩籬花라고 부르게 되었다. 화심이 붉은 것은 그녀의 한 조각 붉은 정절을 나타내는 것은 물론이다.

무궁화는 요염하지 않고 향기가 은은하며 속취俗趣가 없을 뿐만 아니라 요사스럽지도 않고 오만하지도 않은, 어디까지나 점잖은 것이 군자다운 풍모를 가진 꽃이다. 이것이 무궁화가 신라 시대로부터 고려를 지나 조선조를 거쳐 사랑을 받아온 까닭이요 나라꽃으로 선택된 이유다.

2. 무궁화와 우리 민족

무궁화의 중국 이름은 매우 다양하다. 목근木槿, 순영舜英, 조개모락화朝開暮落花, 번리화藩籬花라고도 한다. 무궁화는 우리나라에서만 쓰는 이름이다. 현재는 무궁화無窮花로 쓰지만 과거에는 무궁화舞宮花 또는 무궁화無宮花로 쓰인 적도 있다.

무궁화란 말은 한자어로 표기하기 전에 순수 고유어였는데 한자로 표기한 것이라는 주장이 있다. 김정상에 의하면 전남 완도군 소안면 비자리에서는 노인들이 '무우게'라고 부른다고 한다. 이것으로 보아 '무궁화'란 고유어 '무우게'를 한자로 표기하면서 된 것이라는 주장이다. 일리 있는 주장이라 생각된다. 왜냐하면 무궁화란 한자 표기가 위에서 보는 바와 같이 일정치 않고 세 가지나 되며, 중국이나 일본에서도 그런 말이 없기 때문이다.

또 어떤 사람은 무궁화는 목근木槿의 한자음이 변해서 된 것이라고 주장한다. 다시 말하면 '목근 〉 무근 〉 무궁'으로 변음된 것인데, 그것을 다시 한자로 표기한 것이라는 이야기다. 이를 방증할 수 있는 근거로 '목면木棉'이 '무명'으로 변한 것을 들 수 있다. 또 호남 지방에서는 '무강나무'라고 부르는데, 무강이란 만수무강의 '무강'을 연상시키고, 다시 그와 비슷한 말인 무궁을 연상하여 그렇게 표기되었던 것이라 생각한다. 비슷한 견해가 일본 사람들에 의해서도 주장되고 있다.

17세기 초 일본 학자 하야시 도슌林道春이 쓴 《다식편多識篇》이란 책에는 '무쿠게牟久計'로 나온다. 한자에는 별 의미가 없기 때문에 우리말 '무우게'가 건너간 것은 아닌가 생각된다. 일본 학자 가운데는 '모쿠게' 또는 '무쿠게'는 한자어인 목근木槿의 일본식 음이라고 주장하는 사람도 있다.

무궁화의 원산지에 대해서도 설이 분분하다. 전에는 시리아로 알려져 왔으나 최근 들어 인도, 중국, 한국 등이 원산지라는 설이 유력하다. 영어 이름이 '샤론의 장미Rose of Sharon'인 것은 십자군 원정 때 팔레스타인에 있는 샤론 평원에서 가져온 아름다운 꽃이라는 뜻으로 유럽에 널리 전파되면서부터라고 한다. 또 학명 히비스커스Hibiscus는 이집트의 신 히비스Hibis를 닮아서 히비스처럼 아름답다는 뜻이라고 한다.

그런데 무궁화는 일본에서 자생하는 나무가 아니라는 것이 최근에 와서 밝혀졌다. 그쪽 연구 결과에 의하면, 한반도에서 넘어간 사람들이 귀족으로 있던 8세기 나라奈良 시대의 적토층에서 무궁화 꽃가루가 발견되었는데, 바로 한반도로부터 온 이주민들이 향수를 달래기 위해 무궁화 묘목을 가져다 관상용으로 심었을 거라는 이야기다.

2017년 7월 25일 〈조선일보〉에 이런 기사가 실렸다. 일본 사이타마 현 미나노 마을에 세계 최대 규모의 무궁화 자연공원이 있는데 2010년 80세로 별세한 재일교포 윤병도 씨가 30여 년 전 30만 평의 땅을 사서 10년 넘게 무궁화를 심어 지금은 10만 그루에 달한다고 한다. 그가 무궁화 동산을 조성한 것도 이주민으로 향수를 달래기 위해서였을 것이다.

중국 문헌에 의하면 무궁화는 우리나라가 원산지로 되어 있다. 기원전 3세기에서 4세기에 쓰여진 것으로 추정되는 《산해경山海經》에 보면, "군자의 나라에는 훈화초라는 꽃이 있는데 아침에 피었다가 저녁에 진다君子之國有薰花草朝生夕死"라는 말이 보인다. 또 최치원이 당나라에 보낸 국서에 신라를

'근화향槿花鄕'이라고 기록했으며, 진나라 때《고금주古今注》에는 "군자의 나라에는 지방 천리에 목근화가 많이 핀다君子之國地方千里多木槿花"는 대목이 있다.

우리 문헌으로는 고려 고종 때 이규보李奎報의 문집에 무궁화를 논하는 글이 있다. 그의 친구 두 사람 중 한 사람은 '無窮花'가 맞다고 하고, 다른 한 사람은 '舞宮花'가 맞다고 주장하여 결국 결론을 내지 못했다는 이야기다.

우리나라 화훼 전문책으로 가장 오래된 것은《양화소록》이다. 그런데 이 책에 신라 때부터 내려온 무궁화에 대한 언급이 없다. 이에 대해 안사형安士亨이란 선비가 그 부당함을 따지는 편지를 보내고 그에 대해 저자가 정중히 사과하는 아름다운 대목이 실려 있다. 여기에 그 편지의 일부를 소개한다.

"목근은 본디부터 우리나라에서 생산되는 화목인데, 형은 그것을 화보에도 수록하지 않고, 또한 화평花評에서도 논하지 않았으니 어찌해서 그리하였는지요? 우리나라에서는 단군께서 나라를 여실 때 이미 목근화가 나왔기 때문에 중국 사람들은 우리 동방을 반드시 근역槿域이라고 불렀으니, 근화는 옛날부터 우리나라의 여름을 장식하였다는 것을 알 수 있습니다. 형이 목근의 귀함을 몰라서가 아니라 소홀히 생각하여 빼어 버린 것입니다."

우리는 이 글에서도 무궁화가 이미 단군 조선 때 또는 적어도 신라 때부터 국가적 상징물로서 자리매김되어 있었음을 알 수 있다. 1935년 10월 21일자 〈동아일보〉 학예란에 '조선의 무궁화의 내력'이란 표제의 기사가 실려 있다.

"아마 지금으로부터 25년 전에 조선에도 개화 바람이 불어오게 되고 서양인의 출입이 빈번해지자 당시의 선각자 윤치호尹致昊 등의 발의로 양악대를 비롯하여 애국가를 창작할 때 애국가의 뒤풀이에 '무궁화 삼천리 화려 강산'이라는 구절이 들어가면서 무궁화는 조선의 국화가 되었다. 안창호 등이 맹렬히 민족주의를 부르짖을 때마다 주먹으로 책상을 치고 발을 구르면서 무궁화 동산을 절규함에, 여기에 자극을 받은 민중은 귀에 젖고 입에 익어서 무궁화를 인식하고 사랑하게 되었다."

개화기 창가 가사에서도 무궁화는 빠질 수 없는 우리 애국심의 상징이었다.

성자신손 오백 년은 우리 황실이요
산고수려 동반도는 우리 본국일세
무궁화 삼천리 화려 강산
대한 사람 대한으로 길이 보전하세.

여기에서 애국가의 후렴구가 나타나는 것으로 보아 애국가의 작사자를 알 수 없는 것은 당시 여러 노래들에서 민요처럼 입에서 입으로 전하는 동안에 만들어진 것은 아닌가 하는 생각을 하게 된다. 다시 말해서 애국가 가사는 어느 한 개인의 창작이라기보다 국민 전체의 합작이라는 것이다.

1930년 〈동아일보〉에 발표된 이은상李殷相의 〈조선의 노래〉도 빼놓을 수 없다. 6·25 직후까지 우리가 즐겨 부르던 노래였는데 지금은 흘러간 노래가 되어 버렸다.

> 백두산 뻗어나려 반도 삼천리
> 무궁화 이 강산에 역사 반만년
> 대대로 이어 사는 우리 삼천만
> 복되도다 그 이름 조선이로세.

국가를 마음대로 부를 수 없었던 당시 사람들은 이 노래를 애국가를 부르는 심정으로 불렀다고 한다. 다음은 《나라꽃 무궁화》에 실려 있는 일제 강점기 광복군 군가 1절이다. 무궁화가 얼마나 당시 애국지사들에게 절절한 존재였으며, 그것은 잃어버린 조국의 이름이나 다름없었다는 것을 웅변으로 증명하고 있다.

싸우자 철벽 같은 광복군아
대한 남아 무궁화가 되어
아름답게 만발할 날 돌아왔도다.

이 노래에는 조국을 위해 산화할 결연한 의지마저 비치고 있다. 이처럼 무궁화를 통해 민족정신을 상징하게 되자 일본 경찰의 눈에는 무궁화란 말부터가 불온사상의 표현으로 보였던 것이다. 《나라꽃 무궁화》에 의하면, 조선총독부 고등경찰 사전에는 다음과 같은 내용이 실려 있었다.

"무궁화는 조선의 대표적인 꽃으로서 2천여 년 전 중국 문헌에서도 인정된 바가 있다. 고려 시대에는 온 국민으로부터 열광적인 사랑을 받았으며, 문학상·의학상에서도 진중한 대우를 받았는데, 일본의 벚꽃, 영국의 장미처럼 국화로 되어 있다가 조선조에 들어서 이화李花가 왕실화로 되면서 무궁화는 점차로 세력을 잃고 조선 민족으로부터 차차 소원해진 것이다. 20세기 신문명이 조선에 들어오면서부터 유지들은 민족사상의 고취와 국민정신의 통일 진작을 위하여 글과 말로 천자만홍千紫萬紅의 모든 꽃은 화무십일홍花無十日紅으로 그 수명이 잠깐이지만, 무궁화만은 여름부터 가을에 걸쳐서 삼사 개월을 연속으로 필 뿐만 아니라 그 고결함은 위인의 풍모라고 찬양하고 있는 것이다. 따라서 '무궁화 강산' 운운하는 것은 자존된 조선의 별칭인… (중략) …근화, 무궁화, 근역 등은 모두 불온한 문구로 쓰고 있는 것이다."

이러한 판단 아래 저들은 무궁화에 대한 탄압을 강화하기 시작한 것이다. 1933년에 일어난 '무궁화 사건'은 그 가운데 하나로서 사건의 전말은 다음과 같다.

일제 강점기에 교육자이자 기독교 신자인 남궁억南宮檍 선생이 민족정신 앙양을 목적으로 자신이 설립한 강원도 홍천 모곡초등학교 학생 실습지에 무궁화 묘목을 재배하여 전국 각지에 보내어 무궁화 심기 운동을 벌였다. 일제는 불온사상을 고취하고 치안을 교란한다 하여 남궁억 선생은 물론 교직원, 목사, 친인척까지 체포하고 묘목 8만 그루를 불태웠다. 그는 잡혀가면서 자기가 죽으면 무궁화나무 아래 묻어 달라는 유언까지 남겼다는 이야기가 전한다.

또 남궁억 선생은 배화여학교에서 교편을 잡는 동안에 학생들에게 흰 속치마에 무궁화를 수놓아 입고 다니게 함으로써 나라를 잊지 않도록 애썼다고 한다. 그뿐만 아니라 일제 강점기에는 무궁화로 한반도 지도를 만들어 수놓은 액자가 없는 집이 거의 없었는데, 이것도 남궁억 선생이 도안하여 전국에 퍼뜨린 것이다. 그는 사건 후 일년 간 옥살이를 하고

출소했으나 옥고로 말미암아 1939년 4월 77세 나이로 돌아가셨다.

이것이 한 개인의 무궁화를 통한 독립운동이었다면 언론인들에 의한 무궁화를 통한 독립운동도 빼놓을 수 없다.

〈동아일보〉는 몇 년에 한 번씩 잊어버릴 만하면 아무런 해설 없이 신문에 커다랗게 무궁화 사진을 싣곤 했는데, 다만 그 밑에 '비 갠 아침에 새로 단장한 무궁화'라고만 썼으나 그것을 읽는 한국 사람들은 가슴속으로 독립의 의지를 다졌음에 틀림없다.

그런데 이렇게 탄압하던 일본이 한일 수교 후 그들의 손으로 무궁화를 넣은 우표를 한일 수교 20주년 기념우표로 발행했으니 역사적 아이러니라 아니할 수 없다.

한 나라의 국화와 그 국가의 역사와의 관계에 대한 예를 하나 들겠다. 엉겅퀴는 스코틀랜드의 국화다. 그 유래는 다음과 같다.

언제인가 바이킹족들이 그곳에 쳐들어왔다. 밤중이라 침입자들은 잘못하여 엉겅퀴밭에 들어가고 말았다. 엉겅퀴에

찔린 바이킹들은 모두 비명을 지를 수밖에 없었다. 그 소리를 들은 스코틀랜드 사람들은 그곳을 피해 무사히 도망가서 살아남을 수 있었다고 한다. 그 후부터 엉겅퀴꽃은 스코틀랜드의 국화가 되었다.

꽃도 보잘것없거니와 역사라는 것도 하찮은 것에 지나지 않는다. 우리 민족과 무궁화의 가슴 저린 이야기에 비할 바가 못 된다. 그런데도 그들은 아무 불평 없이 그 하찮은 꽃을 여전히 국화로 존중하고 있다. 우리는 그보다 더 훌륭한 꽃을 국화로 가지고 있으면서도 불평이 많다. 다음은 이은상의 말이다.

"꽃은 원래 자연이다. 거기에 무슨 본질적인 뜻이 있는 것은 아니다. 다만 오랜 세월을 지나는 동안에 그 민족의 역사와 인정이 저절로 하나의 관념을 형성하여 구태여 한 종류의 꽃을 더 사랑하고 더 위하게 됨으로써 그 나라의 국화로 사랑을 받게 되는 것이다."

이와 같은 역사적 사실을 통해 볼 때 무궁화야말로 우리 국화로 손색이 없는 꽃이라 아니할 수 없다. 이런 사실을 알고도 무궁화가 국화로서 자격이 없다는 말은 하기 어려울 것이라 생각한다. 한 가지 장점이 백 가지 단점을 덮는다는 말이 있다. 백 번 양보해서 비록 무궁화가 아름답지 못하다고 해도 우리 민족과의 역사적 관계까지 나몰라라 할 수는 없을 것이다.

어떤 과거는 빨리 잊는 것이 좋다. 그러나 민족의 뼈저린 수난사는 잊지 않는 것이 좋다. 그것은 민족의 나태를 막는 쓴 약이 되기도 하고 때로는 채찍이 되기도 하기 때문이다.

아내를 찾아 오늘도 성벽을 오르는 나팔꽃

아침에 새소리를 들으며 잠에서 깨는 것은 기분 좋은 일이다. 눈을 떴을 때 창틀에 갓 피어난 나팔꽃을 보는 것은 더 기분 좋은 일이다.

아침 이슬을 머금은 나팔꽃은 샘물에 세수한 얼굴처럼 싱그럽고, 흰 이를 드러내고 웃는 웃음처럼 명랑하다. 꽃 가운데 아침에 보아서 예쁘지 않은 것이 드물지만, 나팔꽃의 신선한 충격을 따를 만한 것은 많지 않다.

일본 사람들이 이 꽃을 '아침 얼굴'이란 뜻으로 '아사가오朝顔'라고 한 것은 이 꽃의 아름다움을 잘 나타낸 말이다. 영국 이름 'Morning glory'도 같은 뜻이다.

나팔꽃이란 우리말 이름은 꽃 모양에서 따온 것이어서 그 발상이 좀 단순한 감이 없지 않으나, 나팔을 연상시킴으로 해서 얻는 이점이 아주 없다고는 할 수 없다. 청각적인 효과까지 예상한 작명이기 때문이다. 나팔꽃을 보고 있으면 어디선가 금세 '뚜우' 하고 장난감 나팔소리라도 울려 퍼질 것만 같다. 이런 날 아침은 휘파람으로 〈경기병 서곡〉이라도 부르면서 하루를 시작해 보는 것도 괜찮을 것이다.

영국 사람들은 분꽃을 보고 'Four óclock' 이라 부른다. 저녁 4시에 피기 때문이다. 분꽃이 저녁에 피는 것이 밤나방을 부르기 위해서라면, 나팔꽃이 아침에 피는 것은 나비를 부르기 위해서라고나 할까.

그런데 이 청순한 꽃도 단명한 것이 흠이다. 나팔꽃은 연꽃보다 한 시간 뒤져서 피고 용담꽃보다 한 시간 앞서서 오전 5시에 핀다. 그러니까 연꽃은 새벽 4시에, 나팔꽃은 5시에, 용담꽃은 6시에 핀다는 이야기다. 이렇게 핀 나팔꽃은 12시가 되기 전에 시들고 만다. 그래서 '조개오락朝開午落'이라 한다. 〈립스틱 짙게 바르고〉란 유행가 가사 두 번째 줄 '저녁에 지고 마는' 은 그러니까 사실과 다르다는 이야기다.

> 아침에 피었다가
> 저녁에 지고 마는

나팔꽃보다 짧은 사랑아
속절없는 사랑아

꽃말이 '속절없는 사랑'이듯이 이 꽃 하나하나는 이처럼 단명하지만 초여름에서부터 가을까지 아침마다 계속해서 피기 때문에 우리는 속절없음을 느끼지 못할 때가 많다.

나팔꽃은 형태가 단순하지만 색깔은 다양하다. 진홍에서부터 분홍, 남색, 보라, 노랑, 하늘색 등이 있다. 열대와 아열대에 걸쳐 60여 종이 재배되나 유전학상 본 변종은 130여 종에 이른다고 한다.

이 꽃을 달리 '바람둥이꽃'이라고 하여 정절을 중히 여기는 미망인은 예부터 심기를 꺼렸다고 한다. 행여 자신의 굳은 정절에 대한 신념이 흔들릴까 싶어서다.

그 까닭은 이렇다. 빨간 꽃에서 받은 씨를 뿌렸는데 나중에 보면 엉뚱한 보라색 꽃이 핀다는 것이다. 다시 말하면 씨 도둑질을 한 것 같은 오해를 받을 위험이 있기 때문이다. 이것은 빨간 나팔꽃과 보라색 나팔꽃을 교배시키면 보라색이 우성이기 때문에 일대 잡종은 보라색 꽃만 나온다. 이와 같이 나팔꽃은 생물학적으로 교잡이 잘 생기는 혼혈아의 표본으로 유전학 연구에 많이 이용되고 있다.

나팔꽃을 화분에 심어서 꽃만 몇 송이 크게 하려면 몇 개의 봉오리만 남기고 새로 나오는 순을 잘라 주면 꽃송이가 탐스럽고 크게 핀다. 일본의 기록을 보면 나팔꽃 가운데 제일 큰 것으로 지름이 25센티미터가 되는 것도 있었다고 한다. 보통 해바라기 정도의 크기다. 이 꽃이 일본에 들어간 것은 10세기를 전후한 헤이안平安 시대인데, 특히 일본 사람들이 좋아하는 꽃 가운데 하나다. 매년 나팔꽃 품평회까지 열릴 정도다. 나팔꽃에 얽힌 재미있는 일화가 있다.

어느 날 도요토미 히데요시가 뜰에 나갔다. 마당 가득히 나팔꽃이 피어 있었다. 그 광경을 본 그는 기뻐서 차 모임을 열어야겠다고 생각하고 부하 리큐利休에게 그렇게 일러두었다. 그런데 차 모임을 열려고 와서 보니 만발했던 나팔꽃은 누군가 다 따 버려 한 송이도 남아 있지 않았다.

기분이 몹시 상한 그는 급히 다실로 들어갔다. 그런데 빛나는 나팔꽃 한 송이가 도코노마에 꽂혀 있는 것이었다. 리큐는 수많은 나팔꽃을 단 한 송이로 응축시키는 것이 꽃꽂이 정신이며, 그것이 꽃꽂이의 미학이라는 것을 도요토미 히데요시에게 가르쳐 주려 했던 것이라 한다.

아무리 아름다운 것이라도 흔하면 천해지게 마련이다. 보석이 보물인 까닭은 아름답기 때문만은 아니다. 희소가치 때문이기도 하다. 리큐는 그것을 알고 있었던 것이다.

이 꽃에도 슬픈 전설이 있다. 그런데 다른 꽃 전설과는 달리 비극의 주인공이 여자가 아닌 남자라는 사실이다.

옛날 중국에 예쁜 부인과 사는 젊은 화공이 있었다. 그런데 어느 날 원님이 화공의 아내를 잡아다 성에 가두어 버렸다. 죄명은 너무 예쁘기 때문에 동네 남자들이 죄를 지을 염려가 있어 미연에 방지한다는 것이었다.

하루아침에 아내를 빼앗긴 화공의 억울함은 이루 말할 수 없었다. 그렇게 몇 날 며칠을 두고 괴로워하던 그는 그만 미치고 말았다. 미친 화공은 그날부터 밖에 나오지 않고 며칠 동안 집에서 그림만 그렸다. 그러던 어느 날 그는 그림을 들고 부인이 갇혀 있는 성으로 갔다. 화공은 성 밑에다 그 그림을 파묻고는 그 자리에서 죽고 말았다.

그 후부터 성에 갇힌 부인은 매일 아침마다 이상한 꿈을 꾸기 시작했다. 꿈속에서 남편이 이렇게 말하는 것이었다.

"사랑하는 이여, 지난밤은 무사히 보냈소? 나는 밤새 이렇게 당신을 향해 가고 있다오. 그러나 아침 해가 솟으면 내 목소리는 쉬어 버리는 데다가 당신의 단잠을 깨우지나 않을까 걱정되어 소리를 낼 수가 없다오. 다시 내일 밤이 되면 꿈속에서 당신을 부를 테니 그때까지 기다려 주오."

부인은 하도 이상해서 창가를 서성거리다가 철창 밖을 내다보게 되었다. 그랬더니 거기에 이상한 덩굴이 기어오르고 있는 것이었다. 화공의 아내는 그 꽃이 남편의 죽은 영혼인 줄 금방 알아차릴 수 있었다.

이미 화공의 아내도 죽은 지 오래련만 그녀를 사랑하는 화공의 넋은 오늘도 속절없이 성벽을 기어오르고 있는 중이다.

"여보, 기다려요. 이렇게 당신을 향해 가고 있다오."

이렇게 속삭이면서.

남자가 죽은 영혼에서 피어난 꽃이어서 그럴까? 나팔꽃에는 향기가 없다.

가을

도라지꽃에서는 가을 풀벌레 소리가 | 태양의 아들 해바라기

가끔은 돌아봐 주세요, 쓸쓸한 패랭이꽃 | 동쪽 울 밑에 황국을 심어 놓고

열사흘 달빛에 억새는 은빛으로 빛나고 | 자작나무야 자작나무야

우리네 어머니 같은 대추나무 | 창밖에 오동잎 지는 소리

도라지꽃에서는
가을 풀벌레 소리가

도라지꽃은 깔끔한 꽃이다.

도라지꽃은 달리아처럼 요란하지도 않고, 칸나처럼 강렬하지도 않다. 다 피어도 되바라진 데가 없는 단아하고 오긋한 꽃이다. 서양 꽃이라기보다는 동양 꽃이요, 동양 가운데에서도 가장 한국적인 꽃이다.

대개 꽃이 예쁘면 향기는 그만 못한 법이지만 도라지꽃은 그렇지 아니하다. 그 보라색만큼이나 은은하다. 차분한 숨결이요 은근한 속삭임이다.

도라지꽃은 여름에서 초가을 사이에 핀다.

가을꽃이라기보다는 여름꽃에 더 가깝지만 그래도 패랭이 꽃과 함께 가을꽃으로 친다. 그 보랏빛 때문일까. 아니면 길숨하게 솟은 꽃대궁이가 주는 애잔한 느낌 때문일까.

도라지꽃에서는 언제나 초가을 풀벌레 소리가 들리는 것 같다.

도라지꽃은 늘 혼자 있기를 좋아한다.

코스모스나 들국화처럼 무리 지어 피는 법이 없다.

양지바른 언덕에 홀로 서서 바람에 몸을 맡긴 채 하늘하늘 몸을 흔드는 것을 보고 있으면 여간 안쓰럽지가 않다. 꼭 보듬어 주고 싶은 그런 안타까운 꽃이다.

더구나 이름 없는 외로운 무덤가 잔디밭에 홀로 피어 있을 때, 그리고 철 늦은 흰나비라도 한 마리 앉아 있을 때, 도라지꽃은 더없이 슬퍼 보인다.

슬프다 못해 아주 우리로부터 멀리 떠나 버리는 그런 표정을 하고 있다.

이런 때의 도라지꽃은 아무래도 이 지상의 꽃이 아닌 듯싶다. 이승이 아니라 저승이고, 저승하고도 한참 저편이지 싶을 만한, 영혼의 세계에서 잠시 얼굴을 내민 그런 꽃같이 느껴진다.

어떤 시인은 이 꽃을 보고 "들에 홀로 서 있는 여승 같다"

고 했다.

나는 도라지꽃에서 어렸을 때 우리 담임 선생님을 본다.

어느 초가을이었다. 선생님은 우리에게 책을 읽히신 후 창가에 서 계셨다. 네모난 유리창에는 초가을의 푸른 하늘이 가득히 들어와 있었다.

우리의 읽기는 몇 번이나 되풀이되다가 나중에는 제풀에 끝나 버리고 말았다. 하지만 선생님은 다음 지시가 없으셨다.

우리와는 아무 상관이 없는 그런 표정으로 언제까지나 그렇게 서서 먼 하늘만 보고 계시는 것이있다. 저렇게 서 있다가 금세 하늘로 빨려 들어갈 것만 같이 위태로웠다.

점점 멀어져 가는 선생님의 시선을 다시 우리에게로 끌어내려야 한다고 생각했지만 나는 아무것도 할 수가 없었다.

그 가을이 다 가기도 전에 선생님은 결국 우리 곁을 떠나고 말았다. 마치 파아란 하늘로 빨려 들어가기라도 한 것처럼 사라지고 만 것이었다.

그때 선생님은 흰 저고리에 도라지꽃색 치마를 받쳐 입고 계셨다.

태양의 아들
해바라기

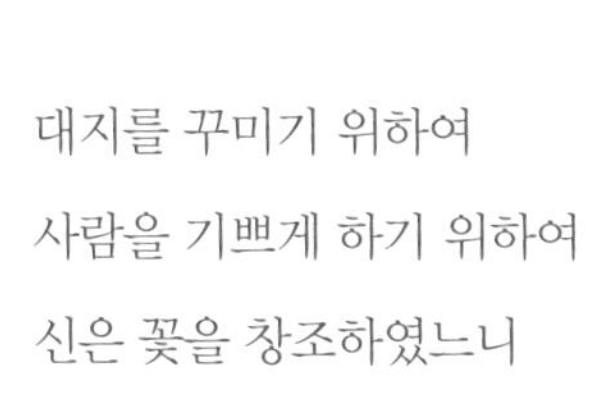

대지를 꾸미기 위하여
사람을 기쁘게 하기 위하여
신은 꽃을 창조하였느니

워즈워스는 꽃을 처음 만든 신의 뜻을 이렇게 노래했다. 그런데 이 시를 지을 때 그가 생각한 꽃들 속에 해바라기도 들어 있었는지 의심스럽다. 해바라기는 그가 예찬하던 수선화와 같은 아름다운 꽃이 아니기 때문이다. 해바라기는 무엇을 꾸미거나 귀여움을 받기에는 너무 크고 너무 씩씩하다.

십여 년 전에 본 영화 〈해바라기〉가 생각난다.

제2차 세계대전이 한창인 어느 날, 한 여인이 사랑하는 이를 러시아 전선으로 보낸다. 전쟁은 날이 갈수록 파국을 향해 치닫는데 그의 생사는 알 길이 없다. 불안과 고통의 나날이 계속된다. 그러다 드디어 전쟁이 끝난다. 귀환 장병들의 긴 행렬, 이제 그도 곧 돌아오리라. 그러나 계속되는 대열 속 어디에도 그의 모습은 없다.

그러나 절망하기에는 그녀의 사랑이 너무 절실하다. 생사를 알아내기 위해 백방으로 노력한다. 드디어 그가 살아 있다는 사실을 알게 된다. 가만히 앉아서 기다릴 마음이 아니다. 그녀는 사랑하는 사람을 만난다는 오직 그 소망 하나만으로 더 많은 어려움을 감내하면서 공산국가 러시아로 들어간다. 그리고 거기서 그렇게 그리던 그를 만난다.

하지만 그는 이미 옛날의 자기 사람이 아니다. 함께 살고 있는 러시아 여자의 남자가 되어 있는 것이다. 절망의 벼랑 끝에서 무너져 내리는 자신을 추스르려고 안간힘을 쓰는 한 여인의 참담한 모습이 끝없이 펼쳐지는 해바라기밭을 배경으로 화면 가득 클로즈업된다.

가슴 아픈 장면이었다. 그런데 그 장면이 그렇게 감동적이었던 것은 비극적인 내용에도 원인이 있겠지만, 주인공 배우가 다른 사람이 아닌 소피아 로렌이었다는 사실과 그녀가 서 있던 배경 때문인지도 모른다. 곱고 예쁜 다른 어떤 배우였더라면, 또는 그 배경이 다른 어떤 꽃밭이었더라면, 그 '깊은 슬픔'은 훨씬 덜하지 않았을까. 그때 해바라기는 정말 소피아 로렌과 어울리는 꽃이구나 하는 생각을 처음 하게 되었다. 그런데 이 영화를 좀 더 주의 깊게 본 사람이라면 그리스 신화에서 모티프를 따온 것이라는 사실을 금방 알 수 있었을 것이다. 신화는 이렇게 시작된다.

물의 요정 구리자와 류고시아는 해신海神의 딸이다. 그들은 해가 지고 난 후부터 다음 날 동이 틀 무렵까지만 연못 위에서 놀도록 허락되어 있다. 그런데 어느 날 노는 재미에 정신이 팔려서 물속으로 돌아갈 시간을 잊고 만다. 아침이 되자 태양의 신 아폴론이 황금마차를 타고 나타나 그들에게 미소를 보낸다. 아폴론의 눈부신 아름다움에 반해 버린 두 자매는 그를 사모하게 된다.

그런데 질투심이 많은 언니 구리자가 아버지에게 규율을 어긴 것은 동생 때문이라고 거짓말을 해서 동생을 옥에 갇히게 하고는 아폴론을 독차지할 수 있게 되었다고 좋아한다. 구리자는 아홉 낮과 아홉 밤을 한 자리에 선 채 아폴론의 뒤를 따르지만 그의 마음을 얻을 수가 없었다. 오히려 너무 오랫동안 한 곳에 서 있었기 때문에 발이 뿌리가 되어 땅 속에 박히면서 한 포기 꽃으로 변해 버리고 만다.

신화는 이렇게 끝난다. 그래서 지금도 해바라기는 해를

따라 동쪽에서 서쪽으로 돌아간다는 것이다. 사랑하는 신으로부터 버림을 받고 해바라기가 되어 버린 요정과 사랑하는 사람으로부터 버림을 받고 해바라기밭을 배경으로 서 있는 여인은 그런 점에서 동일한 비극의 주인공이라 하겠다.

그러나 해바라기는 해를 향해 고개를 돌리지 않는다. 그것은 고개를 숙이고 있는 모습에서 발전된 상상의 산물일 뿐이다. 그리고 해바라기는 여성적인 꽃도 아니다. 화중왕花中王이라는 모란도 이 꽃에 비하면 활달한 여성에 지나지 않고, 화중군자花中君子라는 연꽃도 이 꽃에 비하면 다만 수려한 귀부인에 지나지 않는다.

해바라기는 하나의 당당한 사나이 같은 꽃이다. 훤칠한 키가 그렇고, 누런 갈기를 날리는 사자의 머리 같은 모습이 그렇고, 삼복 더위에 굴하지 않고 우뚝 서 있는 그 기백이 또 그렇다. 해서 동양에서는 일찍부터 이 꽃을 충신의 표상으로 보았다. 왕을 태양에 비유하고 해바라기가 일편단심 해를 따라 돈다고 생각하면 해바라기는 충신임에 틀림없다.

그러나 지역이 달라지면 생각도 달라지게 마련. 태양을 숭배하던 고대 잉카 제국에서는 해바라기를 충신이 아니라 태양 자체의 상징으로 보았다. 그들의 신전에는 이 꽃이 조각되어 있으며, 사제와 성녀들도 금으로 세공한 해바라기꽃을 몸에 달았다고 한다.

오늘을 사는 시인의 눈에도 해바라기는 같은 이미지로 받아들여지고 있다. 해바라기를 보고 "태양이 자신의 씨를 이 지상에 뿌려서 번식시킨 꽃"이라고 노래하고 있는 것이다. 말하자면 해바라기는 태양의 아들인 동시에 지상의 태양이라는 이야기가 된다.

이 꽃은 북미가 원산으로 알려져 있다. 유럽으로 전파된 것은 콜럼버스가 아메리카 대륙을 발견한 후였으며, 그것이 다시 중국과 우리나라를 거쳐 일본으로 전파된 것이 1666년이라고 한다.

그러나 이런 설은 그냥 하나의 설일 뿐이다. 왜냐하면 이미 그리스 신화에 해바라기 이야기가 나오지 않는가?

그런데 해바라기를 볼 때마다 이 세상에서 가장 큰 꽃은 무엇일까 하는 의문이 생긴다. 혹시 해바라기는 아닐까 해서다. 그러나 그렇지는 않다. 이보다 더 큰 꽃이 있다. '라플레시아 아르놀디'라는 학명으로 불리는 꽃은 직경이 1미터나 된다. 그런데 이 꽃은 열대우림지대인 수마트라에서만 볼 수 있다.

해바라기는 세계에서 제일 큰 꽃의 명예는 얻지 못했지만, 전 세계 사람들에게 잘 알려진 일년초치고는 모든 면에서 가장 큰 꽃이라고 할 수 있다. 기록에 의하면 큰 것은 직경

40센티미터, 무게 1.6킬로그램, 키가 6미터가 된다. 보통 해바라기 한 개에 맺히는 씨앗은 2,362개, 그리고 하루에 한 그루의 해바라기가 증발시키는 물의 양은 한 사람이 하루에 흘리는 땀의 양과 맞먹는다고 한다. 일년초로 이만한 거물은 다시 없을 것이다.

아메리카 대륙을 처음 발견한 서유럽 사람들도 이 꽃을 보고 대단히 놀랐던 모양이다. 그 거대한 꽃의 크기와 엄청난 키, 황금빛 꽃잎, 그래서 그들은 이 꽃을 앞다투어 정원에 심기 시작했다. 그리고 그 꽃의 놀라운 위용에 감탄하였다.

하지만 이런 경이감도 17세기를 지나면서 차츰 시들해지기 시작한다. 그 후 해바라기는 뜰 안에 있는 꽃밭에서 돌담 밖이나 밭두렁 같은 곳으로 쫓겨나는 처량한 신세가 되고 만다. 키가 커서 햇빛을 가리기 때문에 그 밑에서는 아무 꽃도 자랄 수 없다는 것이 그 죄명이었다. 그러나 어떤 결점은 경우에 따라 장점이 될 수도 있는 것이 사물의 이치 아닌가. 키가 너무 크다는 이 결점은 곧 하나의 장점으로 인식되어 특별한 역할을 맡는 영광을 차지하게 된 사건이 있었다.

19세기 후반이었다. 미국에서 생긴 모르몬 교도들은 일부다처주의와 같은 교리 때문에 다른 종교인들로부터 심한 박해를 받게 된다. 그들은 그들의 신을 그들만의 방법으로 예배

할 수 있는 자유로운 땅을 찾아야 할 필요를 느낀다. 그래서 남자들로만 구성된 선발대가 미주리 주를 떠나 황막한 유타 평원에 이른다. 그들은 길도 없고 이정표도 없는 황야를 가로지르면서 그들이 지나간 말발굽 자리에 해바라기씨를 뿌린다. 뒤따라올 가족들에게 그들이 간 길을 알리기 위해서였다.

해가 바뀌고 여름이 되었다. 온갖 잡초들이 무성하게 자라 벌판을 덮었다. 하지만 어떤 풀도 해바라기보다 더 높이 자라지는 못했다. 끝없는 황야를 가로질러 황금색을 빛내면서 우뚝하니 피어 있는 해바라기의 도열. 일 년 전 선발대로 간 남자들을 찾아 떠난 노인과 아내와 아이들을 실은 마차 행렬이, 한 줄로 끝없이 피어 있는 이 해바라기를 따라 서북쪽으로 서북쪽으로 이동한다. 그리하여 몇날 며칠이 지난 후 유타 주 솔트레이크 시에서 생사조차 알 수 없었던 아버지와 아들들을 만난다. 재회의 기쁨에 얼싸안고 환희의 춤을 추었음에 틀림없다. 한 편의 장엄한 서사시라고나 할까? 마치 출애굽기를 보는 듯한 감격의 순간이 상상된다. 그러니까 모르몬 교도들을 이끈 것은 모세가 아니라 해바라기였다.

같은 무렵 서유럽에서는 해바라기가 상상을 초월한 방향으로, 즉 미술과 문학 속으로 침투해 들어오기 시작한다. 오스카 와일드Oscar Wilde가 이 꽃을 새로운 유미주의唯美主義를 상징하는 꽃으로 삼은 후부터 다시 세인의 관심을 끌기 시작했고, 그와는 좀 다른 의미이긴 하지만 화가 반 고흐가 파리와 프로방스에서 해바라기를 그리기 시작하면서 해바라기는 전혀 다른 면모를 갖추고 우리 앞에 나타난다.

세 번에 걸친 사랑의 실패, 간질병의 주기적인 발작, 경제적 궁핍, 죽음에 대한 예감에서 오는 불안, 그에게는 밝은 빛, 즉 태양이 필요했다. 그래서 구름과 비의 나라인 고향 네덜란드를 떠나 파리로, 파리에서 다시 태양빛을 따라 남쪽 프로방스의 아를로 이주한다. 그는 그곳에서 밤하늘의 밝은 별과 한낮의 작열하는 태양을 만난다. 그리고 그 태양의 지상적 표상이랄 수 있는 해바라기를 발견하게 되는 것이다.

그는 삶에 대한 애착과 예술에 대한 열정을 이 해바라기를 통해 표현하고자 했다. 여성적인 아름다움과 우아함과는 거리가 먼, 그리고 남성적이며 정열적이고 또한 환각증적인 황색 태양이야말로 그의 내면으로부터 분출을 기다리고 있던 바로 그 용암의 표상이었다.

거친 붓놀림, 공격적인 색채, 무기교의 솔직함, 이 모든 고흐적 특성이 해바라기를 통해서 표출되기 시작한 것이다. 어떻게 보면 고흐의 생애 자체가 한 송이 해바라기였는지도 모른다. 정열적인 삶을 향한 그의 갈망과 열정이 태양을 향한 해바라기의 사랑과 일치하기 때문이다.

그는 모두 열세 점의 해바라기 그림을 그렸다. 자신의 초상화를 제외한다면 한 가지 소재를 이렇게 질리지 않고 반복해서 그린 예는 다시 없다. 그리고 황색에 대한 그의 집착은 결국 죽음의 순간까지 이어진다. 그는 어느 날 까마귀가 날아다니는 황색 보리밭 물결 속에서 자기 가슴에 총을 겨눈다. 그리고 서서히 방아쇠를 당긴다.

그의 전기 영화의 마지막 장면이 아주 인상적이었다.

흰 천에 묶여 관이 구덩이 속으로 내려진다. 다 내려진 검은 관 위에 누군가 한 송이 해바라기를 던진다. 그때 굵은 빗방울이 꽃 위에 떨어진다. 마치 그가 이 지상에서 다 울 수 없었던 마지막 눈물인 것처럼. 그리고 그 위에 좌르르 떨어지던 흙가루의 슬픈 여운과 함께 영화는 끝난다.

이제 우리는 해바라기를 보면 고흐를 생각하게 되고, 고흐를 생각하면 곧 해바라기를 떠올릴 정도가 되고 말았다. 한 예술가의 영향이 얼마나 오래, 또 얼마나 깊게 우리 마음 위에 그 그림자를 드리우는가를 말해 주는 좋은 예라고 하겠다. 이렇게 해서 대문 밖으로 쫓겨났던 해바라기는 빈센트 반 고흐라는 화가에 의해 200년 만에 담 안으로 초대된 것이다. 아니, 우리 마음속의 하얀 벽 위에 조용히 초대된 것이다.

가끔은 돌아봐 주세요, 쓸쓸한 패랭이꽃

패랭이꽃은 유월과 팔월 사이에 핀다. 계절로 본다면 가을꽃이라기보다 여름꽃에 가깝다. 하지만 사람들은 도라지꽃이나 마타리꽃과 함께 가을꽃으로 친다. 수줍음을 타는 저 담홍색 때문일까? 아니면 주춤거리는 듯한 가느다랗게 마디진 줄기의 조심스러움 때문일까?

패랭이꽃은 언제나 가을 벌레 소리처럼 쓸쓸하다.

강가 자갈밭이나 긴 철둑 성근 잡초들 속에 피어 있는 것을 볼 때면 더욱 그런 느낌이 든다. 강물을 따라 아주 멀리 흘러가 버릴 것도 같고, 사라져 가는 기적 소리에 혼을 빼앗긴 채 몸을 흔드는 모습이 영영 돌아오지 않을 사람의 표정 같다.

일본 고전의 하나인 《겐지 이야기源氏物語》에 이런 내용이 나온다.

궁중의 대소사를 관장하는 관리가 있다. 그는 몰래 한 여인을 사귀고 있지만 자주 찾아가지 못한다. 그러나 그 여인은 그런 그에게 한 번도 원망하는 기색을 보이지 않는다. 어쩌다 생각나서 가도 그저 다소곳이 늘 드나드는 사람처럼 대할 뿐이다. 남자는 마음속으로는 항상 잊지 않고 있으면서도 투정도 부리지 않고 언제나 얌전하기만 한 그녀이기에 안심하고 오랫동안 찾지 않는다. 그러던 어느 날 인편을 통해 여인으로부터 패랭이꽃 한 송이와 함께 편지가 온다.

산골에 홀로 살아 다 쓰러진 울타리
가끔은 돌아봐 주세요, 쓸쓸한 패랭이꽃.

편지에는 다만 이렇게 쓰여 있을 뿐이다. 그제야 너무 심했다 싶어 오랜만에 여인의 집을 찾아간다. 여인은 늘 그랬던 것처럼 다소곳하기만 한데, 어쩐지 가을철 어수선한 뜰을 내려다보는 옆 모습이 전에 없이 쓸쓸하다. 남자는 미안한 마음에 여인이 보낸 시에 이렇게 화답한다.

풀꽃들 가지가지 어울려 피었지만
패랭이, 너만큼 연연한 꽃은 다시 보기 어려우리.

그러나 여인은 그가 야속하게 느껴졌던지, 아니면 이미 그의 마음이 그녀를 떠난 것이라고 생각했음인지 이렇게 읊는다.

한여름엔 함초롬히 이슬 머금던 패랭이꽃
찬바람 불어오니 가엾어라, 너의 모습.

그러고는 훌쩍 눈물을 보이더니 부끄럽다는 듯 얼굴을 묻는다. 다음 날 남자는 그녀를 안심시키고 떠났지만 다시 일상에 쫓겨 며칠이고 그녀를 찾지 못한다. 얼마 후 그녀 생각이 나서 다시 찾아갔으나 그녀는 이미 어디론가 떠나 버리고 없었다.

패랭이꽃은 이 이야기에 나오는 여인처럼 가련한 꽃이다. 사람의 마음을 크게 감동시키지 않으면서도 오래오래 기억에 남는 추억의 여인과도 같은 꽃이라고나 할까?

가끔, 정말 가끔은 돌아봐 주지 않으면 영영 소리 없이 사라져 버리고 말 그런 여인 같은 꽃이 아닌가 한다.

동쪽 울 밑에 황국을 심어 놓고

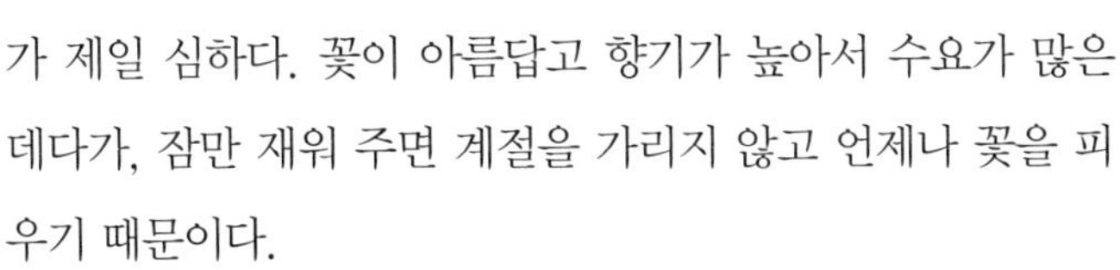

가끔 머릿속을 스치는 생각이 있다. "사람들은 절개를 잃고 꽃은 계절을 잃었구나" 하는 것이 그것이다. 비닐하우스가 등장한 후부터의 이야기다. 그 가운데서도 국화가 제일 심하다. 꽃이 아름답고 향기가 높아서 수요가 많은 데다가, 잠만 재워 주면 계절을 가리지 않고 언제나 꽃을 피우기 때문이다.

하지만 가을꽃의 대명사는 역시 국화다. 같은 국화라도 봄에 볼 때 다르고 가을에 볼 때 다르다. 모든 것이 제철이라는 것이 있는 법인데 계절을 속여서 억지로 피게 한 것이니 아무리 식물이라 한들 무슨 신바람이 나겠는가.

일상에 쫓겨 무심히 지나던 출근길. 어느 가을 아침 문득 발견하는 한 무더기의 노란 국화. 골목의 허물어진 담장 밑이든, 잘 가꾸어 놓은 아파트 화단이든, 하얀 아침 이슬을 머금은 그 꽃에서 우리는 비로소 가을을 느낀다.

마치 추억 속에서조차 까맣게 잊고 있던 여인을 만났을 때의 놀라움이라고나 할까. 찬란한 봄과 지루했던 여름 동안 아무도 알아주지 않는 무관심 속에서도 조용히 자신을 가꾸어 온 그 은근한 끈기 때문에 이 같은 화려한 등장이 더욱 극적으로 느껴지는지 모를 일이다. 단아한 외모는 투명한 가을빛 속에 더욱 환하고 은은한 향기는 가을의 차고 맑은 대기 속에서 한층 드높다.

가슴 설레게 하는 복사꽃이나 살구꽃 같은 아름다움이 아니라 뭘 좀 아는 나이에 접어든 삼십 대 여인 같은 그런 완숙의 경지에 들어선 아름다움이라고나 할까. 서구적인 여인상이 아니라 동양적인 인고의 여인상이다.

이런 아름다움으로 해서 국화는 아득한 옛날부터 동양 사람들의 사랑을 받아 왔고 또 그로 해서 꽃의 역사에서 가장 오래된 꽃 가운데 하나가 되었다. 국화에 대한 기록 가운데 가장 오래된 것은 2500년 전 주周나라 때의 《주례周禮》이고, 오늘날과 같은 재배종 국화의 의미로 쓰인 것은 초나라 시인

굴원의 《초사楚辭》에서다. 한나라 때 오면 국화는 민속과 관계를 맺을 만큼 보편화되었다. 중양절에 대한 고사가 그것을 말해 주고 있다.

후한 때였다. 이남 땅에 항경恒景이라는 사람이 살았는데, 어느 날 그의 스승 비장방費長房이 말하기를, 중양절 날 큰 액운이 닥칠 것인데 그것을 면하려면 주머니를 만들어 그 속에 산수유 열매를 넣어 팔에 걸고 높은 산에 올라가 국화주를 마시라고 하였다. 항경이 스승이 시키는 대로 한 후에 집으로 돌아왔더니 가축이 모두 죽어 있었다. 놀라 스승께 물으니 하는 말이, 그의 재액을 가축들이 대신한 것이라 했다. 그 후부터 음력 9월 9일만 되면 국화주를 마시고 산수유를 지님으로써 재액을 면하는 풍습이 생겼다고 한다.

산수유는 붉은 열매이고 여기서 말하는 국화는 황색이라고 볼 때, 붉은색과 노란색은 모두 음양 사상으로 양陽에 속하므로, 양은 음기陰氣, 즉 나쁜 기운을 물리칠 수 있는 주술의 힘을 가지고 있다고 믿어 왔기 때문에 그런 이야기가 나온 것이라고 생각된다. 동양화에서 가을을 나타내는 그림으로 황국에 산수유를 곁들인 것을 자주 그리는데, 이것도 알고 보면 이런 벽사의 토속 신앙에서 유래된 것이라 할 수 있다. 아무튼 국화는 이미 한나라 때부터 고대인들의 생활 속에 깊숙이 자라잡고 있었음을 알 수 있다.

그 후 육조 시대에 들어오면 국화는 완상용으로 더욱 사랑을 받게 된다. 다음은 위나라 장수 종회鍾會가 〈국화부菊花賦〉에서 국화의 덕에 대해 말한 글이다.

"국화는 다섯 가지 아름다움을 가지고 있다. 동그란 꽃송이가 높다랗게 달려 있음은 하늘을 본뜸이고, 순수한 황금색은 땅의 빛깔이요, 일찍 심어 늦게 핌은 군자의 덕이며, 서리를 이겨 꽃을 피움은 강직한 기상이요, 술잔에 동동 떠 있음은 신선의 음식이다."

이처럼 시인들에게 사랑을 받기 시작한 국화는 도연명을 통해서 더욱 유명하게 되었다. 반드시 그런 것은 아니지만 어떤 꽃은 어느 시인과 특별한 관계를 가지고 있다. 모란 하면 이규보나 김영랑을 연상케 하고, 진달래꽃은 소월素月을 연상시키는 것과 같은 것이다. 그런 의미에서 국화는 도연명과 서정주의 꽃이라 할 수 있다.

> 동쪽 토담 밑에 핀
> 황국화 꺾어 들고
> 유연히 남산을 본다.

동양 정신의 시적 표현이라고 해도 좋을 만한 시다. 이 시에는 가을의 계절감과 또 한 해의 마지막을 보내는 시인의 심회가 완곡하게 나타나 있다. 동쪽 토담 밑에 석양이 비스듬히 떨어지는 오후, 한 송이 노란 국화를 꺾어 든 채 바라보는 남산은 벌써 단풍이 피처럼 붉다. 살아온 세월과 남은 세월을 생각하며 아득히 먼 곳에 눈을 보내고 있는 시인은 동양화에서 자주 보아온 탈속한 선비의 모습이요, 신선의 넉넉한 풍모라 하지 않을 수 없다.

"국화는 서향西向을 좋아한다"는 말도 이 시와 뜻을 같이 한다. 아침 햇빛을 받을 때보다 저녁 석양이 떨어질 때 국화는 한층 더 눈부시다. 국화를 동쪽 울타리 밑에 심는 것도 이 때문이다.

그리고 국화를 일정日精, 즉 '태양의 정기'라고 한 까닭도 여기에 있다고 하겠다. 송나라 주무숙은 국화를 '숨어사는 선비'라는 뜻의 '은일자隱逸者'라고 불렀다. 같은 시대의 범석호范石湖란 이는, "가을이 되면 모든 초목들이 시들고 죽는데 국화만은 홀로 싱싱하게 꽃을 피워 풍상 앞에 오만하게 버티고 서 있는 품이, 마치 숨어사는 선비가 고결한 지조를 품고, 비록 적막하고 황량한 처지에 있더라도 오직 도道를 즐기어 그 즐거움을 고치지 않는 것이나 다름이 없다"고 했다.

주무숙이나 범석호나 모두 도연명의 세계에 깊이 공감하고 있다는 이야기가 되겠다.

그러나 국화가 관심의 대상이 된 첫 번째 동기는 먹을 수 있는 풀이라는 데에 있다. 사람들이 그 아름다움에 눈을 돌리게 된 것은 나중 일이다. 원시인들이 그린 동굴 벽화에는 짐승 그림만 있고 화초 그림이 없다. 수렵 생활을 하는 그들의 관심의 대상은 어디까지나 동물뿐이었다는 이야기다.

인간이 꽃에 관심을 갖게 된 것은 5천 년 전 수렵 생활을 끝내고 농경 생활로 접어들면서부터다. 그러니까 사람들이 꽃의 아름다움에 눈을 뜨기 시작한 역사는 5천 년을 넘지 못한다는 이야기다. 처음에는 꽃도 실용적 가치가 있는 것만 사랑했다.

이런 공리성을 떠나 순수한 아름다움을 인식하게 된 것은 그 후의 일이다. 국화가 사람들의 사랑을 받게 되는 과정은 모든 꽃이 사랑을 받게 되는 과정과 일치한다고 볼 수 있다.

그런 의미에서 국화는 하나도 버릴 것이 없는 식물이다. 봄에는 움을 먹고, 여름에는 잎을 먹으며, 가을에는 꽃을 먹고, 겨울에는 그 뿌리를 먹는다. 봄 화전花煎의 재료가 진달래꽃이라면 가을 화전의 소재는 국화다. 말린 국화를 차와 함께 달여서 마신다. 국화를 넣어 담근 국화주는 연명주延命酒

라고 해서 명을 연장해 주는 장수 식품인 동시에 액땜을 해 주는 주술적인 술이기도 하다.

전설적인 인물인 팽조彭祖라는 사람은 국화주를 마시고 800살까지 살았다고 한다. 또 중국 남양의 여현에 있는 감곡甘谷이라는 강 상류에는 국화가 많이 피는데, 꽃에서 떨어지는 이슬이 강물에 섞여 하류로 흐르기 때문에 이 물을 마시는 그곳 사람들은 모두 장수했다고 한다.

우리나라에서 국화주로 유명한 곳은 경상남도 함양이다. 예부터 함양은 산 좋고 물 맑은 곳으로 유명한데 국화 또한 유명해서 일찍부터 그 이름이 나라 안에 드높았다. 내 친구 권형權兄은 그곳 태생인데 언제나 얼굴에 화색이 환한 것이 마치 잘 피어난 국화 송이 같다. 국화주를 마신 때문인지 모를 일이다.

국화는 먹어서만 좋은 것이 아니라 말린 것을 베갯속에 넣으면 두통에 효험이 있다. 이불 속에 넣으면 잠자리에서 그윽한 향내를 맡을 수 있어 좋다.

옛날 문에 창호지를 바르던 시절, 어머니는 국화가 한창 필 때쯤 해서 문을 바르셨다. 그때 국화로 손잡이 부분에 문양을 넣고 삼각형으로 오린 한지를 붙였다. 하얀 창호지 속에서 은은히 우리어 나오던 노란 국화 빛이 지금도 눈에 삼삼한데,

그 평화롭던 어린 시절은 어머니와 함께 이제 영영 돌이킬 수 없는 세월의 저편으로 사라지고 말았다. 가을만 되면 나도 어머니가 하시던 대로 하고 싶지만, 지금 내가 사는 아파트에는 창호지를 바를 문이 없다.

동양의 시인치고 국화를 노래하지 않은 이가 없지만, 정몽주만큼 국화를 사랑한 사람도 드물지 싶다. 〈국화탄菊花嘆〉이라는 시 몇 구절로도 국화에 대한 애정의 깊이를 짐작할 수 있을 것 같아서다.

꽃이 말을 몰라도
내 그 향기로움 사랑하네
평생 술을 가까이 한 일 없네만
그대 위해 한잔 술을 마다하지 않으리
사내자식 이를 드러내 웃을 수야 없지만
정녕 그대 앞이라면 한 번쯤
화알짝 웃어도 좋으리.

"아름다움은 영원한 기쁨"이라고 한 존 키츠J. Keats의 말이 생각난다. 굳게 닫혔던 한 도학자의 마음의 문도 한 송이 아름다운 국화 앞에서 어쩔 수 없이 활짝 열리고 마는 그 흐뭇

한 순간이 금방이라도 손에 잡힐 것만 같다.

그러나 우리의 사랑을 받고 있는 이 원예종 국화는 원래는 지금의 모습이 아니었다. 들에 피는 야생 국화를 교배하여 개량한 것이다. 우리나라 전역에 자생하는 야생 국화에는 감국, 구절초, 산구절초 등 종류가 많다. 그 가운데서 산구절초가 원예종 국화의 모태가 되었다. 학명이자 영어 이름인 Chrysanthemum은 라틴어 chrysos, 즉 황금이란 말과 꽃이라는 말인 anthemon의 합성어라고 한다. 다시 말해서 '황금의 꽃'이라는 뜻이다.

우리나라 원예종 국화는 고려 충선왕이 원나라로부터 가져온 것이다. 하지만 송나라 때 범성대范成大에 의하면 원나라의 좋은 품종이 우리나라에 들어오기 훨씬 전에 신라 국화와 고려 국화가 중국으로 건너가서 사랑을 받았다고 한다.

그리고 일본 쪽 기록에 의하면, 닌도쿠仁德 천황 73년에 백제로부터 파랑, 노랑, 빨강, 하양 그리고 검정, 이 다섯 가지 국화를 일본으로 처음 가져왔다고 한다. 검정 국화는 지금도 없는 색이니 무엇을 보고 그렇게 말한 것인지 알 수 없다. 혹시 짙은 빨강을 그렇게 부른 것은 아닌지 모르겠다. 우리가 흔히 '흑장미'라고 하는 것도 흑색이 아니라 짙은 빨강이기 때문이다.

아직 검정 국화는 없다. 또 파랑 국화는 어떤 것이었는지 알 길이 없다. 혹시 짙은 보라색 국화를 보고 그렇게 부른 것인지도 모른다. 왜냐하면 2017년 8월 12일자 〈조선일보〉 기사에, 같은 해 칠월 일본 국립식품연구소의 노다 나오노부 박사 연구진이 국제학술지 《사이언스 어드밴스》에 처음으로 파란 국화를 개발했다고 발표했기 때문이다.

이 국화는 영국왕립원예학회RHS의 꽃 색상표에서 파란색으로 공식 인정을 받았다. 파란색 꽃은 자연에서는 아주 드물다. 40만 종 중 10% 정도만 파란색이다. 원예학자들이 파란색 꽃 개발에 열을 올리는 것은 이 때문이라고 한다.

시중 꽃가게에서 파란 장미나 파란 국화를 본 사람이 많을 것이다. 그러나 대부분은 흰 장미나 흰 국화에 색소를 주입해서 만든 것이다. 유전자 변형을 통해 만든 것은 아니다. 왜냐하면 변형된 원예종은 그 가격이 일반 꽃의 열 배나 비싸기 때문이다.

아무튼 이로 보면 중국에서만이 아니라 일찍이 우리나라에서도 국화 재배가 활발했고, 육종에 있어서도 많은 발전을 보였던 것임을 알 수 있다. 동양의 원예종 국화가 서양에 알려진 것은 1688년경으로 네델란드에서 첫 재배가 이루어졌다는 기록이 있다.

《본초강목》을 보면 국화는 원래 두 종류라고 되어 있다. 줄기는 자주색이 돌며 꽃은 황금색이고 향기가 좋으며 단맛이 나는 것을 진국眞菊이라 하는데 먹을 수 있다. 줄기가 푸르고 크고 쑥 냄새가 나고 맛이 쓴 것은 진국이 아니니 감히 먹을 수 없는 것이라 했다. 진국은 달리 감국甘菊이라고도 한다. 노란색은 오색 가운데 가장 아름다우므로 국화는 황색으로 정색正色을 삼는데, 중국인들이 가장 고귀하게 여기는 색이다.

옛날 중국 최초의 왕을 '누를 황' 자 황제黃帝라 불렀으며, 중국의 황제만이 황금색 곤룡포를 입을 수 있었다. 사극에서 보면 우리나라 왕들은 모두 붉은색 곤룡포를 입고 있다. 그 이유는 황제만이 황금색을 입을 수 있었기 때문이다. 우리나라 왕이 황금색 곤룡포를 입고 등장한 것은 고종 황제 때부터다. 그때 비로소 광무光武라는 우리 연호를 쓰기 시작했으며, 왕도 황제라 불렀던 것이다.

세종 때까지 우리나라에서 알려진 국화 종류는 20여 종이었다. 지금은 4천여 종에 이른다. 이처럼 교배종이 많은 것은 사람들이 이 꽃을 좋아하기도 하고 교배가 잘 되기 때문이기도 하다. 장미 종류가 2만여 종에 이르는 것에 비하면 적은 편이지만, 다른 화훼에 비하면 대단히 많은 편에 속한다.

과거 국화 재배에서 가장 앞선 나라는 중국이었지만 지금은 일본이 가장 세련된 기술을 가지고 있다. 그들은 매년 가을 각 지방별로 국화 경연 대회를 열어 새로운 품종에 대하여 상을 주는데, 이런 행사는 오래전부터 계속되고 있다.

6 · 25전쟁 직후 그 폐허 속에서도 대광고등학교와 서울시립대학의 국화 전시회가 매년 성황을 이루었는데, 요즘은 전만 같지 못하다. 꽃의 수요는 날로 늘어나지만 소모품을 '만든다'는 상업성만 생각하고 예술적 탐구나 그런 것을 아끼고 사랑하는 마음은 점점 사라져 가기 때문에 그런 것은 아닌지 모를 일이다.

국화 종류는 크게 나누면 지름이 18센티미터 이상인 것을 대국大菊이라 하고, 9센티미터 이상인 것을 중국中菊, 그 이하인 것을 소국小菊이라 한다. 또 꽃의 행태에 따라 세 가지로 나누는데, 꽃잎이 두터운 것을 후물厚物, 꽃잎이 가는 대롱이 말린 것처럼 생긴 것을 관물管物, 꽃잎이 넓은 것을 광물廣物이라 한다. 또 계절에 따라 하국夏菊, 추국秋菊, 동국冬菊 또는 한국寒菊으로 나눈다. 전쟁 전 일본 신주쿠 어원新宿御苑에서 기른 관물 중에는 꽃잎 길이가 66센티미터나 되는 것이 있었다고 한다. 해바라기보다 훨씬 클 수도 있다는 이야기다.

일본 사람의 국화에 대한 애정은 거의 극에 이르렀다고 할 만하다. 그들은 섬세한 기술과 사랑으로 수많은 변종을

후물 관물 광물

만들어 냈고, 메이지 천황 때는 국화를 황실 문장으로 정하기까지 했다. 그리고 현재도 사용하고 있는 흰 바탕에 동그라미가 가운데 그려져 있고 사방으로 붉은 줄이 열여섯 개가 퍼져나간 욱일기는 사람들이 알고 있는 것처럼 일출을 그린 것이 아니다. 그것은 동그란 꽃술 다발 주위에 열여섯 장의 꽃잎花瓣을 그린 국화다.

루스 베네딕트가 쓴 《국화와 칼》이라는 책이 생각난다. 이 책이 일본인들에 관한 연구서로 가장 훌륭한 것 중의 하나라는 사실에 이의를 제기할 사람은 없을 것이다. 그런데 이 책 제목을 달 때 왜 '벚꽃과 칼'이라고 하지 않고 '국화와 칼'이라고 했는지에 대해 의문을 가지는 사람이 적지 않다. 하지만 국화가 황실 문장화이고 그 꽃을 그들이 얼마나 좋아하며, 또 얼마나 정교한 방법으로 국화의 변종에 몰두해 왔는지를 생각하면 이해가 갈 것이다.

일본인들은 무엇이든 인공을 가하기를 좋아하는 민족이

다. 그 대표적인 것이 분재와 국화 재배다. 국화는 그런 일본 사람들의 탐미적 성향에 가장 잘 맞는 식물이기 때문이다. 이야기가 나온 김에 덧붙이면, '국화와 칼'은 일본인의 양면적인 민족성을 상징하는 말이다.

일본 사람들을 관찰할 때, 어떤 면에서 보면 그들은 지극히 문학적이고 예술적이다. 그러나 다른 각도에서 보면 좀전의 생각을 수정할 수밖에 없다는 것이다. 무武를 숭상하는 '사무라이' 정신이 골수에 배어 있기 때문이다. 다시 말하면 그들은 탐미주의자라고 생각하면 금세 군국주의자가 된다는 이야기다.

어떤 때는 그렇게 예의바를 수가 없다가도 금세 불손하기 짝이 없는 민족으로 표변하는 것이 일본인들이다. 유순한가 하면 공격적이고, 비겁한가 하면 용감하다. 다시 말해서 두 얼굴의 야누스가 곧 일본인이다. 즉 국화인가 하고 생각하는 순간 칼로 표변하는 것이 일본 사람이라는 것이다.

원예종 국화 말고 산야에 절로 피는 야생종 국화도 많다. 우리가 들국화라고 부르는 것이 그것이다. 가을 들판에 봐주는 이 없는 잡초들과 함께 바람에 몸을 흔들며 서 있는 들국화에서 우리는 가을과 함께 인생의 고독과 '존재의 가벼움'을 느낀다.

그렇게 봄 가고 여름이 간 것일까?
생각하면 인생은
발목을 풀고 떠나는 물소리 같은 것
어느 날 문득 뒤가 비어 있고
깎아내듯 자꾸만 깊어 가는 하늘엔
들국화 앉은 모습이 종지부 같다.

문인수의 시 〈가을 기차〉의 일부다. 아득한 철길을 따라 기차는 여름을 실어가 버리고 들국화 홀로 긴 철둑 위에서 쓸쓸히 고개를 흔드는 모습이 가슴에 아리게 와 닿는다.

들국화란 말은 종種의 이름이 아니다. 그것은 문인들이 만들어 낸 이름일 뿐이다. 마치 '들장미'가 장미의 종명種名이 아닌 것과 같다. 우리가 들국화라고 부르는 것은 구절초, 개미취, 개쑥부쟁이 같은 꽃이다. 하지만 들국화는 지금 모든 야생종 국화의 대명사가 되어 우리 정서 속에 깊이 뿌리 내리고 있다. 그래서 들국화는 어느덧 우리의 사랑을 받는 꽃이 된 것이다.

들국화든 원예종이든 국화는 어느 것 하나 아름답지 않은 것이 없다. 그 형태에 있어서나 다양한 색상에 있어서나 그리고 그 향기에 있어서도 그렇고, 쉬 시들지 않는 점에서도 그렇다. 그리고 모든 꽃들이 자취를 감춘 늦가을 서릿발 속에 피는 한국寒菊 앞에서는 숙연함마저 느끼게 된다.

하지만 원예종에는 인위적인 느낌이 없지 않다. 가지런하게 깎은 단발머리 같은 겉모습에서는 어떤 낭만적인 분위기도 느껴지지 않는다. 해서 나는 거부감을 느낄 때가 많다. 특히 조화造花같이 정연한 후물厚物 가운데 어떤 것과 대국大菊에서 더욱 그런 것을 느낀다. 무슨 개업식이나 전시회 같은 공적인 의식 때가 아니면 가정에서 완상하기에는 좀 그렇다는 이야기다.

특히 요즘에는 사철을 가리지 않고 나오기 때문에 신선한 맛이 덜한 것도 그 이유 가운데 하나다. 그래서 오히려 사람 손이 덜 간 재래종 국화나 소박하고 청초한 소국小菊 같은 것을 더 선호하는 편이다.

금년 가을에는 성북동 간송미술관에 다녀올까 한다. 미술관 오솔길에 피어 있을 노란 산국山菊 위에 떨어지는 늦가을의 석양과 무시로 들락거리며 마지막 꿀 한 방울을 위해 부산하게 나는 벌들의 모습이 보고 싶어서다.

열사흘 달빛에 억새는 은빛으로 빛나고

꽃에 대해 관심을 가지면서부터 나는 가끔 혼란에 빠지곤 했다. 분명 다른 꽃인데 같은 이름으로 부르는 경우가 한두 가지가 아니기 때문이다.

매화라고 불리는 꽃은 얼마나 많은가. 작약도 개목련도 함박꽃이요, 산에서 자라는 크기가 10미터나 되는 교목에 피는 흰 꽃도 함박꽃이라 불린다. 함경북도에서는 산철쭉을 보고도 함박꽃이라 한다. 그뿐인가. 갈대와 억새도 자주 혼동하여 쓰는 사람들이 많다.

다음은 어느 시인의 〈갈대〉라는 시의 일부다.

등성이마다 오르다가 갈대는 피어
키를 덮고 산을 덮고
무엇에 흔들린다
제 몸이 키에 가려 보이지 않는데도
마음이 몸에 가려 보이지 않는데도
어쩌자고 귀는 내놓고 흔들리는가.

제목은 '갈대'로 되어 있지만 노래하고 있는 대상은 갈대가 아니라 '억새'다. 갈대와 억새를 구분하지 못한 데서 생긴 잘못이다.

갈대는 북위 40도 이남의 해안가나 호숫가에 나는 여러해살이 식물로 이삭이 빗자루처럼 생기고 색은 옅은 갈색이다. 억새는 제주도 서귀포에서부터 함경북도 두만강까지 우리나라 전역에서 자생하는 여러해살이 식물이다. 산등성이나 산자락 또는 밭 둔덕 같은 곳에 무더기로 자라다가 가을이 되면 은색으로 하얗게 꽃이 피는 것이 억새다.

억새라는 말이 처음 보이는 문헌은 정철鄭澈의 〈장진주사將進酒辭〉가 아닌가 한다. 억새를 '어욱새'라고 했다.

어욱새, 속새, 덥가나무, 백양 숲에 가기만 하면
누른 해, 흰 달, 가는 비, 굵은 눈
소소리바람 불 제 뉘 한 잔 먹자 할꼬.

죽어서 쓸쓸히 억새풀 우거진 곳에 가서 묻히고 나면 누가 술을 권하겠는가? 그러니 살아생전에 한잔 더 받으라는 것이다. 장진주사란 말하자면 권주가가 아니겠는가.

아, 으악새 슬피 우는 가을인가요.

이 유행가를 모른다면 그는 아마 한국 사람이 아닐 것이다. 그런데 그 '으악새'가 가을에 우는 무슨 조류로 오해받았던 때가 있었다. 요새는 그것이 억새의 사투리라는 것을 아는 사람들이 많아졌지만, 여전히 무슨 새로 생각하는 사람들도 적지 않다.

왜 이런 오해가 생기게 되었는가 하면, '으악새'란 말 다음에 '슬피 우는'이란 구절이 이어지기 때문이다. 다시 말해서 '새'란 말 다음에 '운다'는 표시가 왔기 때문에 '으악새'를 어떤 조류로 오해하게 된 것이다. 으악새가 운다는 것은 억새잎이 바람 불 때마다 내는 서걱거리는 소리를 두고 하는 말이다.

한자어로는 갈대를 노蘆 또는 노위蘆葦 등 여러 가지로 부른다. 거기에 대해서 억새는 망芒이라고 한다. 억새라는 이름은 억세기 때문에 붙은 이름이다. 우선 뿌리는 땅속에 단단히 박혀 있어서 여간해서는 뽑히지 않으며, 건조하고 메마른 산등성이나 산불이 났던 공터 같은 곳에서도 억척같이 잘 자란다. 게다가 미끈한 줄기와 활시위처럼 휘어진 잎사귀가 보기 좋다고 만지다가는 금세 살이 베어지는 아픔을 맛보게 된다. 잎 가장자리에 날카로운 결각缺刻이 있기 때문이다. 억새는 가까이서 볼 것이 아니라 멀리 뚝 떼어놓고 볼 일이다. 그것도 한 무더기나 두서너 무더기가 아니라 군락을 이룬 것을 볼 때에야 제 맛이 나는 식물이다.

이런 억새밭으로 볼만한 곳이 몇 군데 있다. 강원도 정선에 있는 민둥산, 전남 장흥의 천관산, 경남 함양의 거망산, 그리고 밀양 표충사 뒤 재약산 사자평이다. 그 가운데 사자평의 억새밭은 1천여 미터의 고원 지대에 있으며 면적이 120만 평이나 되어 장관을 이룬다. 이곳의 억새는 추석을 지나면서 피기 시작하여 양력 10월 10일을 전후해서 절정을 이루는데, 이를 광평추파廣坪秋波라 하여 재약산 팔경八景 중에서 제일로 친다.

몇 해 전이었다. 나는 친구와 함께 가을 억새를 보려고 사자평에 간 적이 있다. 토요일 낮차를 타고 밀양을 거쳐 표충사에 도착했을 때는 벌써 어둑어둑한 저녁이었다. 간단히 요기를 하고 사자평 고사리 마을을 향해 천천히 걸음을 옮겼다. 무리하게 밤 산행을 시작한 것은 다음 날 아침 해 뜰 때 억새밭의 정경을 보기 위해서이기도 했지만, 달밤에 친구와 함께 걷다 보니 그리된 것이다.

골짜기 아래로 흐르는 냇물 소리가 가을바람을 타고 간간이 올라오고, 길가에 핀 억새꽃이 열사흘 달빛에 하얗게 은빛으로 빛나고 있었다. 달과 억새, 그리고 가을 물소리와 친구와의 정담, 그것은 그대로 한 편의 가을 서정시였다.

우리가 해발 1천 미터의 고사리 마을에 도착한 것은 저녁 아홉 시. 하지만 생각과는 달리 방을 얻을 수가 없었다. 등산철이라 손님들이 많이 몰렸기 때문이다. 친구가 가지고 간 일인용 천막에서 함께 자는 수밖에 없었다. 존 웨인처럼 건장한 내 친구는 눕기 무섭게 코를 골았지만, 밤이 깊어 갈수록 바닥의 냉기가 스며들어 추위를 잘 타는 나는 깊은 잠을 이룰 수가 없었다. 그러다 겨우 잠시 눈을 붙였나 싶었는데 금세 새벽이었다.

겨우 일어나 등성이에 오르니 해는 막 앞산 마루에 고개를 내밀고, 눈앞에 펼쳐진 것은 온통 햇빛에 하얗게 부서지는 억새꽃 바다였다. 아침 햇빛에 억새를 보기는 처음이었다.

황혼녘의 억새밭도 장관이지만 거무스름한 산 그림자를 배경으로 금빛 아침 햇살을 역광으로 받으며 하얗게 빛나는 억새밭은 더없이 황홀한 정경이었다. 일망무제一望無際로 파도치는 저 망망한 구름 바다. 한 손을 들어 이마에 대고 눈이 닿는 데까지 바라보고 있노라니 모르는 사이에 가슴이 막 터져 나올 것 같은 기분이었다. 함께 바라보고 있던 이형李兄도 나도 말을 잃고 망연히 서 있을 뿐이었다.

지금으로부터 200여 년 전 박지원朴趾源은 요동벌을 처음 보고 그 자리에서 통곡하고 싶다고 했다. 우리가 바로 그 심정이었다. 좁은 땅덩이에서 억눌렸던 온갖 감정의 응어리들이 탁 트인 끝없는 벌판을 보자 일시에 북받쳐 올랐다. 장부는 울지 않는다고 한다. 그러나 울지 않는 것이 아니다. 다만 함부로 울지 않는 것이고, 한 번 울었다 하면 크게 운다는 것이다. 아쉬운 것은 우리나라에는 장부의 통곡을 받아들일 만한 공간이 없다는 사실이다.

연암의 말을 빌린다면, 황해도 장연의 금사벌과 동해가 보이는 금강산 비로봉 두 곳이 그나마 한 번 통곡할 만한 곳이라고 했다. 하지만 금사벌도 비로봉도 오늘을 사는 우리에게는 멀고 먼 이국땅이다. 이제 통곡다운 통곡도 제대로 해 볼 만한 곳이 없다는 이야기가 되고 말았다. 120만 평, 이 드넓은 사자평의 억새밭이 그나마 사나이가 한 번쯤 통곡할 만한 곳이 아닐까?

말리면 말린 만큼 편하고
비우면 비운 만큼 선명해지는
홀가분한 존재의 가벼움
성성한 백발이 더욱 빛나는
저 꼿꼿한 노후老後여.

임영조 시인의 〈억새〉라는 시의 일부다. 시인은 성성한 백발의 노후도 살아보지 못한 채 오십 대 한창 나이에 세상을 하직했다.

이 가을에도 억새는 비울 것 다 비운 그런 노년의 표정으로 능선에서 저물어 가는 한 해를 보내며 서 있을까? 어린 치기도 덧없는 혈기도 다 버리고 통곡도 다 버리고 성성한 백발로 이제 나도 그 옆에 한 줄기 억새로 섰으면 싶다.

자작나무야 자작나무야

내 고향 북관 지방에는 자작나무가 많다.

누나를 따라 나물을 캐러 가면 언제나 자작나무 숲이 기다리고 있었다.

산새를 좇아 산속을 헤매다 보면, 어느새 또 우리는 자작나무 숲 한가운데에 와 있곤 했다. 그 신비스러운 하얀 빛깔 때문이었을까. 아니면, 무슨 알 수 없는 마력 같은 것을 지니고 있었기 때문이었을까.

빽빽이 들어선 어두운 잎갈나무 숲에서 내다보면 자작나무 숲은 언제나 햇빛이 환히 밝았다.

더구나 오월의 밝은 햇빛을 받아 싱싱하게 물이 오를 때면 목욕을 하고 있는 여인의 알몸마냥 사람을 홀리게 하던 것을…. 가까이 가서 손을 대면 손끝을 타고 오던 보드라운 감촉.

서양 여인의 살갗처럼 희디흰 껍질에서는 향긋한 분내라도 묻어날 것만 같았다. 셀로판지 같은 껍질을 벗기면 그 밑에 더 희고 고운 새살이 나타났다.

우리는 알 수 없는 안타까운 마음으로 그 위에 이름을 마구 새겼다. 하지만 언제나 고스란히 남던, 저 채워지지 않는 공허와 풀리지 않는 갈증 같은 감정.

> 시詩는 나 같은 바보라도 쓰는 것
> 아름다운 나무는 신神만이 만드신다.

조이스 킬머Joyce Kilmer의 이 시를 읽을 때마다 내 마음속에 떠오르는 것은 언제나 한 그루의 자작나무다.

섬세하고 미묘한 시심詩心 같은 나무.

이방의 여인같이 조금은 슬퍼 보이는 나무.

그래서 우러러볼수록 그립고 안타까우며 슬퍼지는 그런 나무다.

북녘에 겨울이 오면 자작나무 숲은 깊은 명상에 잠긴다. 다른 어떤 나무보다도 자작나무의 호흡은 깊고 잔잔하며 아득하다.

하얀 줄기는 눈빛에 바래다 못해 아예 눈 속으로 사라져 버리고, 적갈색의 여린 잔가지들과 거기 미련처럼 남은 몇 개의 마른 잎들.

지우개로 지워 버린 연필 그림처럼, 아니 파스텔화처럼 희미한 윤곽 속에서 자작나무 숲은 아주아주 먼 길을 떠나는 나그네의 뒷모습 같은, 그런 아슴푸레한 표정으로 서 있었다.

겨울 자작나무 숲에서는, 그래서 가장 보잘것없는 한 마리 멧새조차 고스란히 시야에 잡히게 마련이다. 화선지 위에 떨어진 한 방울의 물감처럼….

거기에 눈이라도 올라치면 자작나무 숲은 아득한 몽상 속으로 잠겨 버린다. 눈이 오는 날 자작나무 숲속을 거닐면 나 같은 바보도 시인이 된다.

자작나무는 섬세한 나무다.

자작나무는 연약하게 보이는 나무다.

소나무나 잣나무에서 느끼는 굳건한 기상 같은 것은 보이지 않는다. 하지만 그 연약한 몸으로 추위를 잘 참아 낸다. 잔가지들이 비둘기 발가락처럼 빨갛게 되어도 이렇다 하는 법이 없다. 자작나무는 따뜻한 남쪽보다 눈보라치는 북국을 더 사랑한다.

자작나무는 야산을 싫어하고, 시정市井의 티끌과 소음을 싫어한다. 그래서 깊은 산중이 아니면 서기를 꺼리고, 번잡한 도시에서는 굳이 살기를 멈추는 나무다.

서울에서도 더러 자작나무를 볼 수 있다. 그러나 깊은 산속에 사는 그런 자작나무가 아니다.

생기를 잃은 나무요, 앓고 있는 나무며, 볼모로 잡힌 나무다.

동물원에 갇힌 한 마리 학이다.

보고 있으면 마음이 아프다.

뜰에 자작나무 한 그루를 심고 싶은 때가 있었다. 그러나 그만두기로 했던 것은 그 추레한 모습을 차마 볼 수 없을 것 같아서였다.

우리 고향에서는 이 나무를 '보티나무'라고 부른다. 그리고 가난한 사람들은 죽으면 이 나무 껍질로 싸서 땅에 묻는 풍습이 있다.

언제 다시 고향에 가는 날이 온다면, 나는 자작나무 숲으로 가겠다. 그리고 자작나무 밑에서 살다가, 자작나무 껍질에 싸여서, 자작나무 밑에 조용히 잠들었으면 싶다.

그러나 아무래도 내 생전에는 고향에 갈 수 없을 듯싶다. 2018년에 시작한 남북 정상 회담도 북미 정상 회담도 꼬여만 가고 있으니 말이다.

나는 2017년 가을 서귀포시 내 작업실 창문 앞에 자작나무 세 그루를 옮겨 심었다. 5년 전 양재동 꽃시장에서 묘목을 사다가 밭에 심어 기른 것을 옮긴 것이다. 지지대를 세우고 이만치 물러나니 떠나온 고향이 거기 있었다. 내가 못 가게 되자 고향이 날 찾아온 것이다.

잎이 노랗게 물든 그 가을, 나는 참 많이 편안했다. 나무 세 그루가 이렇게 커다란 선물이 될 줄은 몰랐다. 일제 때 남부여대하고 고향을 떠났던 사람들이 카자흐스탄에서 우즈베키스탄에서 왜 집 앞에 복숭아나무와 살구나무를 심었는지 알 것 같았다.

우리네 어머니 같은 대추나무

대추나무같이 볼품없는 나무가
또 있을까? 마당을 서성거리다
우연히 대추나무와 마주칠 때마다
거의 같은 생각을 하게 된다.

벚나무 같은 화사함도 없고, 느티나무나 은행나무 같은 위용도 없다. 그렇다고 가을이면 다른 나무들처럼 곱게 단풍이 드는가 하면 그렇지도 못해서 언뜻 보기에 아까시로 착각하기 십상이다. 게다가 가지는 고집스럽게 뻗어서 조화와 균형을 잃고 말았다.

나무처럼 사랑스러운 시는 없으리.

이렇게 노래한 시인이 있었지만, 아무리 뜯어 보아도 대추나무에서는 시를 찾을 수 없을 듯싶다.

대추나무는 계절 밖에 산다.

봄이 와도 봄을 모르고, 가을이 되어도 여름으로 착각하는 나무다. 개나리가 피고, 진달래가 지고, 벚나무며 라일락 같은 꽃나무들이 불꽃놀이라도 하듯 온통 분홍과 보랏빛을 뿜어 내며 부산을 떨어도, 대추나무만은 이 모든 축제를 외면한 채 깊은 겨울잠에서 깨어날 기미조차 보이지 않는다.

그래서 대추나무를 처음 길러 본 사람은, 그가 비록 성급한 사람이 아니더라도 한 번쯤은 톱이나 도끼 같은 것을 들고 그 밑을 서성거린 경험을 하게 마련이다. 죽은 나무로 착각하기 쉽기 때문이다.

죽은 줄만 알았던 이 나무도, 그러나 청명과 곡우를 지나면서 검고 거친 껍질에 생기가 돌기 시작한다. 무딘 가지 끝에서 고양이 발톱처럼 날카로운 움이 비로소 트는 것이다.

다른 나무의 싹을 다 내몰고 나서 제일 나중에 나온다는 이 느림보 나무. 그래서 '양반 나무'라고 한다던가. 느긋하다는 뜻이다.

이 나무에 꽃이 피기 시작하는 것은 훨씬 뒤인 단오절을 전후해서의 일인가 한다. 조용한 여인의 잔잔한 미소처럼 번지는 연두색 작은 꽃들. 육안으로 식별조차 하기 어려울 만큼 작아서, 굳이 '꽃'이라는 화사한 이름마저 외면한 듯한 꽃이다.

하지만 늦잠에서 깨어난 여인네처럼 대추나무는 이 빈약한 꽃으로나마 부지런히 밀린 봄을 서두는 것이다. 제일 높은 가지 끝에서부터 시작해서 잎과 잎 사이를 촘촘히 누비면서 피고 지기를 두세 차례, 그때마다 기이한 향기를 놓아서는 동네 벌이란 벌은 죄다 불러들일 기세다.

신은 가장 보잘것없는 꽃에게 가장 향기로운 꿀을 마련한 것일까. 그 볼품없는 꽃 어디에서 그처럼 감미로운 꿀이 넘쳐 흐르는 것인지. 여름내 벌들의 소란으로 대추나무는 한 채의 소란스런 잔칫집처럼 붐비는데, 그런 소란 속에서 작은 꽃은 나름대로 열매를 맺는다. 하지만 아직 우리 주의를 끌기에는 너무나 빈약하기만 하다.

화려한 빛깔과 달콤한 과즙이 넘치는 과일들.

여름은 어디까지나 그런 것들의 계절이니까, 설익은 대추의 존재란 관심의 대상이 될 수 없다.

그러나 여름도 그렇게 긴 것은 못 된다. 이제 필요한 것은 며칠 동안의 따뜻한 햇볕과 첫 서리와 그리고 조용한 기다림.

추석을 전후한 어느 날, 우연히 던진 시선 속에 드디어 나타나는 대추나무의 변모. 그 기적과도 같은 놀라운 변모 앞에 자기도 모르는 사이에 '아!' 하고 탄성을 지르게 된다.

전신에 주렁주렁 드리운 것은 은근한 다갈색의 대추알 다발들이다. 잘 닦아 놓은 자마노紫瑪瑙라고 할까. 흔들면 칠금령七金鈴처럼 좌르르 울릴 듯, 쳐다보는 이마 위에 금세라도 와르르 쏟아져 내릴 것만 같은 감미로운 대추알의 사태沙汰.

도무지 여름내 그 어설픈 잎사귀의 어느 갈피에 저렇듯 많은 비밀들을 숨겨 두었다가 일시에 이렇듯 자랑스럽게 펼쳐 보이는 것인지, 그만 입이 벌어질 뿐이다.

이 놀라운 풍요로움 앞에서 지금까지 대추나무에 대해 가졌던 우리의 모든 오해와 편견은 일시에 수정되어 찬탄과 경이로 바뀌고 만다. 그리고 경건한 마음으로 다시 한 번 우러러보게 된다.

대추나무는 결코 아름다운 나무가 아니다. 볼품이 없는 나무요 계절 밖에 사는 나무다.

그러나 겉치레를 모르는 나무요 겸허한 나무이며, 서두는 일이 없는 양반 나무다. 그리고 오래오래 참고 견딜 줄 아는 인고의 나무다.

그런 인고의 끝에 맺힌 열매이기 때문일까? 대추는 백 가지로 우리 몸에 이롭다고 한다. 예부터 대추를 백익홍百益紅

이라 한 것도 이런 연유에서다. 한약에서 감초는 빠져도 빠질 수 없는 것이 대추다. 신선들도 대추를 먹고 옥천玉泉의 물을 마셨다고 한다. 대추를 먹으면 마음이 가라앉고 잠이 잘 온다. 그러니 이만한 덕을 지닌 나무가 또 어디 있겠는가.

대추나무는 우리네 어머니같이 소박한 나무요, 겉보다 속정이 도타운 나무다. 뜰안에 한 그루쯤 심어 두고 그 풍요로운 결실의 뿌듯함을 늘 실감하고 싶은 그런 나무다.

태초에 사랑과 정이 있었으니
그것은 자라서 나무가 되었다.

가을 대추나무는 가끔 이런 시를 생각나게 한다.

창밖에 오동잎 지는 소리

중국 소흥紹興 사람들은 딸을 낳으면 술부터 담갔다. 시집 보낼 때 쓰기 위해서다.

우리나라 사람들은 딸을 낳으면 오동나무를 심었다. 시집 보낼 때 함이며 장롱 같은 것을 짜서 보내기 위해서다.

열하고도 대여섯 해란 세월, 젖먹이는 어느덧 커서 시집갈 나이가 되고, 오동나무는 자라서 좋은 재목이 된다.

오동은 그만큼 생장이 빠른 나무다. 게다가 재질은 연하지만 벌레가 먹지 않으며, 습기에 잘 견디어 오래되어도 뒤틀리는 법이 없다. 종이처럼 가벼운가 하면, 무늬는 아른 아른 비단결처럼 곱다. 그래서 그 무늬를 나문羅紋이라 하고, 오동을 '비단 기' 자 기동綺桐이라고도 한다.

오동은 가구만이 아니라 악기 재료로도 요긴하게 쓰인다. 장고와 가야금과 거문고, 어느 것 하나 오동을 쓰지 않는 것이 없다. 오동나무가 없었다면 우리 국악은 어찌 되었을까?

지금과는 전혀 다른 음악이 되었을 것이다. 부드럽지만 감미롭지는 않으며, 맑고 깨끗하지만 되바라지지는 않은 소리, 천 길 땅 밑에서 울려 오듯 유현한가 하면, 어느새 은결 물방울을 튕기듯 경쾌하게 울리는 저 가을 하늘빛 같은 청아한 음색. 오동이 아니고는 기대할 수 없는 소리요, 우리의 정감에 그중 잘 어울리는 귀에 익은 음향이다.

세월 앞에 장사 없다는 말이 있다. 하지만 오동의 음색만은 변함이 없다. 그래서 "매화는 일생 추위에 떨어도 그 향기를 팔지 않고, 거문고는 천 년이 지나도 그 소리를 바꾸지 않는다"고 한다.

거문고에 깊이 깨우침이 있으면 그 소리로 천기를 예견하고 국운을 점친다는 말도 있다. 음색이 맑으면 날씨와 국운이 열리고, 음색이 탁하면 천기는 흐리고 국운은 불길할 징조다. 해서 오동나무를 신령스럽다 하여 영수靈樹라고도 한다.

오동은 재질과 음색만이 아니라 그 꽃 또한 아름답다. 어느 가문의 음전한 규수일까. 머리에 황자색黃紫色 화관을 인 듯한 오동나무의 자태를 우러러보고 있으면 고아한 품위 같은 것을 느끼게 된다. 어디 하나 요란스런 데가 없다. 부드럽다 못해 마치 그윽한 눈빛과도 같은, 아슴아슴 멀어져 가는 그 보랏빛에 마음이 조용히 잦아든다. 더구나 이끼가 파란 기와 지붕을 배경으로 했을 때의 그 빛깔의 미묘한 분위기라니. 감미로운 우수마저 느끼게 할 때가 있다.

어느 화창한 봄날 아침이었다. 나는 가회동 어떤 고가古家의 담장 밑을 지나고 있었다. 그때 발끝에 '툭' 하고 힘없이 떨어지는 것이 있었다. 오동꽃 한 송이였다. 나는 무심코 주워 들고 담장 위를 쳐다보았다. 그 순간 나의 시선에 들어온 것은 꽃을 가득히 이고 서 있는 한 그루의 화사한 오동나무와 그 밑에서 웃고 있는 소녀의 애띤 모습이었다.

열여섯쯤 되었을까. 아침 햇살에 가지런한 치열이 유난히 빛나고 있었다. 보아서는 안 될 것을 본 것처럼 나는 고개를 떨군 채 얼른 그 밑을 지나치고 말았다. 이상한 향기를 맡은 듯 종일 가슴이 '파' 하고 밝았다. 그 일이 있은 후부터 나는 기대와 알 수 없는 두려움으로 가슴을 조이면서 그 밑을 지나다니게 되었다. 그러나 그 소녀는 보이지 않았다. 봄이 다 가고 오동꽃마저 모두 지고 말았는데도 소녀의 모습은 다시 볼 수가 없었다. 내 나이 열여덟이었던 때라고 기억된다.

오동나무는, 그러나, 역시 가을이 제철이다. 그렇다고 단풍이 곱다는 말은 아니다. 오동은 단풍이 들지 않는다. 버드나무나 대추나무처럼 가을을 여름으로 착각하는 나무다.

그러다가 서리가 내린 어느 날 아침, 마당 가득히 커다란 잎들이 떨어져 쌓인다. 치열했던 지난밤의 전쟁터를 보는 듯 처참한 느낌마저 들 정도다.

사람이 몸집이 크다고 해서 슬픔도 그만큼 크라는 법은 없겠지만 나뭇잎은 그렇지만은 않은 것 같다. 싸리나 느티나무 잎같이 자잘한 나뭇잎보다는 플라타너스나 오동나무 잎같이 큰 나뭇잎이 지는 모습이 그만큼 더 사람의 마음을 슬프게 한다.

잎 하나 떨어질 때마다 하늘은 그만큼 넓어지지만 우리 마음도 그 빈 자리만큼 구멍이 뚫리고 만다.

더구나 달이 밝은 밤, 아무 소리도 없는 빈 뜰에 '투욱' 하고 가지에서 떨어지는 소리를 듣는 기분은 여간 쓸쓸하지가 않다. 관 위에 떨어지는 늦가을 빗방울 소리라고나 할까. 한없는 허무와 공허 속으로 우리 마음을 빠져들게 한다.

오동잎 하나로 천하의 가을을 안다고 한 옛 사람들의 말은 조금도 과장이 아니다. 그래서 아름다운 꽃을 보려고 심은 사람도, 여름에 잎에 듣는 시원한 빗소리를 듣기 위해서 심은 사람도, 모두 가을이 되면 오동나무 심은 사실을 후회하게 된다. 오동잎 지는 소리가 그만큼 우리 마음을 슬프게 하기 때문이다.

내일은 첫서리가 내린다는 상강. 그렇게 곱던 남산 단풍도 지기 시작했다. 이제 가을도 반은 지난 셈이다.

오동잎 지는 소리를 들은 것이 언제였더라?

오늘 밤에는 막차라도 타고 길을 떠났으면 싶다. 가다가 아무 역에서나 내려 처음 만나는 여인숙에서 하룻밤 묵었다 오고 싶다. 창가에 오동나무가 서 있는 방이라면 더 좋을 것이다. 깨끗이 쓸어 놓은 빈 뜰에 달빛이 하얗게 비치는 밤, 오동잎 떨어지는 소리를 다시 한 번 들었으면 싶다.

겨울

우리들의 신령스런 소나무 | 청춘의 피꽃 동백

난蘭은 성급한 사람을 가르치는 스승

대竹는 풀인가, 나무인가

우리들의 신령스런
소나무

우리나라 사람들은 어떤 나무를 가장 좋아할까? 또 좋아한다면 어느 정도로 좋아할까?

이런 의문은 언젠가 산림청의 조사에 의해 풀리게 되었다. 국민의 54.7%가 소나무를 제일 좋아한다는 대답이 나온 것이다. 은행나무가 두 번째로 꼽혔지만 불과 4.1%에 지나지 않았다.

소나무가 이처럼 국민의 사랑을 받게 된 까닭은 소나무가 지니고 있는 여러 가지 덕목 때문이기도 하지만, 오랜 동안 우리 생활과 밀착되어 온 역사적 배경 때문이기도 할 것이다.

불과 40년 전까지만 해도 우리 주변은 온통 소나무였다. 우리를 둘러싼 산과 들이 소나무 숲이었고, 우리가 사는 집이 모두 소나무로 지은 것이었으며, 우리가 사용하던 농기구도 모두 소나무로 만든 것이었다. 어디 그뿐인가. 추위로부터 우리를 지켜 주던 솔검불이며 장작의 대부분이 또한 소나무였다.

소나무는 우리에게 흉년을 견뎌 내는 데 있어 부족한 곡식을 대신해 오기도 했다. 멀리는 신라 때부터 소나무의 속껍질인 송기松肌를 먹었다는 기록이 있고, 가깝게는 1960년대 이전까지 흉년이 들면 송기를 벗겨서 먹거나, 생솔잎을 쪄서 말린 후 가루를 만들어 쌀가루와 섞어 솔잎떡을 만들어 먹기도 했다. 먹는 경우는 아니지만 송편을 찔 때 솔잎을 까는 것은 소나무 향을 즐긴다는 이유도 있지만 솔잎이 송편이 쉬는 것을 막아 주기도 하고 솔잎 속에 들어 있는 오존이 살균 효과가 있기 때문이다.

소나무는 이 밖에도 약재로 또는 신선들이 먹는 선식仙食으로 옛 문헌에 기록되어 있다. 솔잎을 장기간 생식하면 몸이 가벼워지고 눈이 밝아지며 머리털이 도로 나고 추위를 모르며 배고픔도 모른다고 했다.

중국 사람 황초평黃初平은 소나무 밑에 나는 복령茯笭과 송지

松脂만 먹고 나중에 신선이 되었는데, 적송자赤松子란 유명한 신선이 바로 그 사람이다. 솔잎 삶은 물에 동상 입은 손발을 담그면 동상이 나을 뿐만 아니라 재발하지도 않는다고 한다.

그뿐만 아니라 우리 조상들은 이 소나무에 잡귀를 물리치는 벽사의 힘이 있다고 믿었다. 고대인들이 그렇게 생각하게 된 것은 소나무가 가진 특성 때문이다. 활엽수들이 겨울이 되어 잎이 떨어지는 현상을 보고 그들은 나무가 죽는 것이라고 생각했다. 다만 소나무 같은 상록수만은 늘 푸르기 때문에 영원한 생명을 가진 나무로 여겼던 것이다.

또한 적송赤松은 그 줄기가 붉은데, 붉은 것은 온갖 잡스러운 것을 태워 버리는 불의 색인 동시에 모든 동물의 생명의 원천이라고 생각한 핏빛과도 같기 때문에 소나무는 영원한 생명인 동시에 잡귀를 쫓을 수 있는 주술적인 힘을 가지고 있다고 믿었다.

잡귀를 물리치는 부적을 붉은색으로 그리는 것이나 신부에게 붉은색으로 연지 곤지를 찍는 것과 같은 이치라 하겠다. 지금은 거의 사라졌지만 얼마 전까지만 해도 아이가 태어나면 금줄을 쳤는데, 그 금줄에 솔가지를 꽂는 것도 같은 이유에서였다.

소나무는 이 같은 주술적인 힘 외에 신령스런 나무로 숭배

되기도 했다. 노송에게 자식을 낳게 해 달라고 비는가 하면, 신을 맞이할 때 소나무 제일 높은 끝의 두 마디를 꺾어 그것을 잡고 무당이 신을 부르면 소나무를 타고 신이 강림한다고 믿었던 것이다.

임금이 앉아서 정사를 보는 옥좌 뒤에는 반드시 〈일월오악도日月五嶽圖〉라는 병풍이 세워져 있는데, 거기에도 줄기가 붉은 적송이 네 그루 그려져 있다. 왕이 하늘의 명을 받아 정사를 베푸는 신성한 공간이 옥좌이기 때문에 신성한 나무인 소나무가 그려져 있는 것이다.

옛날 신년 초에는 세화歲畵라 하여 표범과 소나무 위에 앉은 까치를 그린 이른바 〈까치 호랑이〉란 그림을 걸었다. 이 그림은 신년희보新年喜報, 즉 "새해의 기쁨을 알린다"는 뜻을 그린 것인데, 이런 내용은 추상적인 것이라 그릴 수가 없기 때문에 동음이의의 한자를 빌려 그렸다. 다시 말하면 이 그림에 그린 표범의 '표豹' 자와 고할 '보報' 자의 중국식 발음이 같은 pao이므로 '보' 자 대신 표범을 그린 것이다. 같은 방법으로 정월 대신 정월을 나타내는 소나무를 그리고, 기쁨喜 대신 그것을 나타내는 까치를 그린 것이다.

마치 상서로움祥이란 개념은 그릴 수 없는 추상적인 것이기 때문에 중국 음이 같은 한자인 양羊을 그리는 것과 같은 이치다. 따라서 어떤 화가로부터 양 그림을 받았다면 그것은 "집안에 상서로운 일이 있길 바란다"는 축원의 뜻을 그린 그림이라는 것을 알아야 한다.

이 밖에 장수를 비는 그림으로는 대형 병풍에 그리는 〈십장생도十長生圖〉가 있는데, 여기에도 소나무는 빠질 수 없는 소재라 하겠다.

수원시의 역사를 보면 북문 밖의 노송 지대를 '지지대 고개'라고 하는데, 정조가 비명에 간 아버지 사도세자를 수원에 이장하고는 가는 길목인 이 고개에 소나무 500그루를 심게 하고 보호관리에 각별히 신경을 썼다고 한다. 그런데 땔감이 부족한 북문 밖 사람들이 자꾸 베어 가므로 이것을 막고자 정조는 소나무에 엽전을 매달아 놓았다. 소나무를 베지 말고 그 돈으로 땔감을 사서 때라는 뜻이었다. 왕의 극진한 효성에 백성들도 감동해서 그 후로는 나무를 베어 가지 않았다고 한다.

그런데 어느 해인가 이 소나무 숲에 송충이가 창궐하여 큰 피해를 입게 되었는데, 정조가 능행陵行 때 이곳을 지나다가 크게 놀라 송충이를 잡아서 입에 넣고 씹었다. 그랬더니 어디선가 까막까치가 수없이 날아와 송충이를 모두 잡아먹어 피해를 면했다고 한다. 임금의 효심이 미물까지 감동시켰다는 이야기라 하겠다.

이 지지대 고개를 지날 때마다 만일 정조가 지금 살아서 이 고개를 지난다면 얼마나 상심이 될까 하고 생각하곤 한다. 무성했을 그 소나무 숲이 다 훼손되고 불과 수십 그루밖에 남지 않았기 때문이다.

소나무는 이런 실용성이나 민속 신앙 말고도 그 자체로 아름다운 나무다. 매화가 낭만적인 기품 때문에 사람들의 애상을 받고, 버드나무가 날씬한 여인을 연상시키기 때문에 시인의 사랑을 받는다면, 소나무는 그 장대한 기품 때문에 많은 사람의 존경을 받는다고 임어당은 말했다.

이 나무는 다른 나무에서 볼 수 없는 숭고한 기품을 가지고 있는 것이 사실이다. 동양의 문인이나 화가들은 소나무가 가진 노인으로서의 품격을 늘 찬양했다. 소나무의 숭고미, 이 숭고미는 오랜 풍상을 겪은 후에 오는 그 고색 창연함에서 오는 것이 아닌가 한다. 그래서 소나무는 늙을수록 운치가 더해지고 품격이 높아지는 나무다.

화가들이 어떤 중심 소재를 다룰 때는 서로 짝이 되는 것을 곁들여서 조화를 꾀한다. 예를 들어 꽃창포에는 물총새를 곁들이고, 연꽃 아래에는 원앙을 놀게 하고, 대나무 밑에는 수척한 바위를 배치하는 것과 같은 이치다. 소나무를 그릴 때는 우암愚岩, 즉 바보스런 바위를 그리라고 했다. 그리고 그 바위 위에 인물을 그리되 헐렁한 옷을 입고 유유자적하는 모습이 금상첨화라 하겠다.

김정희의 〈세한도歲寒圖〉에 나오는 소나무는 문기文氣가 있을지는 몰라도 본격적인 회화로서는 대단한 것이 못 된다. 소나무의 기품과 그 아래 앉은 인물이 잘 조화를 이룬 그림은 아무래도 조선 후기 이재관李在寬의 〈송하처사도松下處士圖〉가 아닐까.

바람에 어깨춤을 추는 듯한 노송 밑에 헐렁한 도복을 입은 처사가 바위에 앉아 멀리 맞은편 산을 바라보는 모습이 그렇게 편안해 보일 수가 없다. 가끔 노자老子의 무위자연 사상은 어쩌면 저 소나무에서 배워 온 것이 아닌가 하고 생각할 때가 있다.

청춘의 피꽃
동백

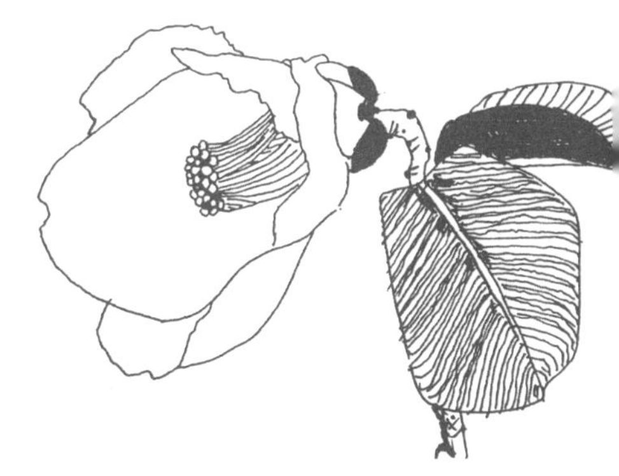

겨울에 피는 꽃은 많지 않다.

온실이 아닌 산야에서 눈을 맞으며 피는 꽃은 더 많지 않다. 설중매雪中梅라고 하지만 온실에서 가꾸면 모를까 우리나라에는 눈 속에 피는 동매冬梅가 없다. 삼남지방에서 피는 매화는 어디까지나 춘매春梅로 봄꽃에 속한다. 겨울에도 피는 꽃은 동백이 있을 뿐이다.

그러나 우리가 부르는 동백이 모두 겨울에 피는 것이 아니다. 그중에서 '애기동백'이라 부르는 것만이 엄동에 핀다. 이 애기동백은 송이째 떨어지지 않고 한 잎씩 떨어지는 것이 다른 동백과 다르다. 그래서 동백을 한사寒士라 한다. 또 잎이 차나무 잎과 같다고 해서 산다화山茶花라고도 한다.

엄밀히 말해서 봄에 피는 것을 춘백春栢이라고 해서 달리 구분하는 것이 원칙이다. 하지만 보통 통틀어서 동백으로 통한다. 중국 이름은 해홍화海紅花, 일본 이름은 쓰바키椿다. 강원도와 함경도 지방에도 동백이라 부르는 꽃이 있는데, 그것은 동백이 아니라 이른 봄에 노랗게 피는 생강나무꽃이다.

> 그리고 무엇에 떠다 밀렸는지 나의 어깨를 짚은 채 그대로 픽 쓰러진다. 그 바람에 나의 몸뚱이도 겹쳐서 쓰러지며 한창 피어 퍼드러진 노란 동백꽃 속으로 폭 파묻혀 버렸다. 알싸한 그리고 향긋한 그 냄새에 나는 땅이 꺼지는 듯이 온 정신이 고만 아찔하였다.

김유정의 소설 〈동백꽃〉의 절정 부분이다. 점순이가 화자인 '나'를 안고 넘어진 이 노란 동백꽃은 동백이 아니라 바로 앞에서 말한 생강나무꽃인 것이다. 이 소설의 배경이 강원도이고 작가가 그곳 출신이기 때문이다.

동백은 우리나라가 원산지다. 중국 쪽 기록인 《본초강목》에도 '해홍화 출 신라국海紅花出新羅國'이라 되어 있다. 다시 말해서 동백은 신라에서 온 꽃이라는 뜻이다. 중국 사람들이 부르는 꽃 가운데 앞에 '해海' 자가 붙은 것은 거의 해외에서 들어온 수입종을 이르는 말이다.

동백이 유럽에 전해진 것은 18세기 말 예수회 선교사 카멜Kamel에 의해서였다. 동백의 학명이 카멜리아Kamellia인 것은 그 때문이다. 유럽에서는 일본을 원산지로 알고 있으며, 종명도 자포니카japonica다. 일본 문헌인 《고사기》와 《일본서기》에도 동백이 등장한다.

일본 지장원地藏院이란 절에는 오색팔중산춘五色八重散春이라는 특이한 동백이 있는데, 말 그대로 한 그루에서 다섯 가지 색깔의 꽃이 피고, 꽃잎은 여덟 겹이며, 다른 동백처럼 꽃이 송이째 한꺼번에 떨어지는 것이 아니라 한 잎씩 떨어진다고 해서 붙은 이름이다. 다시 말해서 팔중八重이란 말은 겹꽃이란 뜻이고, 산춘散春은 한 잎씩 흩날린다는 의미다.

이 동백은 울산 학성鶴城이란 곳에 있던 것인데, 임진왜란 때 가토 기요마사加藤清正가 가져다 도요토미 히데요시에게 바치고, 도요토미 히데요시가 다시 다도회茶道會를 열기 위해 자주 가던 지장원에 기증한 것이라고 한다. 볼모로 잡힌 지 420여 년, 그러나 이 꽃은 그리운 고향으로 되돌아오지 못하고 있다.

다만 그 후손뻘 되는 세 그루가 1992년 5월 지장원에서 귀환식을 가지고 모국으로 돌아왔다. 일본이 우리에게 입힌 피해가 비단 사람에 그치지 않고 말 못하는 초목에까지 미쳤음을 말해 주는 증거라 하겠다.

내가 동백꽃을 처음 본 것은 실물이 아니라 그림이었다. 우리집 네 쪽짜리 벽장문에는 다른 꽃들과 함께 동백꽃이 그려져 있었는데, 유독 동백꽃 위에만 눈이 하얗게 덮인 것이 매우 신기했다. 어떻게 눈 속에서 꽃이 필 수 있는 것인지 알 수 없었다. 그래서 상상화거니 했다.

실물을 보게 된 것은 훨씬 후인 6·25전쟁 때였다. 흥남 철수 후 우리는 부산 영도에서 피난살이를 시작했다. 우리가 세를 들어 살던 곳은 마당도 없는 집이었지만 옆집은 넓은 정원이 있는 일본식 집이었다. 나는 가끔 판자 울타리 틈으로 해서 그 집 정원을 훔쳐보기를 좋아했다.

그 해 이월 어느 날이었다. 가는 눈발이 날리고 있었는데, 옆집 담장 틈으로 꽃 한 송이가 불붙듯 타고 있는 것이 보였다. 처음에는 종이로 만든 조화인 줄 알았다. 이북에서는 소련군이 진주한 후부터 그들의 풍속을 따라 꽃이 귀한 겨울에는 나무에다 오색 종이로 만든 조화를 장식하기를 좋아했다. 그러나 가까이 가서 보니 종이꽃이 아니었다. 놀랍게도 그것은 오래전에 내가 우리 집 벽장문 그림에서 본 바로 그 꽃이었다. 이름이 동백이라는 것도 그때 비로소 알게 되었다.

우리는 매우 아름답다는 말 대신 '그림같다' 는 말을 자주

쓴다. 그러나 그림은 어디까지나 그림일 뿐 실물에 미치지는 못한다. 동백을 보는 순간 나는 그것을 느꼈다. 눈발 속에서 염염히 타고 있는 그 붉은 꽃은 나에게 경이로운 존재가 아닐 수 없었다.

북녘땅에서 자란 나에게 그것은 동화 속 이야기 같았다. 불붙듯 강렬한 색깔과는 달리 꽃 모양은 복스럽고 다소곳하고 그리고 무엇보다 우아한 것이 더욱 마음을 끌었다. 게다가 다홍색 꽃잎에 둘러싸인 촘촘한 꽃술과 그 끝에 무슨 보주寶珠인 양 영롱하게 장식되어 있던 노란 꽃밥들이 그렇게 선명할 수가 없었다.

나는 마법의 나라에 숨어든 아이처럼 한참을 그렇게 서 있었다. 그러다 이 낯선 꽃으로 해서 내가 고향으로부터 멀리, 아주 멀리 떠나왔다는 사실을 처음으로 실감하게 되었다. 매우 아름다운 꽃이었지만 나에게는 그만큼 생소한 이방의 꽃이었다.

그 후 뒤마의 《춘희椿姬》를 읽고는 동백꽃에 대한 신비감은 더해 갔다. 아름다운 마르그리트는 특히 흰 동백꽃을 좋아했다. 그런 그녀를 젊은 아르망은 순수한 마음으로 사랑했고, 그 사랑은 그녀로 하여금 진실한 사랑이 무엇인지를 깨닫게 했다. 그러나 아르망 아버지의 반대와 음모로 그녀의 사랑을 오해한 그는 그녀 곁을 떠난다. 그가 그녀의 사랑이 진실이었다는 사실을 깨달았을 때는 이미 모든 것이 끝나 버린 후였다. 그녀는 결핵으로 동백꽃같이 붉은 피를 토하며 죽어갔다. 아르망을 부르면서. 그가 돌아왔을 때 그녀는 이미 이 세상 사람이 아니었다.

이 소설은 19세기 유럽에서 큰 인기를 끌었고, 마르그리트는 모든 여인들의 선망의 대상이 되었다. 그래서 당시 파리 여자들은 그녀처럼 결핵으로 죽는 것이 소원이었다고 한다.

동백꽃은 뒤마의 소설을 각색한 베르디의 오페라로 해서 더 유명하게 되었다. 여주인공 비올레타는 한 달 가운데 25일은 흰 동백꽃을, 나머지 5일은 빨간 동백을 꽂고 사교계에 나갔다. 서양에서 불기 시작한 동백꽃에 대한 사랑의 열풍은 일본에까지 상륙하게 되고, 드디어 동백꽃은 낭만적인 사랑의 꽃이 되었다. 그래서 '쓰바키'라고 발음하는 것만으로도 사람들은 무슨 감미로운 향기에 노출된 순간처럼 온몸이 나른해지는 것은 물론이었다. 문학 지망생이든 아니든 《춘희》는 젊은이들의 필독서로 자리 잡게 되고, 이와나미岩波 문고판 《춘희》 한 권을 포켓 속에 넣고 다니는 것만으로도 문학청년의 표상처럼 되었다.

동백꽃에도 종류가 많다. 크게 나누면 붉은 것과 흰 것이 있으며, 홑꽃과 겹꽃이 있다. 요새는 변종이 많아서 다 헤아리기조차 번거로운 일이 되었다. 그러나 어디까지나 동백은 겹꽃이 아니라 홑꽃이 아름답고, 홑꽃 가운데서도 붉은 꽃이 으뜸이다.

1993년 거문도에서 연분홍색 재래종이 발견되었는데, 지름이 2센티미터이나 색은 아주 은은하고 모양이 품위가 있어 보였다. 천연기념물로 지정 신청을 낼 정도였다. 그러나 아깝게도 지금 그 동백은 없다고 한다. 누군가 캐어 간 것이다. 부디 잘 살리기나 했으면 하고 빌 뿐이다.

생각하면 세상에는 완전한 것이란 하나도 없는 것 같다. 동백꽃도 마찬가지다. 꿀이 많아서 가는 빨대로 빨아먹을 정도이고 동박새를 유혹하기에도 충분하지만, 아쉽게도 이 아름다운 꽃에는 향기가 없다. 그러나 엄동설한에도 염염히 타오르는 그 정열만으로도 동백은 아름다운 꽃임에 틀림없으리라. 우리나라 야생조 가운데 제일 예쁜 팔색조가 좋아하는 꽃도 바로 이 꽃이다.

세상의 꽃들은 대개 곤충에 의해서 수분受粉이 되지만 유독 이 꽃만은 동박새에 의해 수분이 되는 희귀한 꽃이기도 하다. 이렇게 새에 의해서 수분이 되는 꽃을 조매화鳥媒花라고 한다. 겨울에 피니 곤충이 있을 수 없고, 곤충이 없으니 새가 대신하도록 되어 있는 것이다. 자연의 섭리가 놀라울 뿐이다.

우리나라에서 동백으로 유명한 곳은 한두 군데가 아니다. 그런데도 유독 선운사禪雲寺 동백이 사람들의 입에 자주 오르내리게 된 것은 미당未堂의 〈선운사 동구〉라는 시 때문이 아닌가 한다. 사물은 시인에 의해서 새롭게 창조된다는 말은 바로 이런 경우를 두고 한 말이 아닐까. 짤막한 시 한 편이 다시 동백꽃을 제대로 우리 앞에 한발 다가서게 하는 것은 분명 기쁜 일이다.

꽃치고 아름답게 지는 것은 많지 않다. 그러나 동백꽃이 지는 모습은 비극적이다. 벚꽃처럼 시나브로 떨어지는 것도 아니고, 그렇다고 원추리처럼 말라붙는 것도 아니다. 모란이 지는 모습이 허무하다면, 동백꽃이 지는 모습은 잔인하다. '진다' 는 말은 이런 경우에는 도무지 어울리지 않는 것 같다. 아직 시들지조차 않은 꽃송이가 그대로 잘라내듯 떨어진다. 누군가 말했다. 비정한 칼날 아래 떨어지는 아름다운 여인의 머리 같다고.

특히 비가 오는 날은 동백나무 숲으로 가지 않는 것이 좋겠다. 붉은 꽃송이가 떨어지는 것이 마치 나무들이 피를 흘리는 것 같기 때문이다.

목놓아 울던 청춘이
꽃 되어
천년 푸른 하늘 아래
소리 없이 피었나니,
그대 위하여서는
다시도 다시도 아까울 리 없는
아, 나의 청춘의 피꽃

이것은 유치환의 〈동백꽃〉이라는 시의 한 구절이다. 동백을 '청춘의 피꽃' 이라고 한 사람은 아마 그밖에 없을 것이다. 마치 사랑의 절규처럼 들린다.

동백은 까다로운 나무가 아니다. 그렇다고 수월하기만 한 나무도 아니다. 동백은 건조한 것도 싫어하지만 너무 습한 것도 싫어한다. 더운 곳을 싫어하고 윤택한 잎에 세속의 먼지가 앉는 것도 싫어하지만 무엇보다 사람의 입김을 싫어한다. 서울에서 분재로 키워 보지만 봉오리만 무성하게 맺혔다가 피지도 못하고 떨어지고 마는 것은 동백의 이런 성질을 모르고 키우기 때문이다.

매화는 얼어야 피는 꽃이다. 동백도 마찬가지다. 서늘한 곳에 두어야 한다. 나태와 안일보다 시련과 역경을 통해서 오히려 더 붉게 피어나는 아름다운 영혼 같은 꽃. 북풍이 매운 겨울일수록 동백꽃의 빛깔은 더한층 선명한 법이다.

서귀포 나의 작업실 서향원瑞香苑 뜰에 한 그루의 흰 동백과 일곱 그루의 재래종 동백 그리고 스물한 그루의 애기 동백을 심었다. 가진 건 없지만 꽃들에게 포위되어 산다는 것은 행복한 일이다. 더구나 붉은 동백꽃에게 말이다.

난蘭은
성급한 사람을 가르치는 스승

난은 까다로운 식물이다.
물 주는 요령을 터득하는
데만도 3년 이상 걸린다.
첫 해는 썩혀서 죽이고, 두 번째
해는 말려서 죽인다. 세 번째 해가 되어야
겨우 약간의 미립을 얻을 정도다.

사람에 따라 다르지만 꽃을 피우기까지 또 몇 삼 년 애를 태워야 하는지 모른다. 그 정성으로 부모를 섬긴다면 효자 났다는 소리를 들을 것이다. 나 같은 사람은 10년 가까이 되어서야 그나마 조금 알 것 같았다. 하지만 옛 선비들이 이 어려움을 어려움으로 여기지 않고 애써 난을 가꾼 것은 다 그만한 까닭이 있었기 때문이다.

난은 우선 그 잎이 멋지다. 부드럽게 휘어지거나, 아니면 시원스럽게 뻗는 것이 어디 한 군데 궁색한 구석이 없다. 고집도 무리도 없이 우아하고 단아하여 그저 자연스러울 뿐이다. 게다가 모든 난 잎이 종류에 따라 각기 개성이 다르다. 어떤 것은 길고, 어떤 것은 두꺼우며, 또 어떤 것은 훨씬 넓다. 윤택한 것이 있는가 하면 까실한 것이 있고, 줄무늬진 것이 있는가 하면 얼룩무늬도 있어 가지각색이다. 또 어떤 것은 연두색인데 봄에 보는 새싹처럼 맑고 상쾌한가 하면, 어떤 것은 겨울 바다 속처럼 짙푸르다.

건란建蘭은 훤칠한 잎이 시원해서 좋고, 보세란報歲蘭은 싱그러운 잎에 자르르 도는 윤기가 아름답다. 관음소심 같은 것은 약간 파동치는 듯한 잎이 마치 한쪽 다리에 중심을 두고 서 있는 관음보살의 허리선처럼 아주 고혹적이기까지 하다. 일찍이, "난은 잎만 봐도 좋으니라" 하고 말한 분은 가람 선생이셨다.

이 멋진 잎도 건성으로 보면 풀잎과 별반 다를 것이 없다. 그러나 길러 보면 그렇지 않음을 알게 된다. 생장부터 다르다. 풀잎은 며칠 사이에 제 키를 다 자라 버리지만 난은 그렇지 않다. 금년에 나온 잎이 다음 해 여름이 되어야 다 자란다. 이태를 두고 조금씩 마디게 자라는 것이 난이다. 이렇게 자란 잎이기에 명을 다할 때도 잡초 같지 않다. 하나의 잎이 시드는 데만도 자그마치 3년이 걸린다. 결코 서두는 법이란 없다. 유유자적의 정신이다. 성급한 사람에게 난은 좋은 스승이 된다.

꽃을 피우는 것도 마찬가지다. 장원 급제하기 만큼이나 어렵다. 잎은 싱싱하고 촉수는 해마다 우부우북 늘어가지만 좀처럼 개화의 기쁨을 보여 줄 기미가 없다. 무슨 잘못 때문일까? 선배에게 물으면 밑도 끝도 없이 고생을 시키라고만 한다. 귀한 자식 내치듯이 밀쳐 버리라는 것이다. 저 혼자 온갖 풍상을 겪어 봐야 사람 구실을 하는 것과 같은 이치란다.

대추나무는 장대로 두들겨 패면서 대추를 털어야 한다. 그래야 다음 해에 열매가 많이 열린다. 비탈에 선 소나무에 왜 솔방울이 많은지, 흥부네는 왜 연년생에다 두 쌍둥이 세 쌍둥이씩 낳아서 마흔도 되기 전에 자식이 스물네 명이나 되는지, 그 이치를 알면 비로소 난이 꽃을 피우는 이치도 알게 된다.

영양이 좋고 수분이 충분하면 촉수만 늘 뿐 꽃은 피지 않는다. 꽃을 피워서 번식하는 것보다 그쪽이 수월하기 때문이다. 그렇게 해서 물도 아껴 주고 볕도 과감하게 쐬어 주고 따뜻하기보다 오히려 서늘하게 해 준 후에야 비로소 꽃을 피우는 것이 난이다.

매화와 동백은 얼어야 피고 난은 고생 끝에라야 핀다. 사람도 마찬가지다. 시련은 사람을 성숙시키는 양식이다. 이 또한 난을 통해 배우는 하나의 교훈이다.

오랜 기다림 끝에 어느 날 푸른 잎 사이로 살짝 고개를 내민 자주색 꽃대궁, 드디어 꽃을 보게 되었다는 사실이 여간 대견스럽지 않다. 전화를 걸어 옆에 사는 친구라도 부르고 싶은 심정이다. 십 년 동안의 노력과 인내에 대한 보답으로 조금도 부족하다는 마음이 아니다.

그러나 대궁이가 나왔다고 경망스럽게 하루아침에 꽃을 피우는 것은 아니다. 그렇다면 그건 이미 난이 아닐 터. 봉오리가 맺히고도 대여섯 달은 기다려야 한다. 춘란 같은 것은 무려 일곱 내지 여덟 달을 기다리게 하고서야 비로소 꽃을 피운다. 그렇게 어렵게 핀 꽃이기에 매화나 장미와는 달리 지는 것도 마디다. 짧아야 한 달, 길면 두 달을 넘는다. 양반은 겻불을 쬐지 않으며, 급하다고 해서 뛰는 법이 없다. 누군가 난은 참고 기다리는 꽃이라고 했던 말이 생각난다.

'십 년 만에 비로소 오늘 아침 꽃을 피우다.'

이것은 언젠가 어느 선비의 〈묵란도〉에 쓰여 있던 화제畵題다. 얼마나 기뻤으면 그 순간을 기념해서 붓을 들었을까? 그 선비의 기쁨이 어떠했는지는 난을 키워 본 사람이면 안다.

하지만 꽃이 아름답다고는 말하지 않겠다. 장미처럼 요염한 것도 아니요, 수선화처럼 우아하지도 않다. 한란寒蘭 같은 것은 일경구화一莖九花가 아래서부터 한 송이씩 장유유서로 피지만 꽃은 사람의 눈을 피하고 싶은 선비처럼 사뭇 조용하다. 춘란 같은 것은 잎과 같은 초록색 꽃이 피니 눈을 번쩍 뜨게 하는 일은 있을 수 없다.

요새는 자기 선전 시대라고 하지만 난은 자기를 주장하고 싶지 않은 꽃이다. 그러나 그 수려한 대궁이에서 금세라도 날아가 버릴 듯한 한란의 가벼운 비상은 탈속한 선비의 정신이요, 다소곳이 고개 숙인 춘란의 소박함은 사람의 마음을 언제나 편안하게 해 주는 어진 아내의 몸가짐이다. 요염한 여인이라기보다 현숙한 여인이다. 수로부인이 아니라 도미都彌의 아내라고나 할까?

꽃은 아름답지 못하지만 그 향기만은 대단하다. 난의 향기를 일러 '향기의 할아버지', 즉 향조香祖라고도 하고 제일향第一香이라고도 한다. 난을 달리 방우芳友라고 부르는 것도 그 향기가 빼어나기 때문이다. 소향素香처럼 강렬하지 않고, 정향丁香과 백합처럼 맵지도 않으며, 장미같이 달콤하지도 않다. 난의 향기에는 기품이 있다.

"난향은 가는 바람처럼 일어나서 소리도 없이 들린다. 가까이서 보다 멀리서 더 잘 들린다"고 말한 이도 있다.

어디 갔다 현관만 들어서도 주인을 맞이하는 난향이지만, 가까이 가서 코를 들이대면 아무 냄새도 나지 않는 것이 또한 난향이다. 후각은 감각 가운데서 가장 빨리 마비되기 때문이라고 하지만, 어쩌면 사람이 가까이 접근하면 난 쪽에서 무서워서 고개를 돌려 숨을 죽이기 때문인지도 모를 일이다.

난향을 즐기는 방법은 여러 가지가 있다. 이립옹李立翁이란 분은 난을 즐기는 가장 좋은 방법으로 방마다 난분蘭盆을 두는 것이 아니라 어느 한 방에만 놓아 두어야 그 방을 드나들 때 난 향기를 제대로 즐길 수 있다고 했다. 모든 방에 두면 코가 마비되어 결국 향기를 맡지 못한다.

옛 선비들은 난분을 문갑 위에 올려놓고 흰 벽면에 비치는 그림자를 즐겼다. 이때는 촛불을 켜야 한다. 그렇지 않으면 벽에 그림자가 지지 않기 때문이다. 희끄무레한 여명이 비치는 창호지를 배경으로 유연하게 뻗어 오른 난초의 잎에 받들려 있는 한 송이 꽃의 맑음, 이 맑고 투명한 기운에 씻겨 주위가 소리 없이 정화되어 가는 그런 시간과 공간 속에 조촐히 앉아 보는 것도 오늘을 사는 선비로서 한 번쯤 경험해 봄직한 것이 아닐까 싶다.

난과의 교감, 또는 난과의 대화가 이런 때 이루어진다.

"난과의 대화는 바로 참선과도 통한다. 가만한 가운데 서로 주고받는 상간이불염相看而不厭의 품앗이가 바로 난과의 호흡이자 정의 오감이다."

이는 두계斗溪 이병도 선생의 말씀이다.

난과의 교감이란 난을 길러 본 사람만이 안다. 똑같은 시간에 똑같은 방법으로 물을 주어도 주인이 줄 때와 그렇지 않을 때가 다르다. 여행에서 돌아와 난이 추레한 것을 본 남편이 아내를 보고 난을 잘 돌보지 않았다고 나무라는 것은 아직 난을 잘 모르는 사람이다.

논의 벼는 주인의 발자국 소리를 듣고 자란다는 말이 있다. 난도 마찬가지다. 그래서 난을 사랑하는 선비들은 난초에 물을 주는 일만은 하인에게 시키지 않았다. 사랑과 정성이 없이 주는 물은 식물에게 생기를 줄 수 없기 때문이다.

난초를 보고 예쁘다고 하면 잎에 윤기가 돌고 꽃이 잘 핀다. 거짓말이 아니다. 실험 결과에 의하면 식물도 인간이 감지할 수 있는 방사선 또는 파장을 방출할 뿐만 아니라, 반대로 인간이 내뿜는 방사선도 감지할 수 있다는 것이다. 스코틀랜드 사람 알릭 맥니스는 눈을 가린 채 활짝 핀 꽃 위에 손을 뻗어 거기서 나오는 방사선만으로 그 꽃이 어떤 종류인지 어떤 의학적 효능을 가졌는지를 알아낼 수 있었다. 이스라엘 사람

유리 겔라는 단 15초 동안 장미꽃 봉오리 위에 약간의 거리를 두고 손바닥을 가까이하는 것만으로 장미를 활짝 피게 했다. 요술이 아니라 정신에서 내는 방사선에 의한 개화의 촉진이다.

인간의 정신이 식물의 세포 형성에 영향을 미칠 수 있다는 실험 결과도 나와 있다. 화분 두 개에 똑같은 흙을 담고 같은 건강 상태의 밀을 심은 다음, 물을 주는 사람에게 한 화분에는 방사선 처리를 한 질석을 넣고 다른 화분에는 그냥 흙을 넣었다고 말했다. 그런데 오랫동안 물을 준 결과 방사선 질석이 들어 있는 화분의 밀이 그렇지 않은 화분의 밀보다 훨씬 빠른 생장을 나타냈다. 어떤 특정한 식물이 보다 빨리 자랄 것이라는 인간의 믿음이 실제로 빠른 생장을 하는 영양분으로 작용했던 것이다. 식물과 인간의 교감에 대한 이야기는 수도 없이 많다.

선비들에게 이렇게 사랑을 받아 온 난이기에 난을 노래한 시도 그만큼 많다. 다음은 가람 선생의 시조다. 난의 외양과 정신이 잘 표현된 시라 하겠다.

> 본디 그 마음 깨끗함을 즐겨하여
> 정淨한 모래 틈에 뿌리를 서려 두고
> 미진微塵도 가까이 않고 우로雨露 받아 사느니라.

티끌도 멀리하고 이슬만 마시고 사는 난초의 삶이란 바로 선비들의 깨끗한 삶의 이상이었다. 거기에 그윽한 인품의 향기까지 풍길 때 우리는 그런 선비를 유곡란幽谷蘭이라고 말한다. 난을 일러 군자라고 한 것은 오래전부터였다.

공자는 "난초가 깊은 산속에 나서 알아주는 이가 없다고 하여 향기롭지 않은 것이 아니다. 사람이 도를 닦는 데도 이와 같아서 궁하다고 하여 지조를 고치지 않는 것이다"라고 하였다. 옛 사람들이 한 송이의 꽃을 보되 미적 가치보다 윤리적 가치를 먼저 생각했다는 사실에 대한 좋은 예라 하겠다.

난은 동양 화가들이 선호하는 소재가 되어 천 년 이상 수묵화로 꾸준히 계승되어 오고 있다. 한국 회화의 역사에서 매화를 제일 잘 친 사람은 조선 중기 화가 어몽룡魚夢龍이고, 묵죽의 제일인자는 비슷한 시기의 이정李霆이었다. 그러면 난을 제일 잘 친 사람은 누구일까?

추사秋史는 대원군의 난을 압록강 이동, 즉 우리나라에서 제일이라고 했지만 수긍이 가지 않는 이야기다. 대원군의 난과 대등한 위치에 바로 그의 정치적 맞수격인 민영익閔泳翊의 난이 있기 때문이다. 그들은 정치적 맞수였던 것처럼 묵란도에 있어서도 난형난제였다. 대원군의 난이 날카롭고 예리하며 동적인 데 비해, 민영익의 난은 건실하고 운치가 있으며 정적이다. 또 석파石坡 대원군이 풍란을 잘 쳤다면, 원정園丁 민영익은 건란을 잘 쳤다.

그러나 묵란도에 있어서 한 시대를 그었다고 할 사람은 석파도 원정도 아니다. 바로 추사 김정희다. 그는 몇 폭의 인물화와 산수화를 제외하면 오로지 난초만을 고집했다고 할 만큼 사란寫蘭에 골몰했다.

초기에는 중국 화풍의 영향을 입었지만 후기에 들어오면서 문자의 향기와 서책의 기풍, 즉 문기文氣가 어린 독특한 난초를 그리기 시작했다. 그 대표적인 묵란도가 바로 유명한 〈우연사출난도偶然寫出蘭圖〉다. 화폭에 넘치는 필세가 보는 사람으로 하여금 손을 꿈틀거리게 하고 가슴을 뭉클하게 하고도 남음이 있다.

대나무를 칠 때는 성난 듯이 치고, 난을 칠 때는 즐거운 마음으로 쳐야 한다는 말이 있다. 추사의 난에는 우쭐우쭐 춤을 추는 듯한 흥겨움이 화면 가득 넘친다. 묵란도 가운데 일품逸品이요, 신품神品이라 할 만하다.

난은 그 자태가 고아하고 잎이 청초하고 향기가 깊고 그윽하며 기품이 우아하다. 말하자면 운치를 아는 선비와 같다는 이야기다. 그래서 옛날부터 난을 탐하여 남의 것을 훔치다 옥에 갇힌 선비가 한둘이 아니었다고 한다.

《부생육기浮生六記》에 보면, 귀한 난을 나누어 주지 않는다 하여 앙심을 품고 몰래 난분에다 뜨거운 물을 부어 죽게 한 사람이 나온다. 이들은 난을 물건으로 탐할 뿐 그 참 정신은 모르는 사람들이라 하겠다. 사랑과 소유가 같은 뜻일 수는 없기 때문이다. 가람 선생은 이렇게 말하였다.

"고서 몇 권과 술 한 병, 그리고 난초 두서너 분이면 삼공三公이 부럽지 않다."

이것이 난을 알고 난을 사랑하는 선비의 마음이다. 난을 좋아한다고 말하면 얼마나 많이 가지고 있느냐고 묻는 사람이 종종 있다. 그렇게 묻는 것은 좋은 질문법이 아니다. 난을 좋아하는 것과 많이 가지고 있는 것이 반드시 일치하는 것은 아니다.

무엇이든 그렇다. 많아야 맛이 아니다. 난은 욕심을 버리라고 말한다. 비싸고 희귀한 것만이 난인 것도 아니다. 소심란素心蘭 한 분도 조촐한 선비의 서재에서는 얼마나 귀한 축복인지 모른다. 난은 책이 있고 다기茶器가 있고 문갑이 있고 그리고 한 점 조촐한 서화가 걸린 방에 어울리는 꽃이다.

전화벨이 요란한 사무실이나 번쩍거리는 가구들 속에서는 난은 숨이 막힌다. 통풍도 잘 되지 않는 사무실에 난분을 가득 진열해 놓는 것은 과시용은 될지 모르지만 난에게나 난을 사랑하는 선비에게는 새를 조롱에 가두어 둔 것으로밖에 보이지 않는다.

소동파가 말했다. 고기를 먹지 않으면 몸이 수척해지지만 하루라도 대나무를 보지 않으면 정신이 수척해진다고. 그를 본떠 이렇게 말하면 어떨까. 대를 보지 않으면 정신이 수척해지지만 난을 보지 않으면 마음이 운치를 잃는다고. 난은 우리 마음을 향기롭게 하며 여유와 운치 그리고 기품 있는 인내심을 가르친다. 난은 우아와 운치를 중히 여기는 선비 문화의 꽃이다.

대竹는
풀인가, 나무인가

1.

대밭을 처음 보고 놀라지 않을 사람은 없을 것이다. 우선 그 창창한 푸르름에 놀라고, 다음은 미끈하게 자란 엄청난 키에 놀라고, 그러고는 빈틈없이 들어선 그 막대한 수량에 놀랄 것이다. 짐승 하나 빠져나갈 틈새마저 허락하지 않는 삼엄한 도열, 햇빛조차 머뭇거리는 대밭 속을 들여다보면 언제나 서늘하다.

그러나 다 놀라기에는 아직 이르다. 그 엄청난 생장 속도가 아직 남아 있다. 한 달 남짓한 동안에 사람 키의 열 배 이상 자라 버린다. 일본 쪽 기록에 의하면 하루 동안의 생장 속도는 100센티미터라고 한다. 이건 놀라움이 아니라 두려움이라

해야 옳을 것이다. 자라는 순간을 육안으로 알아볼 정도다.

우리를 놀라게 한 이 식물이 이번에는 또 엉뚱한 수수께끼로 우리를 당황하게 만든다.

"나는 풀인가요, 나무인가요?"

대부분의 사람들은 이 뜻밖의 질문에 잠시 말을 잃을 것이다. 평소 생각해 보지 않았기 때문이다. 잎의 모양새로 보나 자라는 속도로 보면 분명 풀인데, 줄기가 단단한 목질木質인 점과 겨울에도 시들지 않는 점으로 보면 분명 상록수다.

이러니 시쳇말로 사람을 좀 헷갈리게 하는 식물임에 틀림없다. 옛 사람들도 이 애매모호한 식물을 어떻게 분류해야 할지 난감했던 모양이다. 윤선도의 〈오우가五友歌〉를 보면 그간의 사정을 짐작할 수 있다.

> 나무도 아닌 것이 풀도 아닌 것이
> 곧기는 뉘 시키며 속은 어이 비었는가?

그러니까 대는 나무도 아니고 풀도 아닌 것이라는 이야기다. 옛날 사람들은 그래서 '비초비목非草非木'이라고 했다.

그런데 풀로 본 경우도 있다. 《설문해자說文解字》라는 책에, "대는 겨울에도 사는 풀竹冬生草也"이라고 설명되어 있는 것이다. 이어서 "그런 까닭으로 죽竹이란 글자 모양은 풀 '초艸' 자를 거꾸로 놓은 형상을 따랐다故字從倒草"고 했다. 다시 말해 대는 풀은 풀인데 그냥 정상적인 풀이 아니고 좀 괴팍하게 생겨먹은, 말하자면 '거꾸로 된 풀'이라는 것이다.

그러나 대는 분명 풀이 아니다. 나무다.

첫째, 몇십 년이 지나도 줄기가 살아 있다. 둘째, 줄기와 굵기는 한 해에 다 자라고 말지만 매년 잔가지가 자라고 거기에서 새잎이 돋고 오래된 잎은 말라서 떨어진다. 셋째, 목질이기 때문이다. 그래서 우리가 '대나무'라고 하는 것은 맞는 말이다.

우리나라에서 나는 대의 크기는 어느 정도 될까? 담양 죽물竹物 박물관에 있는 제일 큰 대는 6년짜리로 길이가 17.5미터, 밑동 둘레가 59센티미터였다.

대나무는 일단 다 자라면 그다음부터는 모든 영양분을 둥치를 키우는 데 쓰지 않고 지하경地下莖으로 보내어 다음에 나오는 대의 성장에 바친다. 다른 나무들에서는 볼 수 없는 특성이라 하겠다. 형이 아우를 위해 음식을 사양하는 격이라고나 할까. 형제간의 우애도 이만하기가 힘들 것이다. 대나무의 여러 덕목에 '우애友愛' 한 가지를 추가해도 좋을 듯싶다.

옛 사람들은 나무 하나를 옮겨 심는 데도 자연의 이치와 그 기미를 세심히 살폈다. 옛말에 '정송오죽正松五竹'이라고 했는데, 이는 소나무는 정월에 옮기고 대나무는 오월에 옮긴다는 뜻이다.

옛 기록을 보면 음력 5월 13일을 죽취일竹醉日이라 해서 대는 이날 옮겨 심으라고 했다. 왜냐하면 그날은 대가 취해서 어미 대에서 새끼 대를 떼어 내도 아픈 줄을 모르고, 어미 대로부터 멀리 옮겨 심어도 어미 곁을 떠나는 슬픔을 알지 못한다는 것이다.

한낱 무정물인 식물 하나를 대하는 것도 이와 같았으니 다른 것이야 더 말해 무엇하랴. 옛 사람들의 마음의 여유가 그저 부러울 뿐이다. 죽취일을 달리 죽미일竹迷日이라고도 하는데, 같은 뜻의 다른 표현이라 하겠다.

그러나 대는 어느 때 옮겨 심어도 잘 자란다. 다만 오월은 대의 생장이 가장 왕성해지는 철이니, 이때 옮겨 심으면 더 잘 자란다는 정도의 뜻으로 알면 족하다. 다만 이때 주의할 점은 죽순을 밟는 일이 없도록 해야 한다.

대의 번식력은 가공할 정도다. 뜰에 대를 심은 다음부터 내 일거리가 배로 늘어났다면 좀 과장한 것 같지만 사실이다. 우후죽순이라는 말 그대로 마당 이곳저곳에 불쑥불쑥 솟아나는 대를 억센 뿌리째 파내기란 말처럼 그렇게 수월치만은 않기 때문이다. 몇 해 가만히 두면 집을 온통 대밭으로 만들어 버리고 남을 기세다. 그래서 예부터 창송취죽蒼松翠竹, 푸른 대와 푸른 솔은 울안에 심지 않는다고 했다.

대를 분에다 심어서 완상하고자 할 때는 겨울에 조심해야 한다. 더운 곳에 두면 잎이 말라 떨어지기 때문에 동백이나 매화처럼 서늘한 곳에 놓아 두어야 한다. 아파트 같은 곳에서는 잎이 조그맣게 퇴화되기도 한다.

대나무는 꽃이 피면 죽는다. 오죽, 솜대, 반죽은 60년 후에 꽃이 피고, 조릿대는 5년이 되면 꽃이 피어 열매를 맺고는 죽는다. 이것을 개화병開花病이라고 한다.

옛말에 봉황새는 대나무 열매를 먹고 벽오동나무에서 잔다고 하였다. 봉황이나 대나무 열매가 다 귀한 존재라는 이야기다.

대나무에 꽃이 피면 흉년이 든다는 말도 있다. 뒤집어 말하면 흉년이 들면 대나무에 꽃이 피고 열매를 맺는다는 이야기가 된다. 대나무 열매는 흉년에 사람들의 굶주림을 해결해주는 구황 식물이다. 또한 "흉년이 들면 도토리나무는 푸른 들을 바라본다"는 말이 있다. 이 말의 뜻은 흉년이 들면 도토리나무가 그것을 걱정해서 도토리를 많이 맺는다는 것이다. 그러나 재미있는 생각이라고 그냥 웃어넘길 일이 아니다.

피터 톰킨스와 크리스토퍼 버드가 펴낸 《식물의 신비생활》을 보면, 식물도 사람처럼 생각하고 느낀다고 한다. 떡갈나무는 나무꾼이 다가가면 부들부들 떨고, 홍당무는 토끼가 나타나면 사색이 된다. 제비꽃은 바흐와 모차르트의 음악을 좋아하고, 어떤 꽃은 제 주인을 기억한다는 실험 결과도 나와 있다. 그러니 도토리나무와 대나무가 흉년을 걱정해서 안 될 것도 없지 않겠는가? 매사를 지나치게 과학자의 눈으로만 볼 것이 아니라 때로는 시인의 눈으로도 보아야 한다. 그럴 때 세상은 더 아름답게 보이고 더 잘 보이는 것이다.

실제로 가뭄이 든 해는 과일이 잘 되고, 비가 충분해서 풍년이 든 해는 과일이 잘 되지 않아서 그런 해는 과일 값이 오른다는 말도 있다. 옛날부터 전해 오는 이야기다.

대의 어원은 남양 지방의 음인 '덱tek'이었는데 북방 지방을 경유해서 우리나라에 전해지면서 'ㄱ'음이 떨어져 현재 우리말의 '대'로 되었다는 설이 있다.

대나무도 종류가 많다. 죽순을 먹는 왕대를 맹종죽孟宗竹이라 하고, 솜대는 담죽淡竹 또는 분죽粉竹이라 하는데 광주리나 부챗살 등을 만드는 데 요긴하게 쓰인다. 산죽山竹 또는 시죽矢竹은 추위에 강한데, 붓대와 화살 등의 재료가 된다. 이것을 지방에 따라서 신위대 또는 오구대라고 하기도 한다.

이 밖에도 얼룩이 있는 반죽斑竹이 있고, 줄기가 검은 오죽烏竹이 있다. 오죽은 굵기가 가늘고 잎은 다른 대보다 보드랍고 섬세하며, 빛이 연두색에 가까워서 맑고 청순한 느낌을 주는 것이 매우 사랑스럽다. 언제나 가까이 심어 두고 싶지만 동해안에 많은 이 오죽은 대관령을 넘으면 죽는다는 말이 있다. 그러나 신빙성이 없는 말이다. 보통 대든 오죽이든 서울에서도 제주도에서도 잘 자란다.

2.

물에서 나는 동물 가운데 제일 진귀한 것은 게, 뭍에서 나는 채소 가운데 제일 진귀한 것은 죽순이라는 말이 있다. 북송北宋 때의 학승 찬녕贊寧의 〈순보筍譜〉에 이르기를, "죽순 요리는 잘하면 사람에게 이로우나 잘못하면 오히려 해를 끼치는 일이 있다. 죽순을 캘 때는 바람이 없는 날을 택할 것이고, 캐낸 죽순은 햇빛을 못 보게 해야 하며, 죽피가 붙은 대로 물에 넣어 오래오래 삶는 것이 좋다"고 했다.

죽순 하면 맹종설순孟宗雪筍의 고사를 빼놓을 수 없다.

중국 오吳나라에 맹종이란 이가 있었다. 그의 어머니가 병을 앓고 있었는데, 동짓달 추운 날에 죽순이 먹고 싶다고 했다. 맹종은 눈 덮인 대밭에 가서 죽순을 찾아 헤맸지만 죽순이 있을 리 없었다. 어머니의 소원을 들어드릴 수 없는 슬픔 때문에 그만 울음이 복받쳤다. 그런데 그가 흘린 뜨거운 눈물이 땅에 떨어지자 그 자리에서 죽순이 돋아났다는 이야기다. 그때부터 큰 대나무를 맹종죽이라고 했다. 맹종죽이 우리나라에 들어온 것은 1898년 일본으로부터였다.

대나무는 따뜻한 지방에서 나는 나무지만 그 느낌은 아주 시원하다. 그래서 대나무는 납량 용구로 많이 쓰인다. 우선 대발이 그렇고, 부챗살이 그러하며, 평상 중에도 대나무 평상이 가장 시원하다. 대나무는 이런 것 말고도 일용품에서 고급 종이를 만드는 펄프에 이르기까지 이루 헤아릴 수 없을 만큼 그 용도가 다양하다. 화선지 가운데 옥판선지玉板宣紙 같은 것은 예전에는 대나무 속으로 만들었다고 한다. 지금도 그렇게 하는지 알 수 없으나 보드랍기가 명주에 댈 것이 아니다. 조그만 먹물 한 방울도 고스란히 받아들이는 종이, 이런 종이처럼 상대를 전신으로 받아들일 수 있는 사랑이라면 얼마나 커다란 축복일까 싶을 때가 있다.

그러나 대나무는 어디까지나 윤리적 의미로 더 많은 사랑을 받아 왔다. 민충정공이 자결할 때 입고 있던 피 묻은 옷과 칼을 공이 생전에 기거하던 산장 마루방에 두었는데, 다음 해 오월에 가보니 마루방 틈으로 대나무 네 그루가 나와 잎이 푸르렀다. 이에 놀란 사람들은 공의 충정이 혈죽血竹으로 다시 살아난 것이라고 했다. 지금 조계사 옆 우정총국체신기념관 뒤에 서 있는 공의 동상에 있는 대나무 조각은 그것을 말하는 것이다.

죽령에 얽힌 이야기도 있다.

백제 의자왕은 신라의 대야성을 쳤다. 그때 성을 지키다 죽은 장수 중에 죽죽竹竹이 있었다. 성이 함락될 수밖에 없는 상황에 이르자 죽죽의 친구가 말했다.

"사세가 급하니 우선 항복하는 척했다가 훗날을 도모함이 어떠한가?"

그러자 죽죽이 대답했다.

"자네 말이 옳아. 하지만 나의 아버지가 내게 죽죽이라는 이름을 지어 주셨네. 이 뜻은 어떤 역경에서도 뜻을 굽히지 말라는 것이라고 생각하네. 내 어찌 죽음이 무서워서 항복할 수 있겠는가?"

그는 끝까지 싸워 이름에 부끄럽지 않게 죽었다.

이 모두 대에게서 인간이 배운 절개며 지조라 하겠다. 인간에게 있어서 자연은 말없는 스승이 되어 준다. 우리나라 선비들의 호 중에 송松, 죽竹, 매梅가 많은 것도 그런 이유에서라고 할 수 있다. 매서운 추위를 이겨 내는 성품에서 인간의 삶의 도리를 배우고자 했다. 소동파의 다음과 같은 말은 그런 의미에서 되새겨 봄직하다.

"고기 없이 밥을 먹어도 대나무 없이는 살 수 없다. 고기를 먹지 않으면 몸이 수척해지는 데 그치지만 대나무가 없으면 사람이 저속해지기 때문이다."

심취제沈就濟라는 이가 며느리를 맞아들였는데, 가지고 온 것이란 빈 장롱에 무명 화가의 묵죽도 한 폭이 전부였다. 그러나 그는 가난한 며느리를 탓하기는 고사하고 오히려 그 뜻을 가상히 여겨, "쌍간묵죽승천금雙幹墨竹勝千金"이라고 노래했다. "두 그루 묵죽도가 천금보다 값지네"라는 뜻이다.

시집가는 딸에게 묵죽도 한 폭밖에 줄 수 없는 아버지의 마음이 얼마나 아팠을까. 하지만 그것을 타박하기는커녕 오히려 향기롭게 여긴 시아버지의 높은 인품은 또 얼마나 아름다운가. 예물이 적다고 남편과 시어미가 합세하여 며느리를 구타하다 법에 걸린 지금의 세태 인심을 생각하면 격세지감을 느낀다.

소설가 이태준은 이 시구를 평해, "사향麝香을 갈아 관주貫珠를 줄 만한 명구"라고 극찬을 아끼지 않았다. '관주'란 잘된 글귀 옆에 동그란 고리표를 하는 것을 말한다.

3.

묵죽도 이야기가 나온 김에 좀 더 계속해 보기로 하자.

미술사에서 보면 묵죽도의 시작은 송나라 문호주文湖州에서부터인데, 혹 말하기를 오대五代 때 이씨 부인이 달빛에 비친 창호지의 대나무 그림자를 보고 그것을 묘사하면서부터라고도 한다.

소동파는 문호주의 제자로 대나무 그리기를 아주 좋아했다. 그런데 그 대나무라는 것이 밑에서부터 가지 끝까지 단숨에 죽 그려 놓고 마디는 전혀 그리지 않았다. 당시 유명한 화가 미원장米元章이 그것을 보고 한마디 했다.

"참 잘된 그림이오. 그런데 이 대를 보니 마디에 대해서는 전혀 관심이 없는 모양이구려."

그러자 소동파가 아무렇지도 않다는 듯이 말했다.

"그야 당연하지요. 대나무는 이제부터 뻗으려 할 때인데, 어디 마디 따위를 일일이 생각할 틈이 있나요."

재치 넘치는 대답이다. 하지만 대나무의 아름다움에서 마디의 규칙적인 절주節奏를 빼 버리고 나면 무엇이 남겠는가. 동파의 말에는 멋이 넘치지만 묵죽의 아름다움의 일부를 놓치고 만 것이라 하겠다.

소동파의 기발한 발상은 여기에서 멈추지 않는다. 그는 또 빨간 먹, 즉 주묵朱墨으로 붉은 대나무 그리기를 좋아했다. 그것을 보고 어떤 이가 비웃었다. 세상에 붉은 대가 어디 있느냐는 것이었다. 그러자 동파가 되받아 넘겼다.

"그럼, 까만 대는 어디 있는가?"

세상에 푸른 대는 있어도 까만 대나 붉은 대가 없기는 마찬가지니 어차피 모두 사실의 세계가 아니고 관념의 세계이기 때문이다.

조선 초 도화원圖畵院에서 화원을 선발할 때 시험 과목으로 대나무 그림을 첫 번째로 쳤고, 산수화를 두 번째로, 인물화와 영모도를 세 번째, 그리고 화조도를 네 번째로 쳐서 뽑았다. 묵죽도로 조선조 500년 동안에 제일인자는 조선 초기의 탄은灘隱 이정이다. 그는 기량과 품위를 겸하고 있다는 평을 받는 화가였다. 그의 묵죽도를 보면 죽간竹竿은 강경하고, 마디는 견고하며, 잎은 탄력이 있고 예리하다. 탄은은 묵죽으로, 어몽룡은 매화로 그리고 추사는 묵란으로 조선조의 화단을 빛낸 삼걸三傑이라 해도 무방할 것이다.

일제 강점기 때의 독립운동가이자 묵죽의 대가인 금강산인金剛山人은 묵죽에 대하여 이렇게 말했다.

"사군자는 '그린다'고 하지 않고 '친다'고 해야 한다. 그러나 더 정확히 말한다면 '쓴다'고 해야 한다."

왜냐하면 글씨와 그림에 통달해야 비로소 사군자를 잘 '쓸' 수 있기 때문이다. 다시 말하면 묵죽도는 글씨의 사체四體를 두루 갖춘 후에 이룰 수 있다는 뜻이다. 줄기가 굳세고 곧은 것은 전서篆書와 같아야 하고, 마디의 삐침은 예서隷書와 같아야 하며, 가지를 종횡으로 치는 것은 초서草書 쓰듯이 해야 하며, 잎새를 정제하는 것은 진서眞書, 즉 해서楷書로 해야 한다는 것이다.

중국 회화사에서 난과 대를 다 잘 친 사람은 정판교鄭板橋다. 그는 거실 창 앞에 대나무를 심어 놓고 늘 이렇게 말했다.

"내 쪽에서만 대를 사랑하는 것이 아니라 대 쪽에서도 나를 사랑한다."

그는 틈만 나면 대나무 앞에서 지칠 줄 모르고 취한 듯이 대를 들여다보았다. 그러다가 햇빛이건 달빛이건 비치기만 하면 허둥지둥 방안으로 들어가서 그림자를 따라 대를 그렸다.

한 그루의 푸른 대나무에서 군자의 모습을 보는 것도 좋고, 지사의 푸른 절개를 배우는 것도 좋다. 그러나 대나무의 그윽하고 섬세하며 또한 가녀리기조차 한 아름다움을 느끼지 못하고 놓쳐 버린다면, 그것은 마치 아름다운 노래에서 그 노랫말만 알아들을 뿐 선율의 아름다움이며 미묘한 음색이며 조화로운 화음의 아름다움을 느끼지 못하고 놓쳐 버리는 것과 다를 바가 없다. 모든 예술은 아름다움이 첫째다. 철학은 그 다음이다. 자연도 마찬가지다. 우리가 찬탄해야 할 것은 우선 그 아름다움이어야 한다.

올해 새로 돋은 대나무 세 그루가 창문에 그림자를 드리우고 있다. 소슬바람이라도 부는 것일까? 조용히 수그렸던 허리를 살며시 편다. 그때마다 가냘픈 잎사귀들이 속삭이듯 고개를 흔든다. 놓았던 찻잔을 다시 든다. 이제 백로가 며칠 남지 않았다. 찻잔에서 손가락으로 전해 오는 따스한 온기, 밖은 와이셔츠 바람으로 서 있기에는 좀 섬뜩할 것이다. 빈방이 오늘따라 넓어 보인다. 이런 밤에는 어디선가 한 가닥 대금 소리라도 들려왔으면 싶다.

참고문헌

양화소록養花小錄 : 강희안. 이병훈 옮김. 을유문화사. 1974

군방화경群芳花鏡 : 진호자陳淏子. 중화도서관. 중화민국 2년 상해

본초강목 : 이시진. 거문사. 1987

동국세시기 : 최남선 편수. 신문관. 1908

임원경제지 : 서유구. 보경문화사. 1983

산림경제 : 홍만선. 민족문화추진회 옮김. 민문고. 1987

동문선東文選 : 서거정 편. 민족문화추진회 옮김. 민문고. 1989

조선조문헌설화집(1.2) : 서대석 편저. 집문당. 1992

나라꽃 무궁화 : 유달영. 염도의. 학원사. 1987

규합총서 : 빙허각 이씨. 이민수 옮김. 기린원. 1988

하화만필 : 문일평. 삼성문화문고. 1972

백화보 : 최영전. 창조사. 1963

한국의 민속식물 : 최영전. 아카데미서적. 1992

나무백과 : 임경빈. 일지사. 1977

중국의 신화 : 장기근. 을유문화사. 1983

중국철학사상사 : 김경탁. 경문사. 1962

우리 나무 백 가지 : 이유미. 현암사. 1995

우리 꽃 백 가지 : 김태정. 현암사. 1994

원예수종총람 : 한국분재연구회. 수예사. 1995

한국원예식물도감 : 윤평섭. 지식산업사. 1995

식물의 신비생활 : 피터 톰킨스 · 크리스터퍼 버드. 황금용 · 황정민 옮김. 정신세계사 1992
생육신生育神과 성무술性巫術 : 송조신. 홍희 옮김. 동문선. 1992
꽃과 사랑과 슬픔 : 하유상. 문장사. 1990
삶이 있는 꽃이야기 : 이상권. 푸른나무. 1995
전설 속 꽃이야기 : 김선풍 · 리용두. 집문당. 1995
서울 땅이야기 : 김기빈. 살림터. 1994
사람보다 꽃이야기 : 오병훈. 도솔사. 2005
살아숨쉬는 식물교과서 : 오병훈. 마음의숲. 2010
366일 탄생화의 비밀 : 다키 야스카쓰. 이규원 옮김. 일빛. 1997
나무의 신화 : 자크 브로스. 주향은 옮김. 이학사. 1998
삼국유사 : 일연. 이민수 옮김. 을유문화사. 1994
한국민요집 : 임동권. 동국문화사. 1966
훈몽자회 : 최세진. 대제각. 1973
일본서기 : 성은구 옮김. 고려원. 1993
회남자 : 유안. 이석호 옮김. 세계사. 1992
산해경 : 정재서 옮김. 민음사. 1985
장자 : 김동성 옮김. 을유문화사. 1964
동양신화 : 조지프 캠벨. 이진구 옮김. 까치. 1999
한국민간전설집 : 최상수. 통문관. 1964
한국의 신화 : 김열규. 일조각. 1985
한국인의 신화 : 이어령. 서문당. 1972
축소지향의 일본인 : 이어령. 문학사상. 2008

황금의 가지The Golden Bough. 제임스 플레이저. 김상일 옮김, 을유문화. 1996
종교형태론 : M. 엘리아데. 이은봉. 한길사. 1996
우주와 역사 : M. 엘리아데. 정진홍 옮김. 현대사상사. 1984
조선의 풍수 : 村山智順. 최길성 옮김. 민음사. 1990
한국 음양사상의 미학 : 박용숙. 일원서각. 1981
신화체계로 본 한국미술 : 박용숙. 일지사.1983
국화와 칼 : 루스 베네딕트. 김윤식 · 오인석 옮김. 을유문화사. 1991
한국문화상징어사전 : 동아출판사. 1992
한국민속대사전 : 동아출판사. 민족문화사. 1991
그리스 로마신화 : 강봉식 편역. 을유문화사. 1961
한국회화소사 : 이동주. 서문당. 1975
중국회화소사 : 허영환. 서문당. 1994
동양화 읽는 법 : 조용진. 사계절. 1995
서양화 읽는 법 : 조용진. 사계절. 1997
겐지 이야기 : 시키부시. 유정 옮김. 을유문화사. 1982
부생육기 : 심복. 지영재 옮김. 을유문화사. 1992
시조문학사전 : 정병욱. 신구문화사. 1966
고문진보 : 황견. 최인욱 옮김. 을유문화사. 1988
한국한시(전3권) : 김달진 역해. 민음사. 1989
당시 : 이원섭 역주. 현암사. 1965
송시 : 김원중 옮김. 을유문화사. 2004
임어당 전집 제1권 : 임어당. 윤영춘 · 차주환 옮김. 휘문출판사. 1971
대동운부군옥大東韻府群玉 : 권문해. 윤호진 옮김. 지식을만드는지식. 2008

고금주古今注 : 최표. 김장환 옮김. 지식을만드는지식. 2017
초한지楚漢志 : 이문열. 민음사. 2003
송강가사 : 정철. 대제각. 1973
고산유고 : 윤선도. 대제각. 1973
퇴계의 생애와 학문 : 이상은. 서문당. 1973
퇴계의 생애와 사상 : 유정동. 박영사. 1974
연암집 : 박지원. 신호열 · 김명호 옮김. 돌베개. 2009
열하일기 : 박지원. 김혈조 옮김. 돌베개. 2009
한국의 민화 : 임두빈. 서문당. 1993
성서 : 워치타워성서책자협회. 1984
A Concise Treasury of Great Poems : edited by Louis Untermeyer. Washington square Press editing 1959
Garden shrubs and their histories: Alice M Coats. putton. 1964
Flower in History : Peter Coats, Weidenfeld and Nicolson 1970.
Flowers and their Histories : Alice M. Coats, Adams & Charles Black, 1971.

꽃, 그 은밀한 세계

펴낸날 초판 1쇄 2019년 5월 1일

지은이 손광성
펴낸이 서용순
펴낸곳 이지출판

출판등록 1997년 9월 10일 제300-2005-156호
주 소 03131 서울시 종로구 율곡로6길 36 월드오피스텔 903호
대표전화 02-743-7661 팩스 02-743-7621
이메일 easy7661@naver.com
디자인 박성현
인 쇄 (주)꽃피는청춘

값 17,000원

ISBN 979-11-5555-104-2 03810

이 도서의 국립중앙도서관 출판시도서목록(CIP)은 e-CIP홈페이지(http://www.nl.go.kr/ecip)
와 국가자료공동목록시스템(http://www.nl.go.kr/kolisnet)에서 이용하실 수 있습니다.
(CIP제어번호: CIP2019010856)